KB094855

저니맨 김태식 8

설경구 장편 소설

초판 1쇄 찍은 날 § 2018년 2월 2일
초판 1쇄 펴낸 날 § 2018년 2월 9일

지은이 § 설경구
펴낸이 § 서경석

총괄팀장 § 최하나
편집책임 § 이선근
편집 § 김슬기

펴낸곳 § 도서출판 청어람
등록번호 § 제387-1999-000006호
등록일자 § 1999. 5. 31
어람번호 § 제1-2842호

주소 § 경기도 부천시 부일로 483번길 40 서경B/D 3F (우) 14640
전화 § 032-656-4452   팩스 § 032-656-4453
http://www.chungeoram.com
E-mail § chungeorambook@daum.net

ISBN 979-11-316-91636-6 04810
ISBN 979-11-316-91421-8 (세트)

설경구 **장편소설**

FUSION
FANTASTIC
STORY

8

저니맨
김태식

청어람

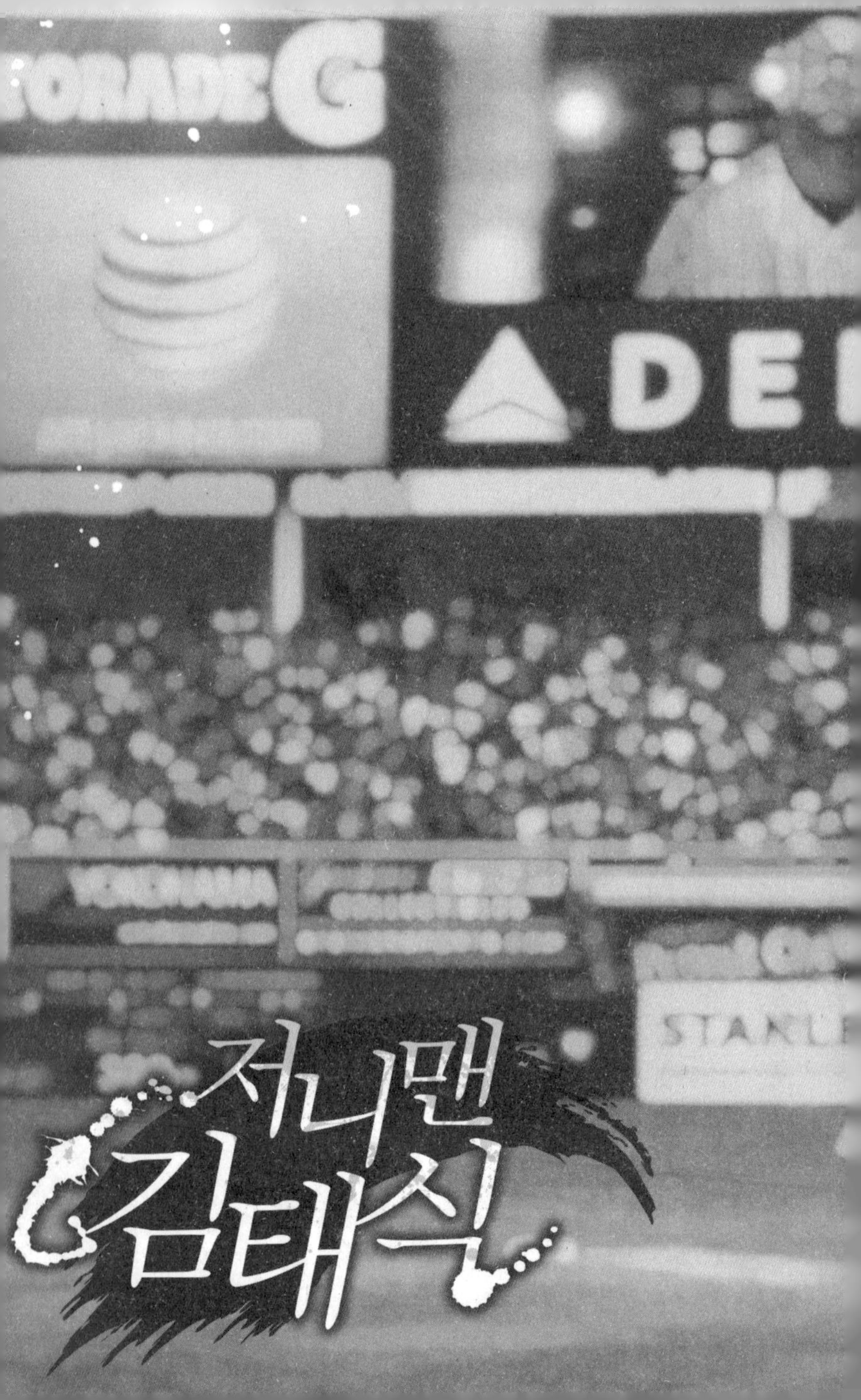
저니맨
김태식

Contents

1. 동전의 양면

딱!

둔탁한 타격음이 울려 퍼진 순간, 데이브 로버츠가 미간을 찡그렸다.

9구째로 던진 몸 쪽 직구를 태식이 받아 쳤고, 이번에도 타이밍이 밀리면서 3루 선상을 벗어나는 파울 타구가 됐다.

155㎞.

전광판에 찍힌 구속이었다.

자꾸 커트가 되면서 승부가 길어지는 것에 부담을 느낀 데이브 로버츠가 던진 회심의 직구 승부였지만, 이번에도 커트가 되자 와락 짜증이 치민 것이었다.

풀카운트에서 맞이한 10구째 승부.

슈아악!

데이브 로버츠가 힘차게 와인드업을 마치며 공을 뿌렸다.

파앙!

바깥쪽 꽉 찬 코스의 직구가 홈 플레이트를 통과한 순간, 태식이 배트를 휘두르던 것을 가까스로 멈추었다.

"볼넷!"

주심이 스트라이크를 잡아주지 않고 외면한 순간, 데이브 로버츠가 흥분한 기색으로 강하게 어필했다.

데이브 로버츠만 항의를 한 것이 아니었다.

포수인 김낙성도 주심의 볼 판정에 거칠게 항의했다.

그러나 주심의 판정은 번복되지 않았다.

"볼이 맞아!"

10구까지 이어진 긴 승부 끝에 볼넷을 얻어내는 데 성공해서 1루 베이스에 도착한 태식이 환하게 웃었다.

"장점도 있네."

투수로서 공을 던지며 타석에도 들어서는 것.

장단점이 분명히 존재했다. 그리고 태식은 이번 데이브 로버츠와의 길었던 승부에서 장점을 경험했다.

데이브 로버츠가 던진 회심의 바깥쪽 직구.

스트라이크존에 살짝 걸친 채 홈 플레이트를 통과한 공이었다.

만약 주심의 성향을 모른 채 타석에 들어섰다면?

당연히 스트라이크가 될 거라고 판단해서 도중에 배트를 멈춰 세우지 못하고 범타로 물러났으리라.

그러나 투수로 나서며 주심의 성향을 완벽하게 파악하는 데 성공한 덕분에 바깥쪽 꽉 찬 코스로 들어오는 데이브 로버츠의 직구가 볼로 판정이 될 것을 확신할 수 있었다.

그래서 도중에 배트를 멈춰 세우고 볼넷을 얻어내서 출루에 성공한 것이었다.

스으윽.

태식이 1루 베이스와의 간격을 벌리면서 6번 타자 김대희와의 대결을 준비하는 데이브 로버츠를 유심히 살폈다.

'대체 이유가 뭘까?'

직구와 싱커.

각기 다른 구종의 공을 던질 때, 데이브 로버츠의 투구 폼에는 미세한 차이가 분명히 존재했었다.

그러나 오늘 경기에서는 그 투구 폼 차이가 드러나지 않고 있었다. 그리고 태식은 아직까지 그 이유를 알아내지 못한 상태였다.

'중요한 변수!'

이것이 오늘 경기의 중요한 변수가 될 것이라고 판단한 태식이 데이브 로버츠에게서 시선을 떼지 못하고 주시했다.

"잘하네."

2회 초, 1사 주자 없는 상황에서 김태식이 타석에 등장했다.

무려 10구까지 이어졌던 긴 승부 끝에 김태식이 볼넷을 얻어 1루로 걸어 나가는 데 성공한 순간, 두 눈을 빛내며 지켜보고 있던 유인수가 감상평을 꺼내놓았다.

"운이 좀 따른 것 같은데요."

"운?"

"네, 10구째로 데이브 로버츠가 던졌던 바깥쪽 직구요. 스트라이크를 선언해도 할 말이 없을 정도로 꽉 찬 코스였잖아요."

송나영이 슬그머니 반박한 순간, 유인수가 한심한 시선을 던졌다.

"왜 그렇게 보세요?"

"넌 명색이 기자인데, 야구를 볼 줄은 아냐?"

"캡도 보셨잖아요."

"뭘 봐?"

"캡 옆에서 두 눈 크게 뜨고 경기를 지켜보고 있었던 거요."

송나영이 볼을 부풀리며 대답한 순간, 유인수의 타박이 이어졌다.

"눈만 크게 뜬다고 해서 야구를 제대로 보는 거냐? 아직 한참 멀었네."

"뭐가요?"

"눈에 보이지 않는 것을 봐야 진짜 야구를 볼 줄 아는 거야."

혀를 끌끌 차던 유인수가 다시 입을 뗐다.

"운이 아냐."

"하지만……."

"오늘 경기의 주심인 조우영이 바깥쪽 코스에는 인색하다. 바깥쪽 꽉 찬 코스로 들어오는 공은 스트라이크를 잡아주지 않는다. 이런 확신을 가졌기 때문에 도중에 배트를 멈춰 세웠던 거야."

"정말 그랬을까요?"

"확실해. 아까 백정권과의 승부를 통해 주심의 성향을 완벽히 파악했기 때문에 타석에서 확신을 가졌던 거지."

송나영이 부지불식간에 고개를 끄덕였다.

유인수가 방금 꺼낸 말.

무척 그럴 듯하다고 느껴졌기 때문이다.

그때, 유인수가 두 눈을 빛내며 말을 이었다.

"어쨌든 심원 패롯스에 득점을 올릴 수 있는 첫 기회가 찾아왔다. 방금 김태식이 얻어낸 볼넷. 아주 컸어."

"겨우 볼넷 하나인데······."

"겨우가 아냐."

"······?"

"데이브 로버츠의 평정심을 무너뜨렸으니까."

유인수의 설명을 듣던 송나영이 그라운드로 시선을 던졌다.

그런 그녀의 눈에 상기된 얼굴로 흥분을 가라앉히지 못하는 데이브 로버츠의 모습이 들어왔다.

"주심의 볼 판정 때문인가요?"

"그것도 영향을 미쳤지."

"그럼 또 다른 요인이 있었나요?"

"맞아."

"뭐죠?"

"김태식."

"네?"

"좀 더 자세히 설명하자면 투수 겸 타자인 김태식과의 승부에서 안 좋은 결과를 받아 든 것이 데이브 로버츠에게 심리적인 타격을 안겼어."

유인수의 설명은 꽤 길었다.

그러나 송나영은 그 설명을 온전히 이해하기 힘들었다.

'겨우 볼넷 하나를 허용한 것이 전부다.'

이런 생각이 머릿속에 가득 차 있었기 때문이다.

그런 그녀의 속내를 읽었기 때문일까.

유인수가 그라운드로 향해 있는 시선을 떼지 않은 채 설명을 덧붙였다.

"내셔널리그에 속한 투수들의 멘탈이 가장 크게 흔들리는 경우가 언제인지 알아?"

"내셔널리그라면… 메이저리그요?"

"그래. 메이저리그의 내셔널리그."

내셔널리그와 아메리칸리그.

메이저리그는 양대 리그 체제로 운영되고 있었다. 그리고 내셔널리그와 아메리칸리그의 가장 큰 차이점은 투수가 타석에 들어서는가 여부였다.

내셔널리그의 경우 선발투수가 타석에도 들어섰다. 반면 아메리칸리그의 경우에는 투수가 타석에 들어서지 않았다.

그리고.

내셔널리그에 속한 투수들의 멘탈이 가장 크게 흔들리는 경우는 타석에 들어선 상대팀 투수와의 승부에서 볼넷이나 안타, 드물긴 하지만 홈런을 허용했을 때였다.

'선발투수로 경기에 출전한 김태식이 타석에 들어섰을 때, 볼넷을 허용했기 때문에 멘탈이 흔들렸다?'

비로소 유인수가 조금 전에 했던 말속에 담긴 의미를 알아챈 송나영이 작게 고개를 끄덕였다.

단순히 볼넷을 허용한 것이 다가 아니었다.

데이브 로버츠는 무려 10구까지 가는 긴 승부 끝에 볼넷으로 김태식을 내보냈다.

더구나 데이브 로버츠가 스트라이크존을 통과했다고 확신했던 바깥쪽 직구가 볼 선언을 받으며 더 큰 심리적인 타격을 입은 상황이었다.

"이제 내가 했던 말이 무슨 뜻인지 알아챘어?"

"네."

"둔하긴. 지금부터라도 두 눈 크게 뜨고 잘 봐."

"뭘요?"

"김대희가 한 건 올릴 테니까."

슈아악!

유인수가 막 말을 마쳤을 때였다.

데이브 로버츠가 김대희를 상대로 초구를 던졌다. 그리고 김대희는 일말의 망설임도 없이 배트를 휘둘렀다.

따악!

경쾌한 타격음이 그라운드에 울려 퍼졌다.

배트 중심에 걸린 김대희의 타구는 우중간 코스로 날아갔다.

대승 원더스의 중견수와 우익수가 열심히 타구를 쫓아갔지만, 타구는 우중간 코스를 반으로 갈랐다.

타다다닷.

우익수가 펜스 앞에서 타구를 잡아 중계 플레이를 막 시작했을 때, 1루 주자였던 김태식은 이미 3루 베이스를 통과하고 있었다.

1타점 적시 2루타.

김대희가 데이브 로버츠가 던진 바깥쪽 직구를 공략해서 적시타를 터뜨리면서 심원 패롯스는 귀중한 선취점을 얻어냈다.

2루 베이스 위에 도착해서 주먹을 허공에 번쩍 들어 올리며 기뻐하는 김대희를 바라보던 송나영이 유인수에게 고개를 돌렸다.

"어떻게 아셨어요?"

"뭘?"

"방금 전에 김대희 선수가 한 건 올릴 거라고 정확히 예측하셨잖아요."

"이런 걸 흔히 연륜이라고 하지."

예측을 정확히 적중시킨 유인수가 거드름을 피우며 대답했다.

그런 그의 반응을 살피던 송나영이 픽 웃으며 쏘아붙였다.

"그냥 넘겨짚으신 게 우연히 들어맞은 거겠죠."

"뭐?"

"김대희 선수의 최근 타격감이 아주 좋잖아요. 그래서 이번 타석에서 한 건 할 거라고 대충 넘겨짚으신 거잖아요."

"그러니까 우연이다?"

"아니에요?"

"당연히 아니지. 야구에 우연은 없거든."

"야구에 우연은 없다?"

"그래. 이런 결과가 나온 데는 다 그만한 이유가 있어."

"……."

"왜? 못 믿겠어? 김대희의 적시타, 노림수가 적중한 거였어."

유인수가 살짝 언성을 높이며 설명을 이어나갔다.

"데이브 로버츠가 초구에 바깥쪽 직구를 던질 거라는 확신을 갖고 노렸기 때문에 적시 2루타를 터뜨릴 수 있었던 거야. 그럼 초구에 바깥쪽 직구가 들어올 거라는 확신을 어떻게 가졌을 것 같아?"

"그거야… 운이 아니었을까요?"

"또 운 타령이야? 방금 전에 내가 했던 말, 그새 까먹었어? 야구에 우연 따위는 없다고 말했잖아."

"그럼 캡이 말씀해 보세요. 김대희 선수가 초구에 바깥쪽 직구가 들어올 것을 어떻게 알았죠?"

"데이브 로버츠의 성향을 제대로 분석해서 파악했기 때문이야."

"어떤 성향이요?"

"자존심. 아까 김태식과 승부할 때 주심이 내렸던 볼 판정에 데이브 로버츠는 잔뜩 불만을 품었어. 자존심 강한 데이브 로버츠가 그냥 넘어갈 리 없지. 그래서 똑같은 코스로 다시 공을 던진 거야. 그리고 김대희는 그런 데이브 로버츠의 성향을 정확히 예측했기 때문에 적시타를 때려낸 거지."

송나영이 유인수에게 새삼스러운 시선을 던졌다.

가만히 듣고 있다 보니 그럴 듯했다.

아니, 그럴 듯한 정도가 아니었다.

유인수의 예측이 빗나가지 않았던 데는 정확한 분석과 근거가 존재했다.

"캡! 하나만 더요."

"또 뭐야?"

"이번 찬스에서 심원 패롯스가 추가점을 올릴 수 있을까요?"

아직 심원 패롯스의 찬스는 끝난 것이 아니었다.

1사 2루의 추가 득점을 올릴 수 있는 찬스가 이어지고 있었다.

해서 유인수에게 질문을 던지긴 했지만, 송나영은 큰 기대를 하지는 않았다.

내가 그걸 어떻게 아냐는 핀잔이 돌아올 거라 예상했는데.

송나영의 예상은 보기 좋게 빗나갔다.

"여기까지야."

경기 양상이 심상치 않게 흘러간다고 판단했기 때문일까.

대승 원더스의 정재영 감독이 마운드로 걸어 올라오는 모습을 지켜보며 유인수가 잘라 말했다.

"왜요?"

"세상 모든 일에는 명암이 존재하거든."

"명암… 이요?"

"동전의 양면처럼 세상일에는 명암이 존재할 수밖에 없어. 그리고 그건 야구도 마찬가지지."

"캡. 제가 알아들을 수 있도록 좀 쉽게 설명해 주면 안 돼요?"

"미안하다."

"갑자기 뭐가요?"

"내가 네 수준을 너무 높이 판단했다."

유인수가 비꼬듯이 말한 순간, 송나영이 두 눈을 흘겼다.

그렇지만 유인수는 아랑곳하지 않고 말을 이어나갔다.

"네 수준에 맞게 쉽게 설명해 주마. 김태식이 선발투수로 등판해서 지금까지 호투하고 있고, 타석에도 들어서서 데이브 로버츠에게서 볼넷을 얻어내면서 그의 멘탈을 흔들어놓은 것은 심원 패롯츠 입장에서 분명히 호재야. 그렇지만 김태식이 선발투수로 나서면서 악재도 발생했어."

"어떤 악재요?"

"타선의 파괴력이 약해졌어."

"……?"

"강만호가 빠졌거든."

조금의 막힘도 없이 유인수가 설명을 마쳤다. 그리고 이번에도 송나영이 반박하지 못하고 고개를 끄덕였다.

일리가 있다고 판단했기 때문이다.

투수 김태식이 타석에도 들어서면서 심원 패롯스는 지명타자 제도를 활용하지 못하게 됐다.

꾸준히 지명타자로 나서면서 타선에서 좋은 활약을 펼쳤던 강만호를 대신해서 임태규가 타선에 배치됐다.

그리고 강만호가 빠지면서 심원 패롯스 타선의 집중력과 파괴력이 떨어진 것은 부인할 수 없었다.

'동전의 양면이라!'

송나영이 감탄한 표정으로 유인수를 바라보았다.

그런 그녀의 반응을 살피던 유인수가 물었다.

"이제 인정해?"

"뭘요?"

송나영이 의아한 시선을 던진 순간, 유인수가 대답했다.

"야구를 보는 네 수준이 형편없다는 것 말이야."

2. 유효기간

1 : 0.

심원 패롯스가 한 점 앞선 채로 경기는 4회 초에 접어들었다.

아까 정재영 감독이 마운드에 방문했던 것이 효과가 있었을까?

먼저 실점을 허용하며 흔들렸던 데이브 로버츠는 이내 안정을 되찾았다.

임태규와 용덕수.

후속 타자들을 연속 삼진으로 잡아내면서 데이브 로버츠는 2회 말에 이어지던 실점 위기를 넘겼다.

또, 3회 말도 삼자범퇴로 가볍게 마무리한 후 마운드에서 내려갔다.

'아쉽네!'

천천히 마운드 위로 걸어 올라가던 태식이 느낀 감정이었다.

자신에게 볼넷을 허용하고, 김대희에서 선취점을 허용하는 적시 2루타를 얻어맞았던 데이브 로버츠는 분명히 흔들렸었다.

　'만약 그때 조금만 더 몰아붙였다면?'

　흔들리는 데이브 로버츠를 더욱 거세게 몰아붙일 수 있었다면, 그를 그로기 상태로 만들어 강판시키는 것도 가능했었을 터였다.

　그리고 만약 대승 원더스의 에이스인 데이브 로버츠를 경기 초반에 무너뜨리는 데 성공했다면?

　경기의 분위기는 심원 패롯스 쪽으로 급격히 기울었으리라.

　그러나 아쉽게도 심원 패롯스 타선은 데이브 로버츠를 더 몰아붙여서 무너뜨리는 데 실패했다.

　그 이유는 둘.

　우선 흔들리는 데이브 로버츠를 안정시키기 위해서 대승 원더스의 정재영 감독이 마운드를 방문했던 시점이 무척 적절했다.

　또, 데이브 로버츠를 그로기 상태로 몰아넣기에는 심원 패롯스 하위 타선의 파괴력이 떨어졌다.

　'만호가 있었다면?'

　김대희의 다음 타석에 임태규가 아니라 강만호가 들어섰다면, 경기의 양상은 또 달라졌을 수도 있었다.

　경험이 풍부하고, 최근 타격감이 상승세였던 강만호는 흔들리는 데이브 로버츠를 상대로 좋은 결과를 만들어냈을 가능성이 있었다.

　그러나 강만호는 오늘 경기 선발 라인업에서 빠졌다.

　선발투수로 경기에 출전한 태식이 타석에도 들어섰기 때문에, 심원 패롯스는 지명타자를 활용할 수 없었기 때문이다.

'대타로 내보내긴 어려운 상황이었지!'

강만호를 대타로 기용하는 것.

지명타자를 활용할 수 없는 상황이기에 그것도 하나의 방법이 었지만, 경기 초반이었던 만큼 어려운 선택이었다.

'아쉽지만 어쩔 수 없었어!'

상념을 털어버린 태식이 다시 집중하기 시작했다.

3이닝 퍼펙트.

선발투수로 경기에 출전했던 태식이 현재까지 기록한 성적이었다.

안타는 물론이고, 볼넷조차도 허용하지 않은 채 대승 원더스의 강타선을 잠재운 것.

분명히 좋은 성과였다.

그러나 안심하기는 일렀다.

타선이 한 바퀴 돈 상황.

미지의 생명체나 다름없었던 태식의 투구가 대승 원더스 타자들의 눈에 서서히 익기 시작한 시점이었기 때문이다.

'아직 여유가 있다?'

대승 원더스 정재영 감독의 표정을 힐끗 살핀 태식이 두 눈을 빛냈다.

경기가 본인의 뜻대로 풀리지 않는 상황임에도 불구하고, 정재영 감독은 다급한 기색이 아니었다.

여전히 표정에 여유가 묻어나고 있었다.

4회 초, 태식의 첫 상대는 대승 원더스의 리드오프인 백정권이었다.

슈아악!

태식의 손에서 공이 떠난 순간, 백정권이 과감하게 배트를 휘둘렀다.

딱!

둔탁한 타격음과 함께 타구는 2루수의 앞으로 굴러갔다.

백정권이 노리고 들어온 공은 몸 쪽 직구.

그렇지만 태식이 초구로 선택한 공은 체인지업이었다.

노림수가 빗나가면서 타격 타이밍이 전혀 맞지 않았기 때문에 평범한 내야 땅볼이 된 것이었다.

"아웃!"

1루심이 아웃을 선언한 순간, 태식이 희미하게 고개를 끄덕였다.

"바뀌었네!"

타선이 한 바퀴 돌고 난 후, 정재영 감독의 지시가 바뀌었다는 것을 백정권과의 승부를 통해 알아챌 수 있었다.

초구부터 과감하게 배트를 휘두르는 것.

정재영 감독이 대승 원더스의 타자들에게 지시했던 신중한 승부의 유효기간이 끝났다는 증거였다.

태식이 신중을 기하면서 2번 타자 문백경과의 대결을 시작했다.

슈아악!

따악!

태식의 예상대로였다.

문백경 역시 망설이지 않고 초구부터 과감하게 배트를 휘둘렀다.

타격음이 묵직했지만, 태식은 당황하지 않았다.

'타이밍이 늦었어!'

바깥쪽 직구를 노리고 들어왔던 문백경의 노림수.

이번에는 노림수가 적중했다.

그렇지만 타이밍이 밀렸다.

그 이유는 태식이 전력투구를 했기 때문이다.

152㎞.

140㎞대 중반의 직구에 익숙해진 문백경의 배트 스피드가 150㎞대 초반의 구속을 따라오지 못했다.

일찌감치 낙구 지점을 예측한 중견수 이종도가 펜스 앞에서 타구를 잡아내며 또 하나의 아웃 카운트가 늘어났다.

그리고 3번 타자 조정훈과의 대결.

조정훈은 이전 두 타자와 달랐다.

성급하게 덤벼들지 않았다.

태식이 던지는 직구를 커트해 내며, 풀카운트까지 승부를 끌고 갔다.

그리고 8구째.

태식이 던진 바깥쪽 직구를 조정훈이 이를 악물고 받아 쳤다.

따악!

'첫 안타?'

경쾌한 타격음이 울려 퍼진 순간, 태식의 머릿속에 퍼뜩 떠오른 생각이었다.

조정훈이 휘두른 배트 중심에 걸린 타구의 속도.

무척 빨랐다.

3루수 김대희의 키를 넘기며 선상을 타고 좌측 펜스까지 굴러 가는 2루타가 될 것처럼 보였던 타구였는데.

풀썩!

3루수 김대희가 정확한 타이밍에 점프하며 글러브를 높이 들어 올렸다. 그리고 조정훈이 때린 잘 맞은 타구는 마치 쇠붙이에 끌리는 자석처럼 김대희가 들어 올렸던 글러브 속으로 빨려 들어갔다.

라인 드라이브 아웃.

1루 베이스를 향해 맹렬한 속도로 달려 나가던 조정훈이 아쉬운 기색을 감추지 못하고 멈춰 섰다.

그 순간, 태식이 박수를 치며 호수비를 펼친 김대희에게 감사를 표했다.

삼자범퇴.

김대희가 펼친 호수비 덕분에 4회까지 퍼펙트 행진을 계속 이어나간 태식이 더그아웃으로 천천히 돌아갔다.

스윽.

송나영이 휴대전화를 가리고 있던 손을 살짝 아래로 내렸다.

한 번에 다 내리지 않고 조금씩 아래로 내리던 송나영이 긴장한 채 점수를 확인한 후, 표정이 밝아졌다.

"앗싸!"

2 : 0.

경기 스코어를 확인한 송나영이 기쁜 기색을 감추지 않고 드러냈을 때, 유인수가 혀를 차며 말했다.

"뭐 하고 있어?"

"다른 구장에서 벌어지는 경기 상황 확인하고 있었는데요. 지금 청우 로얄스가 이기고 있어요."

"그래?"

정규 시즌 최종전은 현재 타 구장에서도 동시에 벌어지고 있었다. 그리고 정규 시즌 최종전 결과에 따라서 심원 패롯스의 가을 야구 진출 여부는 물론이고, 한국 시리즈 직행 티켓의 주인도 가려졌다.

"만약 이 기세를 끝까지 이어나가서 정규 시즌 최종전에서 청우 로얄스가 마경 스왈로우스를 잡아내고, 심원 패롯스가 대승 원더스를 잡아내면… 가을 야구 진출은 심원 패롯스의 몫이 되는 거라고요."

송나영이 들뜬 목소리로 말했다.

당연히 유인수도 기뻐할 거라 기대했는데.

그에게서 돌아온 반응은 송나영이 기대했던 것과 달랐다.

"그런데?"

시큰둥한 반응이 돌아온 순간, 송나영이 슬쩍 눈살을 찌푸렸다.

"기적이 벌어질 수도 있다니까요."

"기적?"

"모두 불가능하다고 예상했던 심원 패롯스의 가을 야구 진출이 성사되면 기적이나 다름없잖아요."

유인수가 현재 상황을 제대로 파악하지 못하고 있는 거라 판단한 송나영이 설명을 덧붙였다.

그러나 유인수는 여전히 시큰둥한 표정으로 입을 뗐다.

"그래서 좋아?"

"네?"

"그래서 좋으냐고?"

"당연히 좋죠."

송나영이 대답하자마자, 유인수가 혀를 끌끌 찼다.

"반응이 왜 그러세요? 제가 뭘 잘못했어요?"

"잘못했지."

"제가 뭘요?"

"너, 직업이 뭐냐?"

"기자요."

유인수는 송나영의 직속 상사.

그런 그가 송나영의 직업이 무엇인지 모를 리 없었다.

대체 왜 이런 질문을 던지는지 여부를 알지 못 해서 송나영이 의아한 시선을 던졌을 때였다.

"그런데 왜 내 눈에는 심원 패롯스 프런트 직원처럼 보이지?"

"네?"

"기자는 팩트를 전달하는 사람이야. 그런데 감정을 실어서 마치 심원 패롯스 프런트 직원처럼 행동하는 것, 옳다고 생각해?"

유인수가 한 지적.

무척 날카로웠다.

덕분에 자신의 실수를 깨달은 송나영이 얼굴을 붉혔다.

객관적인 입장에서 기사를 작성하는 것.

기자의 가장 중요한 덕목이자 역할 가운데 하나였다. 그런데 어느 순간부터 그 역할을 망각하고, 마치 심원 패롯스 프런트 직원처럼 행동했다는 것을 부인하기 어려웠다.

"죄송합니다."

송나영이 사과하자, 유인수는 더 이상 그 부분에 대해 지적하지 않았다.

대신 다른 이야기를 꺼냈다.

"아직 경기 끝나려면 멀었다. 그리고 벌써 다른 구장에서 벌어지고 있는 경기 상황을 살피고 있을 때가 아냐."

"왜요?"

"여기가 더 급하니까."

"네?"

송나영이 의아한 시선을 던질 때, 유인수가 마운드에 서 있는 김태식에게서 시선을 떼지 않은 채 덧붙였다.

"김태식에게 고비가 찾아왔거든!"

슈아악!

태식의 손을 떠난 공이 바깥쪽 꽉 찬 코스로 날아들었다.

용덕수가 내밀고 있던 미트 속으로 정확히 파고든 직구.

그렇지만 5회 초의 선두 타자로 타석에 들어서 있는 대승 원더스의 4번 타자 브래드 던은 미동도 하지 않았다.

주심 역시 손을 들어 올리지 않고 외면했다.

방금 바깥쪽 직구에 주심이 스트라이크를 선언하지 않으면서 볼카운트는 풀카운트로 바뀌었다.

태식이 스트라이크를 선언하는 대신 슬그머니 시선을 외면했던 주심을 원망하던 마음을 이내 거둬들였다.

'당연한 거야!'

이미 오늘 경기 주심의 성향에 대한 파악은 끝난 상황.

주심이 바깥쪽 꽉 찬 코스를 통과했던 직구를 잡아주지 않는 것을 원망할 필요는 없었다. 또, 타순이 한 바퀴 돌고 난 후, 브래드 던 역시 주심의 성향에 대해 어느 정도 파악을 마친 후였다.

해서 바깥쪽 꽉 찬 코스의 직구가 들어왔음에도 브래드 던은 배트를 내밀지 않고 참아낸 것이었다.

슈아악!

심기일전한 태식이 다시 와인드업을 마치고 공을 던졌다.

따악!

이번에는 브래드 던이 타석에서 기다리지 않았다.

태식이 결정구로 선택한 바깥쪽 체인지업을 마치 노렸다는 듯이 망설이지 않고 배트를 휘둘렀다.

투구를 마치자마자 재빨리 고개를 뒤로 돌린 태식이 브래드 던이 때린 타구의 궤적을 눈으로 좇았다.

우익수인 임태규가 열심히 타구를 좇아갔지만, 타구를 노 바운드로 처리하기에는 역부족이었다.

'벗어나라! 벗어나라!'

낮은 포물선을 그리며 날아가서 선상 근처로 떨어지고 있는 잘 맞은 타구를 바라보며 태식이 속으로 외쳤다.

그 외침이 통한 걸까.

브래드 던의 타구는 간발의 차로 라인 선상을 벗어나는 파울이 됐다.

후우.

태식이 안도의 한숨을 내쉬었다.

아쉬운 기색을 감추지 않고 다시 홈 플레이트 쪽으로 돌아오고 있는 브래드 던을 바라보던 태식이 고개를 돌렸다.

감독석에 앉아 있는 이철승 감독의 표정이 딱딱하게 굳어져 있는 것이 보였다.

'정타가 나오기 시작한다!'

태식도 표정을 굳혔다.

직구와 체인지업.

선발투수로 출전했던 태식이 4회까지 사용한 구종은 둘 뿐이었다. 그리고 두 가지 구종만 사용하고도 안타는커녕 볼넷 하나 허용하지 않은 완벽한 피칭을 펼쳤다.

그렇지만 이제는 한계에 다다랐다는 생각이 퍼뜩 들었다.

오늘 경기 두 번째로 타석에 들어선 대승 원더스의 4번 타자 브래드 던과의 승부에서 고전한 것이 다가 아니었다.

4회 초 2사 후, 3번 타자인 조정훈과의 대결.

3루수 김대희의 호수비 덕분에 안타가 되지는 않았지만, 태식은 조정훈에게도 배트 중심에 걸린 잘 맞은 타구를 허용했다.

'더… 버틸 수 있을까?'

태식의 고민이 깊어졌다.

3. 퍼펙트게임

'이대로는 어려워!'

가능하면 자신이 구사할 수 있는 다른 구종들을 좀 더 오래 감추고 싶었다. 그렇지만 태식은 브래드 던의 자신감이 깃든 눈빛을 확인하고 마음을 고쳐먹었다.

'투구 수가 늘어나고 있어!'

지금까지는 완투도 가능할 정도로 투구 수 관리가 잘된 편이었다.

그렇지만 4회 초 마지막 타자인 조정훈과의 승부는 8구까지 이어졌고, 아직 끝나지 않은 브래드 던과의 승부도 8구까지 이어지고 있었다.

'결정구가 필요해!'

직구와 체인지업.

타순이 한 바퀴 돌면서 대승 원더스 타자들은 태식이 두 가지 구종만 사용한다는 것을 파악하고 타석에 들어섰다.

또, 태식이 구사하고 있는 두 가지 구종이 어느 정도 눈에 익은 상태라, 타석에서 쉽게 당하지 않고 끈질기게 버티고 있었다.

이대로라면 투구 수가 앞으로도 빠르게 늘어날 터.

또, 정타를 허용할 가능성도 높았다.

'더는… 무리야!'

태식이 결심을 굳히고 크게 심호흡을 했다.

몸 쪽 커브.

태식이 낸 사인을 확인한 용덕수가 신형을 흠칫 하며 재차 사인을 요구했다. 그리고 사인이 달라지지 않았다는 것을 확인하고서야 자세를 고쳐 앉았다.

슈아악!

와인드업을 마친 태식의 손에서 공이 떠났다.

부우웅.

브래드 던이 힘껏 휘두른 배트가 허공을 갈랐다.

"스트라이크아웃!"

131km.

낙차 폭이 큰 커브에 배트가 따라가지 못하며 헛스윙을 한 브래드 던이 삼진으로 물러났다.

"헐! 커브도 던질 수 있었어?"

"그런데 왜 그동안 안 던진 거야?"

"이렇게 잘 던지면서 왜 꽁꽁 감추고 있었던 거야?"

"공, 죽인다."

태식이 경기가 중반에 접어들 때까지 꽁꽁 감추고 있던, 새로운 구종인 커브를 결정구로 던져서 대승 원더스의 4번 타자 브래드 던을 삼진으로 잡아낸 순간, 홈 팬들의 환호성이 높아졌다.

'커브도 제구가 된다!'

태식이 고개를 돌렸다.

전혀 예상치 못했던 새로운 구종인 커브를 확인했기 때문일까.

정재영 감독의 표정이 딱딱하게 굳어져 있는 것이 보였다.

팽팽한 투수전.

모두의 예상과 달리 깜짝 선발투수로 경기에 나선 김태식이 눈부신 호투를 펼치면서, 경기는 투수전 양상으로 흘러갔다.

딱!

7회 초. 선두 타자로 나선 백정권이 때린 타구는 멀리 뻗지 못했다.

중견수인 이종도가 원래 수비 위치에서 거의 움직이지 않은 채 포구에 성공한 순간, 심원 패롯스의 홈 팬들이 환호성을 내질렀다.

"진짜 우리 팀 에이스가 맞네!"

"공 끝내 준다!"

"이러다가 진짜… 퍼펙트게임 나오는 거 아냐?"

"여기까지 왔으니 이참에 퍼펙트게임 가자!"

환호성을 내지르는 심원 패롯스 홈 팬들의 시선은 오롯이 마운드 위에 서 있는 김태식에게 쏠려 있었다.

지수 역시 두 손을 가지런히 모은 채 그라운드로 향해 있던 시선을 떼지 못하고 있을 때였다.

슈아악!

부우웅.

문백경이 직구처럼 들어오다가 마지막 순간에 바깥쪽으로 휘어져 나가는 슬라이더에 속으며 헛스윙 삼진을 당하고 물러났다.

"우와!"

"슬라이더다!"

"슬라이더도 던질 수 있었어."

"또 뭐가 더 남았을까?"

문백경을 삼구 삼진으로 돌려세운 세 번째 공.

오늘 경기에서 김태식이 단 한 번도 선보이지 않았던 구종인 슬라이더임을 알아챈 홈 관중들이 술렁였다.

그러나 아까 백정권을 뜬공으로 처리했을 때에 비해서는 환호성을 내지르는 소리가 현저히 줄어 있었다.

"왜 갑자기 조용해졌죠?"

오늘 경기 시구자로 나선 후, 관중석에서 경기를 관전하고 있던 윤아가 홈 팬들의 반응을 확인하고 의아한 표정을 지었다.

"삼진이 더 좋은 거 아니에요?"

"그건 말이지······."

기회를 놓치지 않고 야구광인 매니저 강철민이 나서서 설명해주려고 했지만, 지수가 조금 더 빨랐다.

"퍼펙트게임 때문이야."

"퍼펙트게임··· 이요?"

"윤아는 퍼펙트게임이 뭔지 모르지?"

"네? 네."

"퍼펙트게임은 선발 등판한 투수가 한 명의 타자도 진루시키지 않은 채 게임을 끝내는 것을 지칭하는 용어야. 그러니까 안타는 물론이고 볼넷이나 몸에 맞는 공도 허용하지 않고 선발투수가 경기를 마무리하는 거지."

"그렇구나."

퍼펙트게임에 대한 설명을 들은 윤아가 이해한 듯 고개를 끄덕였다.

그러나 그도 잠시, 다시 고개를 갸웃했다.

"그런데 그게 왜……?"

"아까 설명했던 퍼펙트게임은 달성하기 무척 어려운 대기록이야. 음, 윤아 너도 메이저리그는 알지?"

"에이, 저도 그 정도는 알아요."

"100년이 훌쩍 넘는 역사를 가진 메이저리그에서도 퍼펙트게임은 채 스무 번도 나오지 않았을 정도야. 그리고 1982년에 출범해서 역사가 30년이 훌쩍 넘은 KBO 리그에서는 단 한 번도 나오지 않은 대기록이고. 그만큼 퍼펙트게임이 달성하기 어렵다는 뜻이지. 그런데 지금 심원 패롯스의 선발투수로 등판한 김태식 선수가 7회 2사 상황까지 퍼펙트 행진을 이어나가고 있어."

"아, 그러고 보니까 지금까지 한 명도 진루시키지 않았네요."

"맞아. 이제 앞으로 일곱 타자만 더 아웃시키면 그 어려운 퍼펙트게임을 달성하게 되는 거지. 그래서 관중들이 조용해진 거야."

"왜요?"

"조심스러워진 거야."

"뭐 때문에 조심스러워진 거예요?"

"투수는 무척 민감하거든. 심원 패롯스의 홈 팬들은 김태식 선수가 퍼펙트게임을 달성하길 내심 바라며 기대하고 있고, 그래서 김태식 선수에게 방해가 되지 않도록 함성을 내지르는 소리를 줄이고 있는 거야."

"그렇구나."

윤아가 비로소 이해했다.

야구에 대한 지식을 뽐낼 기회를 잃어버렸기 때문일까.

뺨을 부풀리고 있던 매니저 강철민이 이내 분한 기색을 지우며 놀란 표정을 감추지 않고 드러냈다.

"지수, 너 진짜 많이 변했구나."

"……?"

"이제 진짜 야구팬이 다 됐는데? 아니, 거의 야구 전문가 수준인데?"

강철민이 덧붙인 말을 들은 지수가 환하게 웃었다.

불과 얼마 전까지만 해도 지수는 야구에 대해 잘 알지 못했다.

요새 네티즌들이 흔히 쓰는 표현대로라면 '야알못' 중 한 명이었다.

그런 그녀가 야구에 대해 관심을 가지게 된 계기.

바로 김태식 선수 때문이었다.

김태식 선수에 대한 관심이 생기자, 자연스레 야구에도 관심이 생겼다. 그래서 흥미를 갖고 야구를 보다 보니, 어느덧 야구에 대한 지식도 늘어 있었다.

'야알못'에서 '야잘알'로 변했달까.

"부끄럽네."

강철민이 얼굴을 붉히고 있는 것을 뒤늦게 발견한 지수가 의아한 시선을 던졌다.

"갑자기 왜요?"

"번데기 앞에서 주름 잡은 셈이니까."

"네?"

"예전에 너한테 야구가 이러니저러니 설명하면서 잘난 척했었잖아. 그게 부끄럽게 느껴진다고."

머리를 긁적이던 강철민이 새삼스러운 시선을 던지며 질문했다.

"혹시… 그때 이미 알고 있었어?"

"뭘요?"

"지난 번 시구를 할 때, 김대회 선수가 아니라 김태식 선수에게 원 포인트 코칭을 받겠다고 고집을 피웠었잖아. 그때 이미 김태식 선수가 이렇게 야구를 잘할 줄 알고 있었던 거냐고 물은 거야."

비로소 말뜻을 알아들은 지수가 망설이지 않고 고개를 끄덕였다.

"네, 알고 있었어요."

"정말? 어떻게 알았어?"

"제가 사람 보는 눈이 좀 있거든요."

"그래?"

반신반의하는 표정을 짓고 있던 강철민이 다시 입을 뗐다.

"저기, 지수야. 부탁 하나만 해도 될까?"

"어떤 부탁인데요?"

"그때 원 포인트 코칭을 받았으니까 김태식 선수랑 친분을 좀 쌓았지?"

"뭐… 조금요."

강철민의 시선을 슬쩍 피하며 지수가 대답했다.

조금 친한 편이 아니었다.

김태식 선수와 지수는 서로 호감을 갖고 만나는 단계였으니까.

그러나 그 사실을 강철민에게 밝힐 수는 없는 노릇.

해서 지수가 서둘러 화제를 돌렸다.

"그런데 그건 왜 묻는 거예요?"

"김태식 선수랑 친분이 있으니까… 사인 볼, 아니, 친필 사인이 적힌 글러브 하나만 받아줄 수 있을까?"

"네? 왜요?"

"팬이니까."

뜻밖의 대답이었다.

"팬… 이라고요?"

그래서 지수가 되묻자, 강철민이 입에서 침을 튀겨가면서 열변을 토해냈다.

"요새 김태식 선수 말이야. 야구 진짜 잘하잖아. 얼마 전까지만 해도 잠깐 반짝하다가 다시 사라질 것이라고 생각했는데, 그게 아니더라고. 꾸준히 활약하면서 심원 패롯스를 하드캐리 하다시피 해서 결국 여기까지 끌고 왔잖아. 오죽했으면 내가 김태식 선수 때문에 응원하는 팀을 심원 패롯스로 갈아탔겠어? 그 정도로 내가 김태식 선수의 광팬이란 뜻이야. 그러니까 부탁 좀 들어주라. 응?"

강철민이 간절한 시선을 던지며 부탁했다.

그 이야기를 들은 지수의 입가로 희미한 미소가 떠올랐다.

김태식 선수의 팬이 또 한 명 늘었다는 것을 알게 된 순간, 뿌

듯한 마음이 들었기 때문이다.

그렇지만 지수는 그 감정을 내색하지 않기 위해 애쓰며 입을 뗐다.

"오빠도 많이 변했네요."

"응?"

"예전에는 김태식 선수를 무시했잖아요."

"그건……."

정곡을 찔린 탓일까.

강철민이 멋쩍게 웃고 있을 때였다.

따악!

경쾌한 타격음이 그라운드에 울려 퍼졌다.

강철민에게 향해 있던 시선을 서둘러 뗀 지수가 타격음이 흘러나왔던 그라운드로 시선을 던졌다.

투수의 곁을 지나쳐 2루 베이스 쪽으로 향하는 타구를 살피던 지수의 표정이 딱딱하게 굳어졌다.

따악!

바운드를 일으키면서 자신을 향해 다가오고 있는 타구를 확인한 태식이 본능적으로 글러브를 내밀었다.

'잡을 수 있을까?'

조정훈이 휘두른 배트 중심에 걸린 타구.

무척 빨랐다.

'못 잡아!'

그 찰나의 순간, 글러브를 내민다 하더라도 타구를 포구하는 것은 어렵다고 태식이 판단했다.

'현일이에게 맡기는 편이 나아!'

스윽.

글러브 끝을 맞고 타구의 방향이 바뀌는 것을 우려한 태식이 타구를 향해 내밀던 글러브를 다시 거둬들였다.

배트 중심에 잘 맞은 타구였긴 했지만, 2루수인 임현일이 타구를 처리할 수 있을 것이라고 태식은 내심 기대했다.

그런 태식의 예상대로 임현일은 타구를 잘 쫓아왔다.

틱!

그렇지만 마지막 순간, 예상치 못했던 불규칙 바운드가 일어났다.

불규칙 바운드를 일으키면서 예상보다 높이 튀어 오른 타구는 임현일이 갖다 대고 있던 글러브의 손목 부근을 맞고 퉁겨 나왔다.

데구르르.

임현일이 황급히 바닥에 떨어져 있는 공을 잡아서 1루로 송구했다.

아웃 타이밍.

그러나 임현일이 후속 동작을 너무 서두르는 바람에 송구의 방향이 왼쪽으로 조금 치우쳤다.

1루수인 이명기가 가까스로 송구를 잡아내는 데 성공한 순간, 타자 주자인 조정훈이 베이스를 통과했다.

"아웃!"

후우.

1루심이 아웃을 선언한 순간, 태식이 안도의 한숨을 내쉬었다. 그러나 정재영 감독은 1루심의 판정에 불만을 드러내며 비디오 판독을 요청했다.

"세이프!"

잠시 뒤, 비디오 판독을 마친 심판진이 원심을 번복했다.

1루수의 글러브에 송구가 도착한 것이 조정훈의 발이 1루 베이스에 닿은 것보다는 빨랐지만, 그때 1루수의 발이 베이스에서 살짝 떨어졌기 때문이다.

"아아!"

"아아아!"

정재영 감독이 신청한 비디오 판독을 통해서 원심이 번복되며 태식이 이어나가던 퍼펙트 행진이 깨졌다.

그 순간, 홈 팬들이 아쉬움을 감추지 못하고 일제히 탄식성을 흘려냈다.

허리를 숙여서 로진백을 집어 든 태식도 아쉬운 마음을 감추지 못했다.

'이닝 이터 역할에 충실하자!'

태식이 경기 전에 다짐했던 구상이자 목표였다. 그리고 지금까지 태식은 그 목표를 달성했다.

아니, 단순히 목표를 달성한 것이 다가 아니었다.

경기 후반까지 단 하나의 안타와 볼넷도 허용하지 않으면서 대기록인 퍼펙트게임에 근접했다.

그러니 목표를 초과 달성한 셈이었다.

그런데 방금 퍼펙트게임 행진이 깨졌다.

임현일이 타구를 잡아내기 직전, 예상치 못했던 불규칙 바운드가 일어났으니 그의 실책이라고 보기는 어려웠다. 그렇지만 임현일이 충분히 처리할 수 있었던 타구였기에 못내 아쉬움이 남았다.

'송구의 방향만 정확했다면?'

비록 타구를 한 번에 잡아내지 못했지만, 배트 중심에 걸렸던 타구의 속도가 워낙 빨랐었다.

만약 임현일의 송구 방향만 정확했다면 타자 주자인 조정훈을 1루에서 충분히 아웃시킬 수 있었다. 그러나 임현일은 공을 떨어뜨린 후 당황한 나머지 후속 동작을 너무 서둘렀고, 그게 화근이 된 셈이었다.

'괜찮아!'

태식이 마음을 추스르기 위해 애썼다.

비록 대기록인 퍼펙트게임은 무산됐지만, 아직 실점을 허용한 것은 아니었다.

심원 패롯스가 여전히 한 점차로 앞서 있는 상황.

승리투수 요건을 갖추고 있었다.

태식이 다시 경기에 집중하기 위해 애썼다.

2사 1루 상황에서 타석에 들어선 것은 대승 원더스의 4번 타자 브래드 딘이었다.

지금이 승부처라고 판단했을까.

정재영 감독은 1루 주자 조정훈을 발 빠른 대주자 박기영으로 교체했다.

스으윽!

대주자 박기영이 1루 베이스와의 거리를 벌렸다.

언제든지 도루를 시도할 수 있다고 협박하듯 점점 1루 베이스와의 거리를 벌리는 박기영을 노려보던 태식이 와인드업을 했다.

슈아악!

태식의 손을 떠난 공이 홈 플레이트를 통과하는 순간, 브래드 던이 힘차게 휘두른 배트에 걸렸다.

따악!

높이 솟구친 타구가 까마득하게 멀리 날아갔다.

중견수 이종도가 타구를 쫓는 것을 일찌감치 포기했을 정도로 큰 타구.

콰앙!

브래드 던이 때린 타구가 백스크린 상단을 직격한 순간, 타구의 궤적을 눈으로 쫓던 태식이 고개를 아래로 떨궜다.

4. 새 술은 새 부대에

1 : 2.

대승 원더스의 4번 타자인 브래드 던의 역전 투런 홈런이 터진 순간, 경기장 내부는 쥐 죽은 듯이 고요하게 변했다.

심원 패롯스의 코칭스태프와 선수들은 물론이고 홈 팬들까지.

모두 침통한 표정을 짓고 있었다.

그렇지만 딱 한 사람.

박순길은 예외였다.

심원 패롯스의 단장임에도 불구하고, 박순길의 표정은 침통하지 않았다.

선발투수 김태식이 이어가고 있던 퍼펙트게임 행진이 깨진 순간 표정이 밝아졌고, 브래드 던의 역전 투런 홈런이 터진 순간에는 환한 웃음을 지었다.

"왜 웃으시는 겁니까?"

눈치를 살피던 장원우가 조심스럽게 물었다.

"경기가 내 뜻대로 흘러가니까."

박순길이 대답했다.

그렇지만 장원우는 제대로 이해한 기색이 아니었다.

해서 박순길이 부연을 덧붙였다.

"일전에도 자네에게 말했듯, 난 지금의 심원 패롯스가 별로 마음에 들지 않네. 그래서 내가 원하고, 또 바라고 있는 새로운 팀으로 환골탈태시키고 싶어. 그리고 새 술을 새 부대에 담기 위해서는 기존의 부대가 감히 다시 붙일 엄두도 내지 못할 정도로 확실히 깨지는 편이 낫지."

박순길이 역전을 허용하고 낭패한 기색이 역력한 이철승 감독의 표정을 살피며 말을 이어나갔다.

"이철승 감독이 던진 승부수. 이 정도면 오래 통한 편이야. 그렇지만 변칙은 결국 정석을 이기지 못하는 법이지."

"……."

"내 말뜻, 이해했나?"

박순길이 질문하자, 장원우가 당황한 기색을 드러냈다.

"저는… 그러니까 저는……."

"웃게."

"네?"

"자네에게는 호재이니까."

장원우가 억지웃음을 머금은 순간, 박순길이 다시 입을 뗐다.

"올 시즌 심원 패롯스는 여기까지야. 이제부터 자네와 내가 만들어갈 새로운 심원 패롯스에 대한 구상을 시작해 보세."

*   *   *

'넘어갔다?'

순간, 머릿속이 멍해졌다.

백스크린을 강하게 때린 브래드 던의 타구를 눈으로 확인하고 난 순간, 제대로 생각이 이어지지 않았다.

마운드 위에 서 있는 것조차 힘들 정도로 전신의 힘이 쭉 빠져나갔다.

'이제… 어쩌지?'

막막한 기분만 들었다.

그런 태식이 본능적으로 고개를 돌렸다.

좀 전까지 딱딱하게 굳어있던 대승 원더스 정재영 감독의 표정은 변해 있었다.

환하게 웃고 있는 정재영 감독은 다시 여유를 되찾아 있었다.

승리에 대한 확신이 생겼기 때문이리라.

태식이 반대편으로 고개를 돌렸다.

자신 못지않게 막막해 하며 망연자실한 표정을 짓고 있으리라 예상했는데.

이철승 감독이 짓고 있는 표정은 태식의 예상과는 한참 달랐다.

의외로 이철승 감독은 침착함을 유지하고 있었다.

'왜?'

그런 이철승 감독의 표정을 확인한 태식이 의아한 시선을 던졌다.

경기가 후반으로 접어든 시점.

태식은 한 점차의 리드를 지켜내는 데 실패했고, 그로 인해 심원 패롯스의 패색이 짙어진 상황이었다.

그럼에도 불구하고 이철승 감독이 실망하지 않고 침착함을 유지하고 있는 것을 이해하기 어려웠다.

그러나 태식은 이내 그 호기심을 털어버렸다

'내가… 망쳤어!'

대신 태식이 자책했다.

'교체!'

선발투수로서 태식의 소임이 여기까지라고 생각했다.

이제 이철승 감독이 더그아웃을 박차고 나와 마운드를 방문한 후, 자신을 마운드에서 끌어 내릴 것이라고 예상했는데.

태식의 예상은 또 다시 빗나갔다.

이철승 감독은 태식을 강판시키기 위해서 마운드 위로 방문하지 않았다.

대신 양손을 들어 박수를 쳤다.

'맞서 싸워라?'

그 박수의 의미.

태식이 모를 리 없었다.

"너를 마운드에서 내리지 않는다. 나는 너를 끝까지 믿는다. 대신 너는 도망치지 마라. 당당하게 맞서 싸워라."

이철승 감독이 태식에게 원하고 있는 것이었다.

그때였다.

"아직 경기 안 끝났다!"

"홈런 허용하지 않는 투수가 어디 있나? 커쇼도 홈런 얻어맞는다."

"아직 한 점차다!"

"괜찮아. 괜찮아!"

심원 패롯스의 홈 팬들이 앞다투어 소리쳤다.

그 응원의 함성 소리를 듣는 순간, 멍하기만 하던 머릿속이 다시 맑아지기 시작했다.

'그래. 아직 안 끝났어!'

비록 역전을 허용하긴 했지만, 경기는 아직 끝난 것이 아니었다.

고작 한 점차.

심원 패롯스에게는 아직 세 번의 공격 기회가 남아 있었고, 뒤지고 있는 경기를 뒤집을 수 있는 가능성은 여전히 남아 있었다.

'더 실점하면 안 돼!'

현재 상황에서 가장 중요한 것.

더 이상 실점하지 않는 것이었다. 그리고 실수를 반복하지 않기 위해서는 아까 범했던 실수를 되짚어 보는 것이 필요했다.

"욕심이 화를 불렀어!"

조금 전, 브래드 던에게 홈런을 허용했던 상황을 찬찬히 되짚어 보던 태식이 자책했다.

사람인 이상, 욕심이 없을 수는 없었다.

이닝 이터 역할을 충실히 해낸 것만으로 만족하려고 했었는데.

퍼펙트게임 행진이 경기 후반까지 이어지자, 태식도 대기록에 신경이 쓰이는 것은 어쩔 수 없었다.

자연스레 퍼펙트게임이라는 대기록을 달성하고 싶다는 욕심이 생겼고, 임현일의 실책성 플레이로 인해 대기록 달성이 무산되자 허탈한 마음이 들었다.

"괜찮다!"

연신 혼잣말을 되뇌면서 스스로를 다독였었다.

그렇지만 실제로는 전혀 괜찮지 않았다.

허탈한 마음이 너무 커서, 경기에 온전히 집중하지 못했다. 그리고 대승 원더스의 정재영 감독은 예리했다.

퍼펙트게임 행진이 깨진 탓에 마운드에 서 있던 태식의 멘탈이 흔들리며 경기에 집중하지 못한다는 사실을 재빨리 간파했다.

또, 이 부분을 공략하기 위해서 발 빠르게 움직였다.

대주자 박기영의 기용.

정재영 감독은 발 빠른 대주자를 기용하면서 태식의 신경을 곤두서게 만들었고, 그로 인해 태식은 더욱 경기에 집중하지 못했다.

'앗차!'

타석에 선 브래드 던을 상대로 초구를 던지던 순간, 태식은 뒤늦게 자신의 실책을 깨닫고 당황했다.

세트포지션 투구가 아닌 와인드업 투구를 하고 있다는 사실을 한발 늦게 알아챘기 때문이다.

이미 와인드업을 시작한 상황.

도중에 멈출 수는 없었다.

'박기영에게 도루를 허용해서는 안 된다. 그러기 위해서는 투구 동작을 최대한 빠르게 가져가야 한다.'

당시에 태식이 떠올렸던 생각들이었다.

투구 동작을 빠르게 가져가기 위해 애쓰면서, 장타를 의식해서 바깥쪽 직구를 던졌다. 그러나 투구 동작을 간결하게 가져가야 한다는 생각에 모든 신경이 쏠려 있었던 터라, 공을 던지는 데 제대로 집중하지 못했다.

145㎞.

투구에 제대로 힘을 싣지 못한 데다가, 제구가 되지 않은 공은 높게 형성되며 가운데로 몰렸다.

실투!

이것이 브래드 던에게 홈런을 허용한 이유였다.

'다시 집중하자!'

태식이 다시 경기에 집중하기 위해 애썼다.

슈아악!

딱!

기세를 탔기 때문일까.

대승 원더스 타자들은 타석에서 더욱 적극적으로 스윙했다.

슈아악!

원 볼 투 스트라이크 상황에서 태식이 던진 공은 슬라이더.

스트라이크존을 통과할 듯 보이다가 마지막 순간 바깥쪽으로 휘어져나가는 슬라이더에 속아 정회성이 헛스윙을 하며 무척 길게 느껴졌던 7회 초가 마무리됐다.

더그아웃으로 돌아간 태식이 숨 돌릴 틈도 없이 타석으로 향했다.

7회 말 심원 패롯스의 공격.

공교롭게도 선두 타자는 태식이었다.

6회까지 단 1실점만 허용하며 호투하고 있는 데이브 로버츠가 현재까지 기록한 투구 수는 87개.

완투까지도 바라볼 수 있을 정도로 투구 수 관리가 잘된 편이었다.

'데이브 로버츠를 마운드에서 끌어 내리는 것이 급선무야!'

타석을 향해 걸어가던 태식이 떠올린 생각이었다.

태식이 이렇게 판단한 이유.

오늘 경기에서 총력전을 펼쳐서 무조건 승리를 거두려고 하는 정재영 감독이 미리 준비했던 안전장치가 무엇인지 알고 있었기 때문이다.

불펜 투수 최동현.

선발투수로 내보냈던 데이브 로버츠가 무너질 경우를 대비해서 정재영 감독은 안전장치를 준비했다.

바로 올 시즌, 팀의 실질적인 2선발로 좋은 활약을 펼쳤던 최동현을 불펜에서 대기시키는 것이었다.

실제로 오늘 경기 초반부에 데이브 로버츠가 선취점을 허용하면서 흔들렸을 때, 불펜에 최동현이 몸을 풀기 위해 잠시 등장했었다.

'최동현을 마운드 위에 세울 수만 있다면?'

태식과 최동현이 맞대결을 펼친 횟수.

결코 많지 않았다.

그렇지만 태식은 최동현과 맞대결을 펼쳤을 때, 천적이라 표현해도 충분할 정도로 좋은 결과를 얻어냈다.

비록 표본이 워낙 적은 탓에 아직 천적이라는 표현을 쓰기에는 시기상조였지만, 태식은 최동현을 상대로 자신감이 있었다.

근거 없는 자신감이 아니었다.

최동현의 직구 평균 구속은 120km대 중반.

그동안 태식이 꾸준히 해 왔던 눈 훈련의 성과를 드러내기에 최동현은 최적의 상대라고 할 수 있었다.

그렇지만 최동현이 마운드에 오르도록 만들기 위해서는 전제 조건이 필요했다.

바로 데이브 로버츠를 무너뜨려서 강판시켜야 한다는 것이었다.

그리고 이것이 결코 쉽지 않았다.

슈아악!

타석에 들어선 태식이 데이브 로버츠의 초구를 흘려보냈다.

"스트라이크!"

주심이 바깥쪽 직구에 스트라이크를 선언한 순간, 태식이 전광판을 살폈다.

148km.

전광판에 찍힌 구속이었다.

'구속이… 줄었다!'

경기 초반부, 데이브 로버츠가 던졌던 직구의 구속은 무려 150km대 중반이었다. 그리고 경기 중반부에도 150km대 초반의 직구 구속을 유지했다.

그렇지만 경기 후반부인 7회 말에 접어들자마자, 데이브 로버츠의 직구 구속은 140㎞대 후반으로 떨어져 있었다.

'전력투구의 여파!'

태식이 두 눈을 빛냈다.

데이브 로버츠는 경기 초반부터 전력투구를 펼쳤다.

나름대로 투구 수 관리에 성공했지만, 경기 후반부인 지금까지 힘이 떨어지지 않으면 오히려 그것이 더 이상한 일이었다.

그러나 경기 초반에 비해서 구속이 감소했다고 해서 데이브 로버츠를 쉽게 공략할 수 있는 것은 아니었다.

140㎞대 후반의 구속은 올 시즌 다승과 방어율 부분에서 선두를 달리고 있는 데이브 로버츠의 평균 직구 구속.

게다가 데이브 로버츠는 경험이 많은 노련한 투수였다.

힘이 떨어지며 구속이 감소했다는 사실을 간파하자마자, 그 부분을 의식해 투구 패턴에 변화를 꾀했다.

슈악!

부우웅.

직구에 노림수를 갖고 타석에 들어섰던 태식이 슬라이더에 속아서 헛스윙을 했다.

투 볼 투 스트라이크.

불리한 볼카운트에 몰렸지만, 태식도 순순히 물러나지 않았다.

'내가 만회해야 해!'

브래드 던에게 홈런을 얻어맞아 역전을 허용했던 것.

선발투수로 경기에 나섰던 태식에게는 마음의 빚으로 남았다.

다행히 태식은 오늘 경기에서 타석에도 들어설 기회를 얻었다. 그리고 타석에서 어떻게든 그 빚을 갚고 싶었다.

딱! 딱!

슬라이더에 이은 싱커.

태식의 배트를 끌어내서 헛스윙을 유도해 내기 위해서 데이브 로버츠는 잇따라 유인구를 던졌다.

그러나 태식도 쉽게 물러나지 않고 커트해 내면서 타석에서 끈질기게 버텼다.

7구째 승부.

크게 숨을 몰아쉰 데이브 로버츠가 와인드업을 했다.

'직구 승부!'

태식이 확신을 가진 채 직구를 노리고 들어갔다.

잇따라 유인구를 던진 상황.

데이브 로버츠가 유인구를 던지지 않고 직구를 던져서 힘으로 찍어 누르기 위한 시도를 할 것이라고 예상했기 때문이다.

슈아악!

부우웅!

그러나 크게 휘두른 태식의 배트는 허공을 갈랐다.

'포크볼!'

헛스윙 삼진을 당한 태식이 터덜터덜 걸어 더그아웃으로 돌아왔다.

마운드에서 실투를 던져서 브래드 던에게 역전 투런 홈런을 허용했던 것.

타석에서 어떻게든 만회하고 싶었기에 장타를 노렸는데.

그 욕심이 오히려 독이 됐다.

직구가 아니라 포크볼임을 뒤늦게 파악했지만, 너무 큰 스윙을 가져갔던 터라 커트를 해내는 것조차 불가능했다.

'누구라도 좋다. 제발 출루해라!'

이대로 경기가 마무리되면서 패배로 귀결되는 시나리오가 눈앞에 그려진 순간, 너무 아쉬웠다.

그래서 더그아웃으로 돌아온 태식이 기도하듯 간절히 바랐다.

그 바람이 통했을까.

따악!

7회 말 1사 주자 없는 상황에서 타석에 들어선 김대희가 데이브 로버츠의 직구를 공략해 중전 안타를 터뜨렸다.

'기회!'

어쩌면 마지막일지도 모를 기회가 찾아온 순간, 태식이 참지 못하고 자리에서 벌떡 일어났다.

그런 태식이 이철승 감독에게 시선을 던졌다.

'적기!'

데이브 로버츠가 펼쳤던 눈부신 호투에 줄곧 눌려 있었던 터라, 무척 오래간만에 찾아온 찬스였다.

또, 어쩌면 마지막일지도 모르는 찬스였다.

해서 태식은 지금이 승부수를 띄울 타이밍이라고 판단했다.

'만호!'

강만호를 대타자로 기용할 적기가 찾아왔다고 판단한 태식이 이철승 감독에게 강렬한 시선을 던졌다.

그러나 이철승 감독은 움직이지 않았다.

강만호를 대타자로 기용하는 대신, 임태규를 그대로 타석에 내보냈다. 그리고 임태규로 밀어붙인 결과는 좋지 않았다.

딱!

임태규는 데이브 로버츠의 싱커를 받아 쳤다.

유격수 쪽으로 굴러가는 평범한 내야 땅볼.

그나마 다행이라면 빗맞은 탓에 타구의 속도가 느렸다는 것이었다.

"세이프!"

유격수는 임태규의 타구를 잡아내자마자, 병살 플레이를 노렸다. 그렇지만 전력 질주 한 임태규는 간발의 차로 1루에서 세이프 선언을 받아냈다.

2사 1루.

임태규가 진루타를 만들어내는 데 실패하면서 오래간만에 찾아온 찬스는 무산될 위기에 처했다.

'지금이라도 만호를 대타자로 기용하는 것이 좋지 않겠습니까?'

태식이 이런 의미가 담긴 강렬한 시선을 던졌다.

왜일까.

이철승 감독은 이번에도 태식의 시선을 외면했다.

5. 내가 해결한다

2사 1루 상황에서 타석에 등장한 것은 8번 타자 용덕수.

더그아웃에서 경기를 지켜보고 있던 태식의 표정이 어둡게 변했다.

'또 기회가 찾아올까?'

만약 이대로 찬스가 무산된다면?

심원 패롯스에게 남아 있는 공격 기회는 8회 말과 9회 말.

두 차례 뿐이었다.

하아!

점점 더 상황이 어려워진다고 판단한 태식이 한숨을 내쉬며 고개를 아래로 떨구었을 때였다.

따악!

묵직한 타격음이 그라운드에 울려 퍼졌다.

그 타격음을 듣고 정신이 번쩍 든 태식이 그라운드로 시선을 던졌다. 그런 태식의 눈에 우중간 코스로 쭉쭉 뻗어나가는 타구가 들어왔다.

'적시타?'

태식이 다시 자리에서 벌떡 일어났다. 그리고 자리에서 일어난 것은 태식만이 아니었다.

더그아웃에 모여 있던 심원 패롯스의 모든 선수들이 자리를 박차고 일어나 그라운드를 주시하고 있었다.

타다다닷.

우익수가 맹렬히 대시하면서 용덕수가 때려낸 타구를 쫓았다. 그리고 노 바운드로 잡아내기 위해서 우익수가 몸을 던졌다.

'빠졌다!'

우익수가 쭉 내민 글러브는 타구에 조금 미치지 못했고, 그대로 뒤로 빠진 타구는 펜스까지 굴러갔다.

펜스 앞에서 공을 잡은 중견수가 송구하면서 중계 플레이가 시작된 순간, 1루 주자였던 임태규는 이미 3루 베이스를 통과해 있었다.

1타점 적시 2루타.

2 : 2.

경기의 균형을 다시 맞추는 동점 적시타를 터뜨린 용덕수가 2루 베이스에 여유 있게 도착했다.

그런 용덕수가 손을 들어 어딘가를 가리켰다.

'녀석도 참!'

용덕수가 손가락으로 가리키는 방향을 확인한 태식이 오늘 시구를 했던 윤아가 앉아 있는 것을 발견하고 픽 하고 실소를 터뜨렸다.

그렇지만 용덕수를 탓할 생각도 하지 못했다.

오히려 가장 중요한 순간에 결정적인 동점 적시타를 때려낸 용덕수가 무척 대견하게 느껴졌다.

또, 고마웠다.

와아!

와아아!

예상치 못했던 순간에 터져 나온 용덕수의 적시타로 인해 경기장의 분위기는 금세 바뀌었다. 그리고 호투하던 데이브 로버츠의 멘탈이 흔들렸다.

"볼넷!"

1루가 비어 있는 상황.

데이브 로버츠는 9번 타자 헨리 소사를 상대로 유인구 위주의 승부를 펼친 끝에 볼넷을 허용했다.

2사 1, 2루 상황.

데이브 로버츠는 1번 타자 이종도에게도 정면 승부하지 못하고 도망가는 피칭을 하다가 또 하나의 볼넷을 허용했다.

"Fuck!"

자신의 투구 내용이 마음에 들지 않기 때문일까.

오늘 경기 내내 침착함을 유지하던 데이브 로버츠가 상기된 얼굴로 욕설을 내뱉었다.

2사 만루로 바뀐 상황.

데이브 로버츠의 투구 수는 어느덧 110개가 넘어 있었고, 역전을 허용할 위기에 몰려 있었다.

그 순간, 태식이 정재영 감독을 살폈다.

여기까지라고 판단한 걸까.

정재영 감독이 마운드 위로 걸어 올라갔다.

'교체?'

데이브 로버츠가 몇 마디 말을 나눈 후, 정재영 감독은 그에게서 공을 건네받았다.

'누굴 올릴까?'

태식이 두 눈을 빛내면서 상황을 주시하고 있을 때, 마운드 위로 걸어 올라오는 최동현이 보였다.

'지금!'

송나영이 강렬한 시선을 던졌다.

그녀의 시선이 향한 곳은 심원 패롯스의 더그아웃!

좀 더 정확히 말하면 이철승 감독이었다.

그런 송나영의 눈에 타석을 향해 천천히 걸어 나오는 임현일의 모습이 들어왔다.

후우.

임현일이 타석으로 향하고 있는 모습을 확인한 송나영이 참지 못하고 답답한 한숨을 내쉬었을 때였다.

"정신 사납다."

"네?"

"정신 사납게 왜 몸을 배배 꼬고 그래?"

곁에 앉아 있던 유인수가 질책하며 물었다.

"그게… 너무 답답해서요."

"뭐가 그렇게 답답한데?"

"이철승 감독이요."

"이철승 감독이 뭘 어쨌는데?"

"캡도 보셨다시피 자꾸 미적대잖아요."

송나영이 기회를 놓치지 않고 열변을 토해냈다.

"누가 봐도 지금이 승부처인데 대타자를 기용하지 않고 계속 미적대면서 역전할 기회를 놓치고 있잖아요."

유인수가 호응하며 맞장구를 쳐주길 기대했는데.

송나영의 기대는 빗나갔다.

"너, 그새 전직했냐?"

"전직이요?"

"아까까지만 해도 심원 패롯스 소속 프런트 직원처럼 굴더니, 지금은 심원 패롯스 코칭스태프가 된 것 같은데."

슬쩍 비꼬고 있는 유인수에게 송나영이 두 눈을 흘겼다.

"제가 틀린 말을 한 것은 아니잖아요? 이철승 감독이 계속 미적대는 바람에 역전할 수 있는 기회를 여러 차례 놓친……."

"그거야 모르는 일이지."

"네?"

"야구는 누구도 몰라."

"……?"

"아까 임태규의 타석에서 강만호를 대타자로 기용했다고 해서 무조건 좋은 결과를 얻어낼 수 있었을까?"

"그야……."

송나영이 바로 대답하지 못하고 머뭇거렸다.

확신이 서지 않았기 때문이다.

"그래도 좋은 결과를 얻어낼 확률이 높아지지 않았을까요?"

잠시 뒤, 송나영이 조금 작아진 목소리로 대답을 꺼냈지만, 유인수는 이번에도 못마땅한 표정으로 혀를 찼다.

"확률은 확률일 뿐이야."

"그렇지만……."

"지금도 마찬가지야."

"네?"

"넌 이철승 감독이 왜 임현일을 대신해서 강만호를 대타로 기용하지 않는지 이해가 가지 않겠지?"

"네."

"그 이유는 이번에도 확률이야."

"확률… 이요?"

"그래. 1할의 확률에 기대서 승부를 거는 것은 너무 무모하잖아."

"그게 무슨 소리세요?"

"강만호가 최동현을 상대로 기록한 통산 타율. 겨우 1할 초반대에 불과해. 여기까지는 몰랐지?"

"…네."

강만호가 최동현을 상대한 통산 타율이 이렇게 낮다는 것은 전혀 알지 못했다. 그리고 이런 부분까지 모두 꿰고 있는 유인수에게 새삼스러운 시선을 던지고 있을 때였다.

"그래서 감독이 어려운 자리인 거야."

"……."

"그리고 내가 보기에는 이철승 감독은 아주 잘하고 있어."

"어떤 면에서요?"

"인내심이 깊어졌어."

"인내심… 이요?"

송나영이 의아한 시선을 던졌을 때, 유인수가 설명을 덧붙였다.

"내가 봐왔던 이철승 감독은 약점이 많았어. 그중에서도 가장 큰 약점은 성격이 급한 탓인지 성급하게 승부수를 던진다는 점이 었지. 멀리 갈 것도 없어. 가장 대표적인 예가 바로 트레이드였지."

"트레이드요?"

"그래. 지금이야 윈윈 트레이드라고 평가를 받고 있지만, 당시 심원 패롯스와 마경 스왈로우스의 트레이드 소식이 알려졌을 때만 해도 장차 팀의 미래가 될 거라고 기대를 받았던 안주열을 내준 심원 패롯스가 트레이드 시장에서 호구 짓을 했다는 냉혹하기 짝이 없는 평가를 받았……."

"캡!"

유인수가 열변을 토해내고 있을 때, 송나영이 도중에 끼어들었다.

"왜 말을 끊어?"

"짚고 넘어갈 건 짚고 넘어가야 할 것 같아서요."

"짚고 넘어갈 것?"

"캡이 최선봉에 섰잖아요."

"응?"

"심원 패롯스와 마경 스왈로우스의 트레이드가 성사됐을 때, 캡이 가장 앞장서서 이철승 감독의 결정을 비난했었거든요."

"내가… 그랬었나?"

"네, 녹음도 해뒀습니다."

"크흠!"

헛기침을 한 유인수가 슬그머니 변명을 꺼냈다.

"나도 당시엔 몰랐어."

"뭘요?"

"김태식과 용덕수가 이렇게 잘할 줄은 몰랐었단 얘기야. 어쨌든… 내가 하고 싶은 이야기는 당시 트레이드를 결정할 때만 해도 이철승 감독은 인내심이 깊지 않았어. 당장 급한 불을 끄기 급급해서 미래를 내다보지 못했지."

이번에는 송나영도 고개를 끄덕여 수긍했다.

당시의 트레이드가 성사됐던 배경에는 이철승 감독의 조급함이 한몫했다는 것을 부인할 수 없었기 때문이다.

"그런데 변했어."

"어떻게 변했는데요?"

"보다시피 참을성이 깊어졌지."

"제가 보기엔 우유부단한 것 같은데요."

송나영이 반박했지만, 유인수는 고개를 흔들었다.

"그래서 네가 아직 멀었다는 거야."

"또 아까와 똑같은 말씀을……."

"올 시즌을 치르면서 이철승 감독은 분명히 이전에 비해서 한 단계 더 성장했어. 그런데 대체 어떻게 이렇게 빠른 시간 내에 약점을 지우며 성장할 수 있었을까? 이것 역시 미스터리야."

이철승 감독을 바라보며 유인수가 두 눈을 빛내고 있을 때였다.

딱!

타격음이 흘러나왔다.

2사 만루 상황에서 타석에 들어선 임현일은 최동현의 느린 직구에 타이밍을 전혀 맞추지 못했다.

임현일이 때린 타구는 2루수 정면으로 굴러갔고, 2루수가 침착하게 타구를 처리하면서 이닝이 종료됐다.

"이번에는 캡이 틀린 것 같은데요."

강만호를 대타자로 내세웠다면?

비록 최동현을 상대로 그동안 약했다고 하더라도, 좋은 결과를 얻었을지도 모른다는 생각이 송나영의 머릿속을 떠나지 않았다.

해서 송나영이 아쉬운 기색을 감추지 않은 채 쏘아붙였지만, 유인수는 순순히 실수를 인정하지 않았다.

"두고 봐."

"뭘 두고 봐요?"

"아직 경기 안 끝났으니까."

"공격적으로!"

8회 초에서 마운드에 오른 태식은 공격적인 피칭을 펼쳤다.

2 : 2.

동점 상황에서 8회에 접어들었으니, 연장 승부를 생각하지 않을 수 없었다.

현재 심원 패롯스에는 믿을 수 있는 불펜 투수가 턱없이 부족한 상황.

선발투수로 등판한 태식이 얼마나 더 오래 버텨주는가가 무척 중요했다. 그리고 더 오래 마운드 위에서 버티기 위해서는 투구 수를 줄일 수 있는 공격적인 피칭이 꼭 필요한 상황이었다.

직구, 체인지업, 커브, 그리고 슬라이더까지.

태식은 경기 후반에 접어든 후, 네 가지 구종을 섞어 던지고 있었다. 그리고 투구 패턴에도 변화를 가져갔다.

브레이킹 볼로 카운트를 유리하게 가져간 후, 결정구를 직구로 사용하는 투구 패턴의 변화는 적중했다.

슈아악!

"스트라이크아웃!"

대승 원더스의 하위 타선은 태식이 준 투구 패턴의 변화에 적응하지 못했다. 그리고 완벽히 제구된 직구에 제대로 대처하지 못했다.

153km.

루킹 삼진으로 8회 초의 세 번째 타자를 돌려세운 태식이 전광판에 찍힌 구속을 확인한 후 웃었다.

'아직 힘이 남아 있다!'

이닝 이터 역할을 충실히 수행하기 위해서 경기 초반에 힘을 아끼면서 힘을 분배한 것이 효과를 드러내기 시작했다.

현재까지 태식의 투구 수는 93개.

8회 초임에도 불구하고 150km가 넘는 직구를 던질 힘이 남아 있다는 것이 그 증거였다.

'이제 공격이다!'

삼자범퇴로 8회 초를 막아낸 태식이 더그아웃으로 돌아왔다.

8회 말의 선두 타자로 타석을 향해 걸어가고 있는 3번 타자 최순규를 바라보다가 이철승 감독에게로 고개를 돌렸다.

'대체 무슨 생각을 갖고 계신 걸까?'

무표정한 얼굴로 팔짱을 낀 채 경기를 지켜보고 있는 이철승 감독의 모습을 확인한 순간, 태식이 떠올린 생각이었다.

최순규는 지난 타석들에서 안타를 생산해 내지 못했다. 그리고 타격 컨디션도 좋지 않다는 것을 한눈에 알 수 있었다.

그럼에도 불구하고 이철승 감독은 강만호를 대타로 기용하지 않고, 최순규를 타석에 내보냈다.

그런 이철승 감독의 의중을 전혀 파악할 수 없다는 사실을 뒤늦게 깨달은 태식이 쓴웃음을 머금었다.

예전과는 달랐다.

시즌 중에는 이철승 감독이 어떤 의중을 갖고 있는지 눈에 훤히 보였었다. 그러나 지금은 이철승 감독의 의중을 전혀 읽을 수가 없었다.

'확실히 변했어!'

이철승 감독이 변했다는 생각을 하던 태식이 곁에서 그라운드를 주시하고 있는 용덕수를 곁눈질했다.

"덕수야."

"네, 형!"

"어떻게 했냐?"

용덕수를 대견하게 바라보며 태식이 물었다.

"뭘요?"

"아까 동점을 만들어낸 적시타 말이야. 어떻게 때려냈다고?"

"형 덕분이죠."

용덕수가 웃음을 머금은 채 꺼낸 대답을 들은 태식이 의아한 시선을 던졌다.

"내 덕분이라고?"

"네."

"윤아 씨 덕분이 아니고?"

"윤아 씨의 역할이 아주 없었던 것은 아니지만… 형의 역할이 훨씬 컸죠."

"내가 뭘 했는데?"

"일전에 데이브 로버츠의 투구 폼에 미세한 차이가 있다고 형이 일러주셨잖아요."

"그걸… 기억하고 있었어?"

"물론이죠."

태식이 새삼스러운 시선을 던지고 있을 때, 용덕수가 덧붙였다.

"그래서 뚫어져라 데이브 로버츠를 살피고 있었는데 진짜 조금 다르더라고요. 그걸 이용해서 구종을 예측하는 데 성공했고, 덕분에 안타를 때려낼 수 있었죠."

"그랬구나."

태식이 고개를 끄덕였다.

오늘 경기의 승리를 원하는 것.

태식만이 아니었다.

용덕수도 자신이 할 수 있는 최선을 다해서 경기에 집중하고 있었다. 그리고 태식과 용덕수만이 아니라 심원 패롯스의 모든 팀원들이 승리를 위해서 최선을 다하고 있었다.

'그런데… 왜 내 눈엔 보이지 않았지?'

직구와 싱커.

두 구종을 던질 때, 데이브 로버츠의 투구 폼에는 미세한 차이가 있었다. 그리고 용덕수는 이 미세한 투구 폼의 차이를 발견했기에 적시타를 때려낼 수 있었다고 말했다.

하지만 태식이 살폈을 때는 데이브 로버츠의 투구 폼 차이를 발견하지 못했다.

'왜지?'

그 이유에 대해 고심하던 태식이 한참 만에 찾아낸 답은… 투구 수였다.

비디오를 통해 데이브 로버츠를 분석했을 때, 분명히 미세한 투구 폼 차이가 있다는 것을 확인했었다.

그렇지만 오늘 경기 중에 태식이 데이브 로버츠를 살폈을 때는 그 미세한 투구 폼 차이를 발견하지 못했다.

그 이유는 경기 초반부였기 때문이다.

데이브 로버츠의 미세한 투구 폼 차이가 발생하는 것은 경기가 중후반에 접어들면서 투구 수가 늘어난 후였다.

즉, 체력이 떨어진 후, 무의식중에 투구 폼의 차이가 드러나는 것이었다.

이것이 태식이 놓쳤던 부분.

해서 태식은 포기했지만, 용덕수는 끝까지 포기하지 않았다.

데이브 로버츠를 계속 관찰했고, 그 결과 미세한 투구 폼 차이를 발견해서 동점을 만들어낸 적시타를 터뜨린 것이었다.

"잘했다!"

딱!

태식이 용덕수를 칭찬했을 때, 타격음이 들려왔다.

최순규의 스윙은 컸다.

그렇지만 최순규가 때린 타구는 멀리 뻗지 못했다.

중견수가 원래 위치에서 거의 움직이지 않은 채 타구를 잡아내는 데 성공했다.

'타이밍이 안 맞아!'

타구가 멀리 뻗지 못한 이유였다.

"이것도 계산한 건가?"

대기 타석으로 향하던 태식이 퍼뜩 떠올린 생각이었다.

대승 윈더스의 정재영 감독이 마련한 안전장치인 불펜 투수 최동현.

그가 최동현을 안전장치로 마련한 이유가 단지 최동현의 구위가 좋기 때문만이 아닐 것이란 생각이 들었다.

"구속 차이!"

정재영 감독이 최동현을 안전장치로 마련한 또 다른 이유.

오늘 경기 선발투수로 나섰던 데이브 로버츠와 최동현이 전혀 다른 유형의 투구였기 때문이다.

데이브 로버츠는 150㎞대에 육박하는 빠른 직구를 앞세워 타자를 힘으로 밀어붙이는 유형의 정통과 투수였다.

반면 최동현은 직구 평균 구속이 120㎞대 중반에 불과했지만, 다양한 변화구를 이용해 타자의 타이밍을 빼앗는 유형의 변칙 투수였다.

정통과 변칙.

두 투수의 차이는 이것만이 아니었다.

직구 평균 구속도 무려 20㎞ 이상 차이가 났다.

데이브 로버스의 빠른 직구에 익숙해졌던 심원 패롯스의 타자들은 구속 차이가 20㎞ 이상 나는 최동현의 느린 직구에 제대로 타이밍을 맞추지 못하고 고전했다.

임현일과 최순규가 범타로 물러난 것이 그 증거였다.

"치밀하네."

그 사실을 알아챈 태식이 속으로 혀를 내둘렀다.

정재영 감독의 승부수는 무척 치밀했고, 그 효과를 발휘하고 있었다.

슈악!

부우웅!

이명기 역시 최동현의 공에 전혀 타이밍을 맞추지 못했다.

112㎞의 구속을 기록한 슬로 커브에 속아 헛스윙 삼진을 당하며 물러났다.

8회 말 2사 주자 없는 상황에서 태식이 타석으로 들어섰다.

'내가 해결한다!'

태식이 타석으로 들어서며 각오를 다졌다.

내심 최동현이 마운드에 올라오기를 바라고 있었다.

그 이유는 하나.

최동현의 느린 공을 공략할 수 있다는 확신이 있었기 때문이다.

그리고 그 바람이 이루어져 있는 상황이었다.

유일하게 아쉬운 점은 루상에 주자가 없다는 것이었다.

지난번 맞대결에서 태식에게 3연타석 홈런을 허용했던 것을 생생히 기억하고 있기 때문일까.

타석에 들어서 있는 태식을 노려보는 최동현의 눈빛은 강렬했다.

이번에는 절대로 당하지 않는다는 강한 의지를 표명하고 있었지만, 태식은 최동현의 공을 때려낼 자신이 있었다.

슈악!

"스트라이크!"

최동현이 던진 초구는 바깥쪽 직구.

태식이 배트를 내밀지 않고 그대로 흘려보냈다.

그리고 2구째.

'바깥쪽 승부!'

이미 3연타석 홈런을 허용한 경험이 있기 때문에 최동현은 태식의 장타력을 의식하고 있었다.

초구로 바깥쪽 직구를 선택한 것이 그 증거.

해서 태식은 최동현이 이번에도 바깥쪽 승부를 할 거라 확신했다.

슈악!

이를 악문 최동현의 손에서 공이 떠난 순간, 태식이 두 눈을 빛내며 실밥의 회전을 확인했다.

'슬로 커브!'

망설일 이유가 전혀 없었다.

따악!

태식이 이를 악물고 힘껏 휘두른 배트에 걸린 타구가 뻗어나 갔다.

1루를 향해 달려가며 타구의 궤적을 눈으로 좇던 태식이 이내 타구에서 시선을 떼고 주루에 집중하기 시작했다.

'힘이 모자랐어!'

바깥쪽 슬로 커브가 들어올 것이란 예측.

정확히 들어맞았다.

그러나 최동현이 던졌던 바깥쪽 커브는 스트라이크존을 벗어났다.

그래서 배트의 중심이 아니라 끝부분에 맞으면서 완전히 힘을 싣지 못했던 것이다.

배트 끝부분에 공이 맞는 순간, 홈런이 되지 못할 것을 알아챘다. 그렇지만 원바운드로 펜스를 때릴 정도로 큰 타구였다.

어느덧 2루 베이스 근처에 도달한 태식이 고개를 돌려서 타구를 힐끗 살폈다.

'멈출까?'

고민하던 태식이 좌익수가 한 번 공을 더듬는 것을 확인하고서, 망설이지 않고 2루를 통과해 3루를 향해 내달렸다.

"세이프!"

헤드 퍼스트 슬라이딩을 한 태식의 손이 베이스에 닿은 것이 3루수의 태그보다 반 박자 더 빨랐다.

2사 3루.

태식에게 장타를 허용한 최동현이 분한 기색을 드러냈다. 그렇지만 분한 것은 태식도 마찬가지였다.

'넘길 수 있었는데!'

만약 최동현의 바깥쪽 슬로 커브가 공 반 개 정도만 더 가운데로 몰렸다면?

충분히 펜스를 넘길 수 있었던 타구가 나왔을 텐데.

그리고 홈런이 됐다면 단숨에 경기를 역전시킬 수 있었다는 생각으로 인해 못내 아쉬움이 남았다.

그러나 태식은 이내 고개를 흔들어 아쉬움을 털어냈다.

이미 지나간 일이었다.

계속 아쉬워한다고 해서 달라질 것은 없었다.

"대회에게 기대를 걸어야지!"

최동현이 태식에게 3루타를 허용했음에도, 정재영 감독은 움직이지 않고 최동현에게 신뢰를 보냈다.

태식은 최근 절정의 타격감을 자랑하는 김대회에게 기대를 걸었다. 그리고 김대회는 태식의 기대에 부응했다.

노 볼 투 스트라이크.

타자에게 압도적으로 불리한 볼카운트에 몰렸음에도, 김대회는 쉽게 물러나지 않았다.

유인구를 참아내면서, 기어이 풀카운트까지 승부를 끌고 갔다.

그리고.

슈악!

"볼넷!"

최동현이 결정구로 던진 회심의 슬라이더를 참아내면서 볼넷을 얻어내, 찬스를 계속 이어나갔다.

2사 1, 3루가 되자, 정재영 감독이 마침내 움직였다.

최동현에게서 공을 건네받은 정재영 감독이 선택한 것은 팀의 마무리 투수인 김연경의 투입이었다.

"자기 공을 못 던졌어!"

마운드 위에서 투수가 교체됐다.

그사이, 태식이 아까 김대희와 최동현의 승부를 되짚었다.

노 볼 투 스트라이크의 유리한 상황을 만들었음에도 불구하고, 최동현은 결국 김대희에게 볼넷을 허용했다.

그 이유는 여러 가지가 있었다.

1루가 비어 있는 상황.

절정의 타격감을 자랑하고 있는 김대희와의 승부가 부담스러웠을 터였다.

그래서 유인구 위주의 도망치는 피칭을 했던 것이 유리한 볼카운트를 살리지 못하고 볼넷을 허용했던 이유 가운데 하나였다.

그렇지만 더 큰 이유가 있었다.

바로 최동현이 자랑하는 가장 위력적인 결정구인 포크볼을 마운드에서 던지지 못했기 때문이다.

그리고 최동현이 포크볼을 과감하게 구사하지 못한 이유는 3루에 주자가 있었기 때문이다.

포크볼을 구사했다가 폭투나 포일이 나와서 3루 주자인 태식이 홈으로 들어오는 것을 우려했기 때문에 최동현은 결국 포크볼을 구사하지 못한 것이다.

"옳은 선택이었어!"

아까 2루에서 멈추지 않고 3루까지 내달렸던 태식의 주루 플레이.

비록 홈런을 때려내지는 못했지만, 빠르게 판단해서 3루까지 도착한 주루 플레이과 결과적으로는 최동현을 강판시킨 셈이었다.

그때였다.

오늘 경기 내내 단 한 번도 움직이지 않았던 이철승 감독이 처음으로 감독석에서 일어나는 모습이 보였다.

"대타자 기용?"

7번 타자 임태규를 대신해서 강만호가 대타자로 기용되는 것을 확인한 태식이 두 눈을 빛냈다.

"제발 쳐라!"

태식이 주문을 외듯 혼잣말을 꺼냈다. 그리고 대타자로 등장한 강만호에게 기대하는 것은 태식만이 아니었다.

마침내 강만호를 대타 카드로 꺼내 든 이철승 감독은 물론이고, 심원 패롯스의 팀원들, 그리고 홈 팬들까지.

모두 한마음으로 강만호에게 기대와 응원을 보냈다.

그리고.

강만호는 모두의 기대에 부응했다.

—바뀐 투수의 초구를 노려라.

야구계에 격언처럼 내려오는 속설을 강만호는 충실히 따랐다.

따악!

김연경이 초구로 던진 바깥쪽 꽉 찬 코스의 직구를 강만호는 힘들이지 않고 결대로 밀어 쳤다.

바운드를 일으킨 타구는 1, 2루 간을 꿰뚫고 외야로 빠져나갔다.

그사이, 3루 주자였던 태식이 여유 있게 홈으로 들어왔다.

와아!

와아아!

'역전!'

대타자로 경기에 나선 강만호가 적시타를 때려낸 덕분에 마침내 역전에 성공해 낸 순간, 태식이 주먹을 불끈 움켜쥐었다.

역전에 성공한 것으로 인해 기뻐하는 것은 태식만이 아니었다.

더그아웃의 선수들도 모두 상기된 얼굴로 환호하고 있었다.

그렇지만 가장 기뻐하고 있는 것은… 이철승 감독이었다.

대타 카드가 적중했기 때문일까!

이철승 감독은 애써 감정을 감추려 들지 않았다.

두 주먹을 불끈 움켜쥐고 마음껏 기뻐하고 있었다.

그 모습을 지켜보던 태식이 엄지를 치켜세웠다.

'대체 왜 대타를 기용하지 않는 걸까?'

오늘 경기 승부처라고 판단했던 지점이 몇 차례 있었다. 그렇지만 이철승 감독은 대타 카드를 꺼내 들지 않고 그 순간들을 지나쳤다.

그런 이철승 감독을 보면서 내심 답답했다.

우유부단한 성격 때문에 과감하게 결단을 내리지 못하고 망설이다가 찬스를 흘려보낸 것이라고 판단했는데.

그게 아니었다.

"계속 참고 기다렸어!"
이철승 감독이 기다린 것.
바로 투수 교체였다.

6. 보답

1할 3푼대.

강만호가 최동현을 상대로 기록한 통산 타율이었다.

이상하리만치 강만호는 최동현을 상대로 약한 모습을 드러냈다. 그리고 이철승 감독은 이런 데이터에 대해 잘 알고 있었다.

물론 강만호의 타격감이 최근 상승세인 만큼, 통산 타율과 상관없이 최동현을 상대로 좋은 결과를 얻어낼 수도 있었다.

그렇지만 오늘처럼 중요한 경기에서 승부를 걸기에 1할 3푼대의 통산 타율은 너무 낮은 확률이었다.

그런 이유로 이철승 감독은 강만호를 대타 카드로 기용하는 것을 참고 또 참았다. 그리고 이철승 감독의 인내는 빛을 발했다.

2할 8푼대.

강만호가 대승 원더스의 마무리 투수인 김연경을 상대로 기록한 통산 타율.

정재영 감독이 김연경을 마운드에 올리자마자, 이철승 감독은 더 망설이지 않고 강만호를 대타 카드로 기용했다.

그런 이철승 감독의 작전은 적중했다.

'이제 1이닝만 막아내면 우리가 이긴다!'

태식이 더그아웃으로 돌아갔을 때, 이철승 감독이 상기된 얼굴로 다가와 말했다.

"김태식, 잘했다!"

*   *   *

"우와아!"

대타자로 나선 강만호가 적시타를 터뜨린 순간, 송나영이 기쁨을 누르지 못하고 벌떡 일어나며 괴성을 질렀다.

말 그대로 극적인 역전 적시타.

흥분을 이기지 못하고 있던 송나영은 자신에게 닿아 있는 유인수의 한심한 시선을 깨닫고야 슬그머니 자리에 앉았다.

"왜 그렇게 보세요?"

"오늘 참 골고루 하네."

"네?"

"전직이 너무 잦다는 뜻이야."

"……?"

"심원 패롯스 프런트 직원에서 심원 패롯스 코칭스태프로 전직하더니, 이번에는 심원 패롯스 팬으로 또 전직했잖아."

유인수의 말을 들은 송나영이 얼굴을 붉혔다.

그렇지만 마땅히 반박할 말을 찾지 못한 채 유인수에게 새삼스러운 시선을 던졌다.

말하는 본새가 무척 얄밉기는 했지만, 유인수의 야구를 보는 눈이 정확하다는 것은 인정하지 않을 수가 없었다.

"두고 봐. 아직 경기 안 끝났으니까."

아까 유인수가 했던 장담이 적중했다.

이철승 감독은 우유부단한 성격 탓에 승부처에게 대타 카드를 꺼내 들 기회를 놓쳤던 것이 아니었다.

인내심을 갖고 참고 기다리다가 가장 극적인 순간에 강만호를 대타자로 기용해서 대타 작전을 멋들어지게 적중시켰다.

"캡 말씀처럼 대단하네요."

"누가 대단해?"

"이철승 감독이요."

송나영이 혀를 내두르며 말을 마친 순간, 유인수가 대꾸했다.

"대단했지. 그렇지만 진짜 대단한 사람은 따로 있어."

"누구요?"

"김태식!"

유인수에게서 돌아온 대답을 들은 송나영이 고개를 끄덕여 수긍했다.

8이닝 2실점.

오늘 경기 선발투수로 나선 김태식이 마운드에서 남긴 기록이었다.

비록 실투를 던져서 브래드 던에게 투런 홈런을 허용하긴 했지만, 그 실투 하나를 제외하면 거의 완벽에 가까운 투구였다.

그리고 김태식은 타석에서도 맹활약을 했다.

아까 역전 적시타를 때려낸 것은 강만호였지만, 역전 찬스를 만들어냈던 것은 최동현에게서 3루타를 뽑아낸 김태식이었다.

말 그대로 투타에서 맹활약을 펼친 셈이었다.

"여기까지겠죠?"

"뭐가?"

"이제 투수 교체를 하지 않을까요?"

"누구로?"

"그야… 마무리 투수인 정기하 선수가 올라오겠죠."

"아닐걸."

"왜요?"

"이철승 감독이 변했다니까."

유인수가 희미한 웃음을 머금은 채 대답했다.

"이철승 감독은 최악의 상황을 가정하고 있어."

"최악의 상황이요?"

"연장 승부."

"……."

"지금 이철승 감독이 믿고 마운드에 올릴 수 있는 투수는 딱 둘뿐이야. 김태식, 그리고 정기하지. 그런데 만약 김태식을 지금 마운드에서 내리고 올린 정기하가 실점을 허용해서 연장 승부에 접어들면 어떻게 될까?"

"당연히… 대승 원더스에게 유리하겠죠."

"그래서 이철승 감독은 9회에도 김태식을 마운드에 올릴 거야."

충분히 일리가 있는 이야기.

해서 송나영이 납득한 표정으로 고개를 끄덕일 때였다.

"이게 다가 아냐."

"그럼 또 무슨 이유가 있죠?"

"보답."

"보답… 이요?"

"이철승 감독은 김태식에게 빚을 졌다고 생각하고 있어."

유인수가 잘라 말한 순간, 송나영이 물었다.

"무슨 빚이요?"

"너무 무거운 짐을 맡겼으니까."

"듣고 보니 그렇긴 하네요."

송나영도 인정했다.

심원 패롯츠의 가을 야구 진출 여부가 걸려 있는 정규 시즌 최종전.

더구나 상대를 총력전을 선포한 리그 최강팀 대승 원더스였다.

이런 중요한 경기에 팀의 선발투수로 나섰으니 김태식이 느꼈을 중압감과 부담감은 무척 컸을 터였다.

게다가 김태식은 타석에도 들어섰다.

과하다 싶을 정도로 무거운 짐을 양어깨에 얹은 채 오늘 경기에 나섰던 셈이었다.

"그래서 9회에도 김태식을 마운드에 올리려 할 거야."

유인수가 덧붙인 순간, 송나영이 고개를 갸웃했다.

무거운 짐을 안긴 것에 대한 미안함 때문에 이철승 감독이 보답하기 위해서 김태식을 9회에도 마운드에 올린다는 것.

매치가 잘 되지 않았기 때문이다.

'반대가 맞는 게 아닐까?'

더 늦기 전에 김태식이 떠안고 있는 무거운 짐을 덜어주기 위해서 마운드에서 내리는 것이 맞지 않을까?

이런 생각이 퍼뜩 든 순간이었다.

유인수가 그라운드에서 시선을 떼지 않은 채 덧붙였다.

"김태식을 주인공으로 만들어주고 싶은 거야."

＊　　　　＊　　　　＊

"잘했다, 김태식!"

이철승 감독이 던진 말을 들은 순간, 태식은 여기까지라고 판단했다.

'9회는 기하가 마운드에 오르는 것이군.'

이철승 감독의 의도를 짐작한 순간, 태식은 두 가지 감정을 동시에 느꼈다.

일단 홀가분했다.

중요한 경기에서 마운드를 지키는 것.

애써 겉으로 내색하지 않으려 했지만, 태식이 느낀 중압감과 부담감이 컸던 것은 부인할 수 없었다.

그렇지만 아쉬운 감정도 동시에 깃들었다.

'아직 힘이 남아 있는데!'

선발투수로 경기에 나섰던 태식의 투구 수 관리는 무척 잘된 편이었다.

또 경기 초반부터 이닝 이터 역할을 하기 위해서 힘을 분배한 덕분에 공을 더 던질 수 있는 힘이 남아 있었다.

기왕이면 완투를 하면서 자신의 손으로 경기를 마무리하고 싶다는 욕심이 생겼기 때문이다.

'이게… 맞아!'

그러나 태식이 고개를 흔들어 아쉬움을 털어냈다.

한 점차로 앞서고 있는 상황.

팀의 마무리 투수인 정기하가 마운드에 올라가서 경기를 마무리하는 것이 순리라고 생각했기 때문이다.

그때였다.

"네가 끝까지 책임져라."

이철승 감독이 덧붙인 말을 들은 태식이 아래로 떨구고 있던 고개를 들었다.

"감독님!"

"왜? 자신 없어?"

"그건 아니지만……."

태식이 말끝을 흐렸다.

오늘 경기를 자신의 손으로 끝까지 마무리하는 것.

내심 바라던 바였다.

그럼에도 불구하고 선뜻 대답하지 못하고 망설인 이유는 순리에 어긋난다는 생각이 들었기 때문이다.

'부담이 너무 큰 선택이 아닐까?'

한 점차로 앞서고 있는 상황에서 9회 초에 마무리 투수인 정기하가 아닌 태식을 마운드에 올리는 것.

만약 결과가 좋다면 문제가 될 것이 없었다.

그렇지만 만약 동점 혹은 역전을 허용하는 최악의 결과가 나온다면?

마무리 투수인 정기하를 올리지 않고, 선발투수였던 태식으로 끝까지 밀어붙인 이철승 감독에게 쏟아질 비난은 무척 클 터였다.

즉, 잘돼봐야 본전, 안 되면 손해가 막심한 상황이었다.

'그런데 왜?'

이철승 감독도 이런 상황을 모를 리 없었다.

그럼에도 불구하고 왜 자신을 9회 초에도 마운드에 올리려고 하는 걸까.

태식이 이철승 감독에게 의아한 시선을 던지고 있을 때였다.

"복잡하게 생각할 것 없어."

태식의 속내를 읽었을까.

"어떤 결과가 나오든 책임은 내가 진다. 넌 최선을 다해서 던지면 돼."

이철승 감독이 힘주어 덧붙였다.

"그렇지만……."

태식이 여전히 망설이고 있을 때, 이철승 감독이 다시 입을 뗐다.

"여기까지 온 것. 네 덕분이다."

"……."

"그래서 기회를 주고 싶다."

"어떤 기회를 말씀하시는 겁니까?"

이철승 감독이 대답했다.

"조연이 아닌 주연이 될 수 있는 기회!"

3 : 2.

한 점차로 뒤지고 있는 대승 원더스의 9회 초 정규 이닝 마지막 공격이 시작됐다. 그리고 마운드로 걸어 올라간 것은 태식이었다.

"완투하자!"

"잘 나왔다. 지금은 네가 제일 믿음직스럽다."

"믿어요!"

"김태식, 파이팅!"

마무리 투수인 정기하가 아닌 태식이 마운드에 올라오는 것을 확인한 홈 팬들이 응원을 보내주었다.

그러나 태식은 환하게 웃을 수 없었다.

만약 9회 초에도 마운드에 올라온 태식이 부진한 모습을 보인 끝에 동점 내지 역전을 허용해서 결국 경기에서 패하게 된다면?

지금 환호와 응원을 보내주고 있는 홈 팬들은 금세 돌변할 터였기 때문이다.

"잘하자, 김태식!"

각오를 다지듯이 스스로 파이팅을 불어넣은 태식이 타석으로 들어서고 있는 김유신을 바라보았다.

원래라면 9번 타자인 이민구가 타석에 들어서야 했지만, 정재영 감독이 김유신을 대타자로 기용한 것이었다.

"이제… 여유가 사라졌네."

오늘 경기에서 패배할 위기에 처한 정재영 감독의 표정에서 더이상 여유는 찾아볼 수 없었다.

심각한 표정을 짓고 있는 정재영 감독을 힐끗 살핀 태식이 대타자 김유신과의 승부를 시작했다.

슈악!

부우웅!

김유신은 초구부터 과감하게 배트를 휘둘렀다.

'스윙이 크다!'

정재영 감독이 김유신을 대타자로 내세운 이유.

장타력을 갖춘 김유신이 홈런 내지 장타를 터뜨리길 기대했기 때문이다.

그런 정재영 감독의 의도를 알고 있는 김유신은 장타를 의식해서 스윙을 크게 가져가고 있었다.

슈아악!

김유신의 심리를 간파한 태식이 몸 쪽 직구를 던졌다.

노림수를 갖고 있었기 때문일까.

김유신은 망설이지 않고 힘차게 배트를 휘둘렀다. 그러나 높이 솟구친 타구는 멀리 뻗지 못했다.

배트 스피드가 구속을 따라가지 못했기 때문이다.

152km.

전광판에 찍힌 구속이었다.

경기 후반부인 9회에 접어들었음에도 태식의 직구 구속은 경기 초반에 비해 오히려 더 빨라져 있었다.

'전력투구!'

경기를 마무리 짓기 위해서 남은 아웃 카운트는 셋뿐.

아니, 김유신을 뜬공으로 처리했으니 이제 남은 아웃 카운트는 둘뿐이었다.

힘을 아낄 필요가 없었다.

1사 주자 없는 상황에서 타석에는 대승 원더스의 리드오프인 백정권이 들어섰다.

슈아악!

태식이 초구를 던진 순간, 백정권이 기습 번트를 시도했다.

틱. 데구르르.

방심의 허를 찌른 기습 번트.

번트 타구는 3루 선상을 타고 느릿느릿 굴러갔다.

3루수 김대회가 서둘러 앞으로 대시했지만, 번트 타구를 잡기 위해 손을 뻗었다가 다시 뗐다.

번트 타구를 잡아서 송구한다고 하더라도 1루에서 발 빠른 타자 주자인 백정권을 잡아낼 수 없다고 판단했기 때문이다.

김대회가 원한 것은 느릿하게 굴러가는 번트 타구가 3루 선상을 벗어나서 파울이 되는 것이었다.

그러나 백정권의 번트 타구는 선상을 벗어나기 직전에 멈추었다.

1사 1루로 변한 순간, 태식이 크게 심호흡을 했다.

백정권의 기습 번트 안타.

무척 컸다.

주자가 없는 상황에서는 불의의 홈런을 허용한다고 하더라도 역전이 되지는 않았다. 그래서 몸 쪽 승부에 대한 부담이 적었지만, 이제는 상황이 달라졌다.

자칫 잘못해서 홈런을 허용한다면 역전이 될 수도 있는 상황인 만큼, 과감하게 몸 쪽 승부를 하는 것이 부담스럽게 변했다.

그리고 1루 주자인 백정권은 발이 빨랐다.

리드 폭을 크게 늘리고 있는 백정권의 움직임에 신경을 쓰느라 투구에 집중하지 못하고 신경이 분산될 수밖에 없었다.

슈악!

타다다닷!

2번 타자 문백경을 상대로 초구를 던진 순간, 백정권이 스타트를 끊었다. 그러나 도루를 시도한 것은 아니었다.

백정권은 다시 1루로 돌아와 있었다.

스으윽.

태식이 다시 1루 베이스와의 거리를 벌리고 있는 백정권을 살핀 후, 세트포지션 투구를 펼쳤다.

슈아악!

태식이 문백경을 상대로 선택한 2구는 바깥쪽 직구.

따악!

그렇지만 문백경은 기다렸다는 듯이 매섭게 배트를 돌렸다.

"또 안타다!"

"이러다 동점되는 것 아냐?"

"동점이 문제가 아니라 역전되는 것 아냐?"

문백경에게 중전 안타를 허용하며 1사 1, 2루 상황으로 바뀐 순간, 홈 팬들이 동요하기 시작했다.

이제는 단타 하나만 나와도 동점을 허용하는 상황으로 바뀌었기 때문이다.

'수 싸움에서 밀렸어!'

문백경에게 중전 안타를 허용한 순간, 태식이 자책했다.

1루 주자인 백정권의 움직임에 계속 신경을 쓰느라 타자인 문백경과의 승부에 집중하기 어려웠다.

또, 문백경에게 바깥쪽 직구를 던질 것을 간파당하고 말았다.

장타를 허용할 수 있는 몸 쪽 승부는 부담스러운 상황.

백정권의 빠른 발을 의식하지 않을 수 없으니 직구를 던질 것이다.

문백경은 이 두 가지 사실을 근거로 수 싸움을 펼쳤다. 그리고 수 싸움에서 이겼기 때문에 중전 안타를 뽑아낸 것이었다.

'너무 안일했어!'

문백경의 의도를 빨리 알아채고 한발 더 나아갔어야 했는데.

1루 주자 백정권의 움직임에 너무 신경을 쓰느라 타자와의 승부에 집중하지 못했던 것이 화근이었다.

스윽!

태식이 모자를 벗으며 고개를 돌렸다.

103개.

어느덧 100개를 넘긴 투구 수를 확인한 태식이 쓰게 웃었다.

'여기까지로군!'

어렵사리 기회를 잡은 만큼, 자신의 힘으로 끝까지 경기를 마무리하고 싶었다. 그러나 야구는 역시 뜻대로 풀리지 않았다.

1사 후에 백정권과 문백경에게 연속 안타를 허용하면서 실점 위기에 몰렸으니, 이철승 감독의 인내심도 바닥이 났을 것이었다.

저벅저벅.

태식의 예상대로 더그아웃을 박차고 나온 이철승 감독이 마운드를 향해 걸어 올라오기 시작했다.

7. 밑천

"죄송합니다."

마운드를 방문한 이철승 감독의 시선을 피한 채 태식이 공을 쥔 손을 내밀었다.

그런데 왜일까?

이철승 감독은 태식이 앞으로 내밀고 있는 공을 뺏지 않았다.

의아한 생각이 들어 태식이 고개를 들자, 이철승 감독은 뒷짐을 진 채 빤히 자신을 보고 있었다.

"뭐 해?"

"네?"

"왜 사과를 하냐고?"

"그건… 감독님의 믿음에 부응하지 못해서……"

"너무 일러."

태식의 말을 도중에 자르며 이철승 감독이 끼어들었다.

"사과가 너무 이르단 뜻이야."

"……?"

"그런 사과는 끝내기 홈런을 얻어맞고 난 뒤에나 하는 말이야."

"그렇지만……."

"아직 동점이나 역전을 허용한 것도 아니잖아."

이철승 감독이 대수롭지 않게 말했다. 그리고 아주 틀린 말은 아니었다.

1사 1, 2루.

루상에 역전 주자까지 내보내긴 했지만, 아직 동점이나 역전을 허용한 것은 아니었기 때문이다.

"감독님."

"말해."

"절 교체하기 위해 올라오신 것 아닙니까?"

"교체? 아닌데."

"정말 아니십니까?"

"아까 끝까지 책임지라고 말했잖아."

이철승 감독이 덧붙인 말을 들은 태식이 다시 물었다.

"그럼 왜 마운드에 올라오신 겁니까?"

"만약을 대비해서지."

"그게 무슨 말씀이신지……?"

"이때쯤 한 번 마운드에 올라와서 너와 대화를 나누는 시늉이라도 해야지. 안 그러면 최악의 경우가 발생했을 때 경기의 판세를 제대로 읽지 못한 감독의 무능이 어쩌고저쩌고 하면서 더 큰 비난이 쏟아질 거거든."

이철승 감독이 웃으며 대답했다.

그제야 태식은 이철승 감독이 자신을 강판시키기 위해서 찾아온 것이 아님을 확실히 깨달았다.

"김태식!"

"네."

"기왕 여기까치 찾아온 김에 한 마디만 하고 가마."

"말씀하십시오."

"몸 쪽 공을 던져."

"……?"

"한 번 도망치기 시작하면 계속 도망치게 된다. 알았어?"

"…명심하겠습니다."

툭. 툭.

이철승 감독은 약속을 지켰다.

태식이 앞으로 내밀고 있던 공을 뺏지도 않았고, 딱 한 마디의 충고만 남기고 어깨를 두드려준 후 더그아웃으로 돌아갔다.

"도망치지… 마라!"

로진백을 집어든 태식이 작게 고개를 끄덕였다.

방금 이철승 감독이 건넨 충고.

아주 적절했다.

장타를 의식한 탓에 과감한 몸 쪽 승부를 의식적으로 피했다. 그러다 보니 바깥쪽 코스에 치중할 수밖에 없었다.

"내 공을… 믿자!"

태식이 로진백을 던지고 3번 타자 조정훈과의 승부를 펼칠 준비를 시작했다.

'더블스틸 작전은… 나오기 어렵다!'

루상에 나가 있는 주자들인 백정권과 문백경.

대승 원더스의 테이블 세터진을 구성하고 있는 두 선수는 모두 발이 빠른 편이었고, 언제든지 단독 도루를 성공시킬 수 있는 주루 능력이 있었다.

해서 아까 태식이 1루 주자인 백정권의 움직임에 신경을 곤두세웠던 것이었고.

그렇지만 1사 1, 2루로 바뀐 지금 상황에서 두 주자의 빠른 발을 믿고 더블스틸 작전을 펼치는 것은 어려웠다.

과감한 더블 스틸 작전을 지시해서 성공한다면 더할 나위 없이 좋겠지만, 만약 실패한다면 마지막 찬스를 제 발로 걷어차는 셈이었기 때문이다.

'오히려 나아!'

1사 1루 상황보다 1사 1, 2루로 바뀌어 있는 지금의 상황이 오히려 더 낫다는 생각이 퍼뜩 들었다.

타자와의 승부에 오롯이 집중할 수 있는 여건이 갖춰진 셈이었으니까.

'해보자!'

2루 주자인 백정권의 움직임을 눈으로 묶으며, 태식이 투구를 펼쳤다.

슈아악!

태식은 이철승 감독의 충고를 충실히 따랐다.

"스트라이크!"

바깥쪽 공을 예상했기 때문일까.

과감한 몸 쪽 직구가 들어오자, 조정훈은 배트를 내밀어볼 엄두도 내지 못하고 뒤로 물러나기 급급했다.

슈아악!

태식이 2구째로 선택한 공 역시 몸 쪽 직구였다.

148㎞의 구속을 기록한 몸 쪽 직구를 확인한 조정훈은 몸을 움찔하며 이번에도 배트를 내밀지 못했다.

'바깥쪽 공을 노리고 들어왔어!'

1구와 2구를 던진 후, 1태식은 조정훈이 바깥쪽 공을 노리고 타석에 들어왔음을 확신했다. 그러나 태식이 잇따라 과감한 몸 쪽 승부를 펼치면서 노 볼 투 스트라이크의 불리한 볼카운트에 몰렸으니, 조정훈의 머릿속은 복잡할 터였다.

바깥쪽 슬라이더.

용덕수가 낸 사인이었다.

그러나 태식은 고개를 흔들었다.

분명히 유인구를 던질 타이밍인 것은 맞았다. 그렇지만 태식은 유인구를 던지는 대신 빠르게 승부를 가져가기로 결심했다.

빠른 승부를 결심한 이유.

타석에 서 있는 조정훈이 복잡하게 헝클어져 버린 머릿속을 정리하기 전에 승부를 내기 위함이었다.

몸 쪽 직구.

태식이 사인을 내자, 용덕수가 움찔하는 것이 느껴졌다.

너무 위험하다고 판단했기 때문이리라.

그러나 태식은 고집을 꺾지 않았다.

슈아악!

태식의 손을 떠난 공이 홈 플레이트로 날아들었다.

딱!

이번에는 조정훈도 배트를 휘둘렀다.

그렇지만 조정훈이 때린 타구는 멀리 뻗지 못했다.

2루수가 뒷걸음질을 치며 멀리 뻗지 못한 뜬공을 가볍게 처리했다.

와아!

와아아!

조정훈을 뜬공으로 처리한 순간, 홈 팬들이 환호했다.

홈 팬들이 환호한 이유.

전광판에 찍힌 구속을 확인했기 때문이다.

152km.

태식은 확신을 갖고 전력투구를 한 반면, 불리한 볼카운트에 몰린 조정훈은 모든 공을 대비해야 하는 상황.

배트 스피드가 구속을 따라오지 못하는 것이 당연했다.

이제 남은 아웃 카운트는 하나.

그렇지만 태식은 긴장의 끈을 놓지 않았다.

9회 초 2사 1, 2루 상황에서 타석에 들어선 것이 대승 원더스의 4번 타자인 브래드 던이었기 때문이다.

타석으로 들어서는 브래드 던을 확인한 순간, 아까 홈런을 허용했던 기억이 생생하게 되살아났다.

바깥쪽 슬라이더.

용덕수도 위협을 느낀 걸까.

유인구를 던지라는 사인을 냈다. 그러나 태식은 고개를 흔들며 다시 사인을 냈다.

몸 쪽 직구.

태식이 낸 사인을 확인한 용덕수가 마지못한 표정으로 타자의 몸 쪽으로 자리를 옮겼다.

슈아악.

팡!

"스트라이크!"

153km.

태식이 전력투구를 한 직구의 구속이 더욱 상승했다.

설마 또 몸 쪽 승부를 할 것이라 생각지 못했던 브래드 던은 배트를 내밀지 못하고 거칠게 콧김을 내뿜었다.

툭, 툭.

허를 제대로 찔린 브래드 던이 주먹으로 헬멧을 두어 차례 때린 후, 다시 타격 자세에 돌입했다.

슈아악!

2구째로 태식이 선택한 공은 바깥쪽 직구.

몸 쪽 직구를 예상했고 있던 브래드 던이 배트를 휘둘렀지만, 방망이 끝부분에 맞으면서 파울 타구가 됐다.

노 볼 투 스트라이크.

다시 투수에게 압도적으로 유리한 볼카운트가 만들어진 순간, 태식이 모자를 벗었다가 다시 썼다.

아웃 카운트 하나에서 스트라이크 하나로.

오늘 경기 승리까지 이제 더 거리가 좁혀져 있었다. 그리고 승리를 확정 짓기 위해서 태식이 선택한 3구는… 직구였다.

슈아악!

태식의 손에서 공이 떠난 순간, 브래드 던이 기다렸다는 듯이 배트를 휘둘렀다.

따악!

묵직한 타격음이 울려 퍼진 순간, 태식의 머릿속이 하얗게 변했다.

태식이 차마 고개를 돌려서 타구를 확인하지 못하고, 벌떡 일어난 용덕수가 타구의 궤적을 눈으로 좇는 모습을 반쯤 넋이 나간 채 바라보았다.

"후우."

용덕수가 길게 한숨을 내쉬었다.

절망적인 상황에 맞닥트려서 내뱉은 한숨이 아니었다.

안도의 한숨이었다.

"파울!"

브래드 던이 방금 때린 타구.

간발의 차로 파울 홈런이 됐다.

그 사실을 뒤늦게 알고 나서야 마운드 위에 거의 주저앉았다시피 했던 태식이 다시 몸을 일으켰다. 그리고 비로소 뒤를 돌아보았다.

146km.

전광판에 찍혀 있는 구속이었다.

그 구속을 확인한 태식의 표정이 어두워졌다.

'구속이 줄었다?'

브래드 던에게 3구째로 과감한 몸 쪽 직구 승부를 했던 것.

직구의 구속과 제구에 자신이 있었기 때문이다.

그렇지만 아까 조정훈을 상대로 152㎞의 직구를 던져서 뜬공을 유도하던 것처럼 브래드 던을 뜬공으로 처리하려고 했던 태식의 계획은 어긋났다.

그 이유는 직구의 구속이 152㎞에서 146㎞로 감소했기 때문이다.

'왜지?'

태식이 갑자기 구속이 감소한 이유를 찾기 위해 고심했다.

전력투구.

조금 전, 조정훈과 대결을 펼칠 때와 달라진 것은 전혀 없었다.

태식은 똑같이 전력투구를 했다.

그럼에도 불구하고 구속이 갑자기 줄어들어 있었다.

'체력이 떨어졌어!'

한참 만에 태식이 찾아낸 답은 체력이었다.

지금까지 태식이 기록한 투구 수는 109개.

오랜 공백 후에 선발투수로 복귀한 터라, 100개 이상의 공을 거뜬히 던질 정도의 몸 상태가 준비되어 있지 않은 상황이었다.

게다가 태식은 타석에도 들어섰다.

체력 소모가 더욱 극심한 상황.

태식의 투구 수는 100개까지가 한계였다. 그리고 어느덧 한계 투구 수를 넘어서 있는 상황이었다.

"운이… 좋았어!"

태식이 한숨을 내쉬었다.

아까 브래드 던의 타구가 파울 홈런이 됐던 것.

브래드 던이 가져갔던 타격 타이밍이 너무 빨랐기 때문이다.

브래드 던 역시 태식이 던지는 150㎞대 초반의 직구를 타석에서 경험한 상황.

해서 그는 150㎞대 초반의 직구가 들어올 것을 예상하고 타격 타이밍을 최대한 빠르게 가져갔고, 그로 인해 파울 홈런이 된 것이었다.

"직구 승부는… 어렵다"

체력이 떨어지며 덩달아 직구의 구속도 떨어진 상황.

장타력을 갖춘 브래드 던을 상대로 또 다시 직구 승부를 펼치는 것은 무모했다.

슈악!

용덕수가 요구한 대로 태식이 바깥쪽 슬라이더를 던졌다.

홈 플레이트를 통과하는 순간 살짝 휘어지는 슬라이더를 던져서 브래드 던의 배트를 끌어내려 했지만, 그 의도는 먹혀들지 않았다.

타석에서 최고의 집중력을 발휘하고 있는 브래드 던은 유인구에 속지 않았다.

슈악.

4구 역시 마찬가지.

바깥쪽 체인지업을 던졌지만, 브래드 던은 미동도 하지 않았다.

투 볼 투 스트라이크.

풀카운트가 되면 투수에게 불리해진다.

이제 승부를 걸어야 할 시점.

태식이 선택한 공은 커브였다.

슈악.

스트라이크존을 통과할 듯하다가 홈 플레이트 앞에서 아래로 뚝 떨어지는 낙차 큰 커브는 태식의 의도대로 구사됐다.

그러나 브래드 던은 빼어난 선구안을 자랑하면서 배트를 내밀던 도중에 멈춰 세웠다.

"볼!"

주심이 배트가 돌지 않았다고 판단하면서 풀카운트로 바뀌었다.

'직구를… 노린다!'

유인구를 잇따라 참아내고 있는 브래드 던이 노리고 있는 것은 직구였다.

'정면 승부!'

태식이 결심을 굳히고 6구째 공을 던졌다.

슈아악!

따악!

예상대로였다.

태식이 바깥쪽 꽉 찬 코스의 직구를 던진 순간, 유인구에 배트를 내밀지 않던 브래드 던이 힘차게 배트를 돌렸다.

브래드 던이 기다렸다는 듯이 밀어 친 타구는 1루수의 키를 넘기고 라인 선상을 향해 빠르게 날아갔다.

"파울!"

타구가 라인 선상을 약 1미터 가량 벗어나면서 파울이 선언된 순간, 태식이 재차 안도의 한숨을 내쉬었다.

'어려워!'

브래드 던이 직구를 노리고 있다는 사실을 간파했다.

그럼에도 불구하고 직구를 던진 것.

제구에 자신이 있었기 때문이다.

'150km에 육박하는 구속만 나온다면?'

제구가 완벽하게 된 상태로 구속이 아까보다 조금만 더 나와 준다면, 브래드 던을 범타로 처리할 수 있을 거라 판단했다.

그렇지만 승부의 결과는 태식의 예상과 달랐다. 그리고 예상이 빗나간 이유는 구속이 나오지 않았기 때문이다.

145km.

아까 브래드 던에게 파울 홈런을 허용했을 때에 비해 직구 구속은 오히려 더 떨어져 있었다.

'구속이 나오지 않아!'

태식의 표정이 심각하게 변했다.

직구의 구속이 마음 먹은 대로 나오지 않는 상황에서 제구 하나만 믿고 정면 승부를 하는 것.

위험부담이 너무 컸다.

만약 제구에 실패해서 공이 조금만 가운데로 몰린다면 브래드 던에게 장타를 허용할 가능성이 높기 때문이었다.

'어떤 공을 던지지?'

태식이 고개를 돌렸다.

감독석에 앉아 있는 이철승 감독의 표정 역시 심각하기는 마찬가지였다.

브래드 던과 태식이 펼치고 있는 승부가 길어지면서 이철승 감독이 느끼는 불안감도 커져가고 있기 때문이었다.

"타임!"

그때였다.

용덕수가 일어나서 마운드로 걸어왔다.

"형, 그냥 거를까요?"

"왜?"

"다음 타자와 상대하는 것이 낫지 않을까 해서요."

만약 브래드 던을 볼넷으로 내보낸다면, 2사 만루 상황으로 바뀌었다. 그리고 만루 상황으로 바뀌면 다음 타자에게 짧은 안타하나만 허용하더라도 역전이 되었다.

그런 만큼 브래드 던을 거르는 것은 무척 위험한 선택.

용덕수 역시 이것이 위험한 선택임을 모를 리 없었다.

그럼에도 불구하고 마운드를 방문해서 이런 말을 꺼낸 이유는 지금 타석에 들어서서 최고의 집중력을 발휘하고 있는 브래드 던의 장타력이 무서웠기 때문이다.

"덕수야."

"네, 형!"

"지금 도망치면 더 힘들어져."

"그건 저도 알지만……."

"그러니까 승부한다."

태식이 힘주어 말한 순간, 용덕수가 우려 섞인 표정을 감추지 못했다.

"무슨 공으로 승부하실 건데요?"

용덕수가 심각한 표정으로 던진 질문을 받은 태식이 웃으며 대답했다.

"이제 밑천을 드러낼 때가 됐다."

8. 결정구

'지금이다!'

빙글.

태식이 글러브 속에 감추고 있던 공을 손으로 한 바퀴 돌렸다.

까끌한 실밥의 느낌을 가늠하던 태식이 사인을 냈다.

글러브에서 왼손을 빼낸 태식이 가슴 앞으로 가져가서 좌우로 흔들었다.

미리 약속되지 않은 사인.

그러나 용덕수는 금세 태식이 낸 사인의 의미를 알아챘다.

태식과 용덕수.

두 사람 사이에는 이미 약속이 되어 있던 사인이었기 때문이다.

마구.

방금 태식이 낸 사인의 의미.

마구를 던진다는 것이었다.

재차 사인을 확인한 용덕수의 표정이 밝아졌다.

'왜 마구의 존재를 잊었을까요?'

이렇게 자책하고 있던 용덕수가 금세 긴장한 기색을 드러냈다.

이미 태식이 구사했던 미완성 마구를 받아본 경험이 있기 때문이다.

팡! 팡!

'절대 공을 빠뜨리지 않겠다!'

용덕수가 이렇게 각오를 다지듯이 포수 미트를 주먹으로 팡팡 쳤다.

잠시 뒤, 용덕수가 긴장의 끈을 늦추지 않은 채 포구 자세를 취한 순간, 태식이 글러브 속으로 손을 넣어 그립을 잡았다.

─김태식은 끝났다.

어깨 수술을 마치고 돌아온 투수 김태식에 대한 평가였다.

어깨 수술과 팔꿈치 수술.

확연히 달랐다.

팔꿈치 수술에 비해서 어깨 수술은 훨씬 더 위험했고, 또 재기가 어려웠다.

투수에게 있어서 어깨 수술은 그만큼 치명적이었고, 그래서 태식에게 이런 평가가 내려졌던 것이었다.

하지만 태식은 이런 평가를 듣는 것이 싫었다.

이런 평가를 내린 사람들이 보란 듯이 재기하고 싶었다. 그래서 죽어라 재활에 매달렸고, 다시 마운드 위에서 공을 던질 수 있게 됐다.

그러나.

어깨 수술을 마치고 오랜 재활 과정을 거친 후에 다시 마운드에 돌아온 태식의 직구 구속은 확연히 감소했다.

140㎞대 후반의 직구 구속을 자랑하던 파이어볼러에서 130㎞대 초중반의 직구를 던지는 평범한 투수로 변했다.

그리고.

140㎞대 후반의 강속구를 던졌던 당시에도 태식은 프로 무대의 타자들을 감당하지 못했었다.

그런데 구속이 10㎞ 이상 감소해 버린 평범한 직구로 프로 무대에서 살아남는 것은 요원한 일이었다.

혹자는 말했다.

어깨 수술 후 재활을 마치고 다시 마운드에 서서 공을 던지는 것만으로도 충분히 대단한 일이라고.

그렇지만 태식은 거기서 만족할 수 없었다.

'이런 식으로 마운드에 돌아와서 다시 공을 던지는 것이 대체 무슨 의미가 있지?'

당시에 태식이 품었던 의문이다.

추격조로 활약하다가 패전 처리로 밀려나고, 어느 날 소리 소문 없이 마운드 위에서 자취를 감춘다.

투수 김태식의 미래가 눈앞에 훤히 그려졌다.

그래서 이를 악물었다.

이렇게 소리 소문 없이 쓸쓸히 무대의 뒤안길로 사라지고 싶지 않았기 때문이다.

그렇지만 현실은 냉정했다.

아무리 노력해도 바뀌는 것을 별로 않았다.

어깨 수술 후에 떨어진 구속을 다시 끌어 올리는 것은 불가능했다.

그 사실을 인정하고 받아들이는 데까지 걸린 시간만 무려 1년.

더 이상 강속구를 던질 수 없다는 사실을 인정하고 받아들인 후에야 비로소 새로운 시도를 할 수 있었다.

그리고 계기는 우연히 찾아왔다.

"이거 완전 마구인데?"

회식을 하던 도중에 동료 투수가 보던 동영상을 힐끗 살핀 후 태식은 눈이 번쩍 뜨이는 느낌이었다.

화면 속에서도 투수의 손을 떠난 공이 홈 플레이트로 날아가는 과정에 이리저리 흔들리는 것이 보일 정도였다.

메이저리그에서 선발투수로 뛰고 있던 애런 디키라는 선수가 던진 공은 말 그대로 마구였다.

그 후, 애런 디키가 투구하는 영상을 닥치는 대로 찾아봤다. 그리고 무작정 그립을 따라 잡고 공을 던졌다.

그러나 그립만 배워서 똑같은 방식으로 던진다고 해서, 새로운 구종을 익힐 수 있는 것은 아니었다.

새로운 구종을 익히는 것.

지난한 작업이었다.

여러 차례 시행착오만 겪었을 뿐, 딱히 진척이 없었다.

그렇지만 태식은 마구를 익히는 것을 포기하지 않았다.

'내가 살 길은 이 공뿐이다!'

이런 확신과 각오를 품었기 때문이다.

그리고.

하늘은 스스로 돕는 자를 돕는다 했던가.

막막함을 느끼고 있던 태식에게 기회가 찾아왔다.

소속팀에서 시즌 중에 대체 용병으로 영입했던 외국인 투수 맷 부쉬가 너클볼 투수였던 것이다.

'마지막 기회!'

이게 마지막 기회라 여긴 태식은 필사적으로 영어부터 배웠다. 그리고 맷 부쉬를 수시로 찾아가서 몸짓을 섞어 가면서 너클볼에 대해 질문했다.

물론 맷 부쉬는 쉽게 마음의 문을 열지 않았다. 그러나 태식은 서두르지 않고 계속 맷 부쉬에게 먼저 찾아가 말을 걸고 식사를 함께했다.

그런 태식의 정성에 감동한 걸까.

맷 부쉬는 태식이 진심이라는 사실을 깨닫고 나서, 자신이 알고 있는 것에 대해서 아낌없이 알려주었다.

덕분에 태식은 마구라고 생각했던 너클볼을 제대로 구사할 수 있게 됐다.

파이어볼러에서 너클볼 투수로.

마침내 태식은 변신에 성공했다.

이제 다시 마운드에서 김태식이 아직 끝나지 않을 것을 증명하려고 했는데.

어깨 통증이 다시 찾아왔다.

"왜… 나한테만 이래?"

당시에는 세상을 원망했다.

너무나 가혹한 운명을 원망하기 바빴다.

그러나 기적이 일어난 지금은 생각이 달라졌다.

'재기에 성공할 수 있었을까?'

만약 다시 어깨에 문제가 생기지 않아서 마운드에서 너클볼을 던졌다 하더라도 과연 성공할 수 있었을까?

이렇게 자문을 했었다. 그리고 그 질문에 대한 답은 '노'였다.

맷 부쉬가 던지던 너클볼과 태식이 익힌 너클볼.

분명히 달랐다.

그리고.

맷 부쉬는 KBO 리그에서 6승 7패, 방어율 5.94라는 초라한 성적을 남기고 짐을 싸서 돌아갔다.

맷 부쉬가 실패했는데, 그에 비해 위력이 훨씬 떨어지는 너클볼을 구사하던 태식이 재기에 성공했을 가능성은 낮았다.

'맷 부쉬가 전부 알려주지 않았던 게 아닐까?'

한때 태식이 품었던 의심이었다. 그러나 머잖아 오해였을 뿐이라는 것을 태식은 깨달을 수 있었다.

맷 부쉬의 너클볼과 태식이 익힌 너클볼이 다른 이유.

여러 가지가 있었다.

신체 조건의 차이, 악력의 차이, 능숙함의 차이 등등.

남은 것은 너클볼을 완벽히 구사할 수 있도록 연습하는 것뿐이었다.

'결정구!'

태식이 희미하게 웃었다.

인생사 새옹지마라는 표현.

인생을 살다 보면 좋은 일과 나쁜 일이 워낙 변화가 많아서 예측이 어렵고 쉽게 길과 화를 단정 짓기 어렵다는 이 표현이 무척 정확하다는 생각이 들었다.

당시 또 한차례 어깨 통증이 찾아왔던 순간, 태식은 절망했다.

가혹하리만치 시련을 안겨주는 하늘을 원망했을 정도였다.

그러나 기적이 벌어지고 난 지금은 오히려 당시에 어깨 통증이 발생해서 너클볼을 던지지 못했던 것이 다행이란 생각이 들었다.

좌완 파이어볼러로 돌아온 태식에게 너클볼은 위기의 순간에 결정구 역할을 충실히 해줄 터였기 때문이다.

'노력은… 배신하지 않는다!'

브래드 던을 노려보던 태식이 와인드업을 시작했다.

두 명의 주자가 루상에 위치해 있었지만, 태식이 세트포지션 투구가 아닌 와인드업 투구를 한 이유.

주자가 아닌 타자와의 승부에 집중하겠다는 의지의 표명이었다.

또, 너클볼을 던져서 브래드 던을 잡아낼 수 있다는 확신이 있었기 때문이다.

슈악!

태식의 손을 떠난 공이 홈 플레이트로 향한 순간, 배트를 내밀던 브래드 던의 표정이 당혹스럽게 변하는 것이 보였다.

회전이 없는 공은 이리저리 흔들렸다.

굳이 비유를 하자면 축구의 무회전 프리킥과 비슷했다.

골키퍼들이 가장 까다로워하는 것이 바로 회전이 걸리지 않은 슈팅이었다.

골대로 날아오는 과정에서 예측이 불가능할 정도로 변화가 많기 때문이었다.

부우웅!

브래드 던이 이를 악물고 스윙했다. 그러나 흔들리던 너클볼의 궤적은 브래드 던이 예측한 것과 다른 방향으로 휘어졌다.

'잡았다!'

브래드 던에게서 헛스윙을 유도해 내는 데 성공한 순간, 태식이 두 눈을 빛냈다. 그렇지만 아직 안심하기는 일렀다.

너클볼의 궤적을 예측하기 힘든 것.

타자뿐만 아니라 포수도 마찬가지였다.

용덕수가 공을 포구하지 못하고 뒤로 빠뜨릴 가능성이 있었다.

끝까지 긴장의 끈을 놓지 못하고 있는 태식의 눈에 용덕수가 무릎을 꿇고 미트를 급히 아래로 내리는 모습이 들어왔다.

최악의 경우에는 몸으로라도 막아내겠다는 의지를 드러내고 있던 용덕수의 미트로 공이 빨려 들어갔다.

"스트라이크아웃. 경기 종료!"

주심이 경기 종료를 선언한 순간, 비로소 긴장이 풀려 버린 태식이 마운드 위에 멍하니 서 있었다.

9이닝 2실점 완투승.

정규 시즌 최종전에 심원 패롯스의 선발투수로 깜짝 등판한 태식은 모두의 예상을 깨고 완투를 하면서 승리투수가 됐다.

그렇지만 아직 실감이 나지 않았다.

그 이유는 둘.

우선 경기장이 조용했다.

브래드 던이 삼진으로 물러나면서 심원 패롯스가 오늘 경기의 승리를 거두었음에도 불구하고, 관중석에서는 환호성이 흘러나오지 않았다.

"방금 뭐였어?"

"113㎞? 슬로 커브였나?"

"저걸 어떻게 쳐?"

"마구다!"

브래드 던에게서 헛스윙을 유도해 낸 태식의 마지막 공.

너클볼의 엄청난 변화를 확인한 홈 팬들은 입을 쩍 벌린 채 놀라기 바빴다. 그래서 환호성을 내지를 생각도 하지 못한 것이었다.

또 하나의 이유는 너무 오래간만이었기 때문이다.

선발투수로 마운드 위에 선 것.

또, 완투승을 거둔 것.

감히 기억조차 나지 않을 정도로 너무 오래간만이었다. 그래서 전혀 실감이 나지 않는 것이었다.

타다다닷!

"형이 해냈어요."

"……."

"우리가 이겼어요!"

포수 마스크와 미트를 벗어던지고 마운드로 달려나온 용덕수가 비명을 내지르듯 소리를 지르며 태식을 안고 번쩍 들어올렸다.

그제야 비로소 조금씩 실감이 나기 시작했다.

"선배, 최고였습니다."

"끝내줬어요!"

"선배 덕분에 대승 원더스 잡았습니다!"

우르르.

마치 약속이라도 한듯 마운드 위로 몰려든 팀원들의 격양된 목소리가 들려왔다.

양팔을 들어 올리고 포효성을 내지르면서 마음껏 기뻐하고 싶었다. 그렇지만 태식은 기쁨을 만끽하는 것을 조금 미루었다.

아직 심원 패롯스의 가을 야구 진출이 확정된 것이 아니었기 때문이다.

'어떻게 됐을까?'

진인사대천명.

용덕수에게 안긴 채 태식이 떠올린 말이었다.

최선을 다한 상황.

이제 남은 것은 하늘의 뜻을 기다리는 것이었다.

최종스코어 3 : 2.

두 팀의 정규 시즌 최종전 경기는 심원 패롯스의 승리로 끝이 났다. 그렇지만 아직 결정된 것은 아무 것도 없었다.

심원 패롯스의 가을 야구 진출.

대승 원더스의 정규 시즌 우승.

두 가지 모두 다른 구장에서 벌어지고 있는 경기의 결과에 의해 바뀔 수 있었다.

그래서일까.

경기가 끝났음에도 불구하고, 경기장을 떠나는 팬들은 아무도 없었다.

고요하게 가라앉아 있는 경기장에서 팬들은 타구장의 경기 상황과 결과를 확인하느라 여념이 없었다.

"와아!"

"우승이다!"

"우리가 한국 시리즈에 직행한다!"

먼저 환호성이 터져 나온 것은 대승 원더스의 더그아웃 쪽에서였다.

정규시즌 우승과 한국 시리즈 직행 티켓을 두고 마지막까지 치열하게 싸우던 대승 원더스와 우송 선더스.

대승 원더스가 정규 시즌 최종전에서 심원 패롯스에게 패하며 우송 선더스는 극적인 역전 우승을 차지할 기회를 잡았다.

그렇지만 우송 선더스는 찾아온 기회를 잡지 못했다.

정규 시즌 최종전에서 패하면서 대승 원더스에게 정규 시즌 우승과 한국 시리즈 직행 티켓을 허무하게 내주고 말았다.

깜짝 선발 카드였던 태식을 공략하는 데 실패해서 심원 패롯스에게 불의의 일격을 당했던 정재영 감독의 잔뜩 굳어졌던 표정은 다시 펴져 있었다.

만면에 웃음을 띠고 있는 정재영 감독을 살피던 태식이 이내 관심을 거두었다.

중요한 것은 대승 원더스의 우승 여부가 아니었다.

심원 패롯스의 가을 야구 진출 여부가 가장 중요했다.

태식이 두 손을 모았다.

그리고.

기도하듯 두 손을 모은 것은 태식만이 아니었다.

더그아웃 내 모든 선수들이 두 손을 모은 채 간절히 심원 패롯스의 가을 야구 진출을 바라고 있었다.

1분이 1년처럼 길게 느껴졌다.

그렇게 얼마나 시간이 흘렀을까.

짝짝.

홈 팬들이 모여 있는 관중석 한편에서 작은 박수 소리가 흘러나왔다. 그리고 박수를 치는 관중들의 수가 점점 늘어났다.

짝짝짝!

잠시 뒤, 경기장에 모여 있는 관중들이 모두 일제히 박수를 치기 시작했고, 경기장은 박수 소리로 가득찼다.

'우리가 해냈다?'

우렁찬 박수 소리에 담긴 의미를 유추한 태식이 고개를 돌렸다.

마경 스왈로우스와 청우 로얄스의 경기 결과를 확인하고 더그아웃으로 돌아오는 이철승 감독이 보였다.

그런 그의 입가에는 환한 미소가 떠올라 있었다.

그 웃음을 확인한 순간, 태식이 벌떡 일어났다.

'우리가 가을 야구에 진출했다!'

모두가 불가능하다고 말했던 심원 패롯스의 가을 야구 진출이었다. 그러나 불가능이 가능으로 바뀌어 있었다.

그때, 이철승 감독이 태식의 앞으로 다가왔다.

"김태식!"

"네, 감독님."

"수고했다."

그 말을 듣는 순간, 아랫배 부근에서 울컥하는 감정이 치솟았다. 그리고 가슴이 한껏 뜨거워졌을 때였다.

이철승 감독이 태식의 앞으로 손을 내밀었다.

악수를 마다할 이유가 없었다.

해서 태식이 앞으로 내밀어져 있는 이철승 감독의 손을 힘껏 움켜쥐었을 때였다.

이철승 감독이 한마디를 덧붙였다.

"그리고… 너무 아쉬워 마라."

뜨겁게 달아올랐던 태식의 가슴이 금세 식었다.

9. 나도 불안하다

머릿속이 멍했다.

경기가 끝나고 꽤 오랜 시간이 흘렀고, 그사이 여러 가지 일들이 있었다.

그렇지만 제대로 기억이 나지 않았다.

간신히 정신을 수습하고 나니, 숙소에 도착해 있었다.

일제히 기립했던 홈 팬들이 보내주었던 우렁찬 박수와 이철승 감독의 입가에 머물러 있었던 환한 미소.

이 두 가지를 확인한 순간, 태식은 심원 패롯스가 가을 야구 진출에 성공한 것이라고 확신했었다.

그러나 착각에 불과했다.

홈 팬들이 환호성을 내지르는 대신 기립한 채 박수를 보냈던 이유.

비록 가을 야구 진출에는 실패했지만, 정규 시즌 마지막 경기까지 희망의 끈을 놓지 않고 최선을 다해 승리를 거두었던 선수들에게 경의와 격려를 표한 것이었다.

그리고 이철승 감독이 환하게 웃은 이유.

마지막까지 최선을 다했음에도 결국 가을 야구 진출에 실패한 선수들이 낙담하고 실망하는 것을 우려했기 때문이다.

"끝났다……."

최종 순위 6위.

올 시즌, 심원 패롯스와 태식의 야구는 끝이 났다.

"이제… 뭘 하지?"

태식이 반쯤 넋이 나간 표정으로 중얼거렸다.

대승 원더스와의 정규 시즌 최종전.

승리를 거둘 수 있다는 확신이 있었다.

모두가 어렵다고, 또 불가능하다고 말했지만, 태식은 심원 패롯스가 가을 야구에 진출할 수 있다는 확신을 품었다.

그래서일까.

태식은 마음속으로 포스트 시즌을 준비했다.

톰 하디와 이연수가 각각 부상과 징계에서 복귀해 팀에 합류하는 상황.

거기에 더해 태식도 지쳐 있는 심원 패롯스의 마운드에 힘을 보탤 수 있는 상황이었다.

'우승도 가능하지 않을까?'

와일드카드 결정전, 준플레이오프, 플레이오프, 그리고 한국 시리즈까지.

이런 욕심을 품은 채로, 포스트 시즌을 차례로 준비하며 머릿속으로 어떻게 경기를 끌어나가야 할지 구상하고 있었다.

그러나 모두 쓸데없는 망상이었을 뿐이다.

정규 시즌 최종전에서 마경 스왈로우스가 청우 로얄스를 상대로 극적인 역전승을 거두며 심원 패롯스는 가을 야구 진출에 실패했으니까.

그리고 심원 패롯스의 가을 야구 진출 실패가 확정되고 나자, 이제 앞으로 뭘 해야 할지 막막했다.

"다 끝났다."

지독한 상실감이 밀려들었다.

물론 야구는 내년에도 계속될 터였다. 그렇지만 내년에는 상황이 또 어떻게 변해 있을지 감히 예측조차 어려웠다.

박순길 단장과 불화를 겪고 있는 이철승 감독의 재계약 여부.

또, 가을 야구 진출이 불발되자마자 팀 리빌딩을 선언한 박순길 단장이 가장 못마땅하게 생각하는 것이 바로 태식이었다.

그런 만큼 태식의 입지에도 큰 변화가 있을 터.

마치 짙은 안개가 끼어 있는 새벽 산행을 나선 것처럼, 모든 것이 불확실한 상황이었다.

그래서 태식이 막막한 감정을 느끼고 있을 때였다.

"형!"

용덕수가 숙소로 들어왔다.

역시 침통한 표정을 지은 채 용덕수가 말했다.

"감독님이 찾으세요."

"날 찾으신다고?"

"네."

"왜?"

"거기까진 저도 모르겠네요."

"알았다."

태식이 숙소를 빠져나와 감독실로 찾아갔다.

똑똑.

태식이 노크를 하자 이철승 감독이 직접 문을 열고 맞아주었다.

"어서 와."

"찾으셨습니까?"

"그래. 일단 앉아."

태식이 자리에 앉자 이철승 감독이 당연하다는 듯이 냉장고에서 캔 음료를 꺼내서 태식의 앞으로 내밀었다.

그러나 태식은 캔 음료를 받아드는 대신, 부탁의 말을 꺼냈다.

"저도 위스키를 마시겠습니다."

"응?"

"시즌이 끝났으니까요."

상실감이 커서일까.

당연하다는 듯이 술 생각이 났다. 그래서 태식이 부탁했지만, 이철승 감독은 그 부탁을 들어주지 않았다.

"그냥 음료수 마셔."

"하지만……."

"네 말대로 올 시즌은 끝났지만, 야구는 내년에도 계속되니까."

이철승 감독이 충고를 건넸다.

그 충고를 듣자마자, 태식이 고개를 들었다. 그리고 위스키가 담긴 잔을 들어 올려 입으로 가져가고 있는 이철승 감독을 빤히 바라보았다.

'정말… 내년에도 계속됩니까?'

태식이 던지고 싶은 질문이었다.

"내년에도 당신은 심원 패롯스의 감독으로 남아 있습니까?"

"저는 내년에도 심원 패롯스 소속 선수로 뛰는 겁니까?"

"올 시즌과 마찬가지로 저는 주전으로 경기에 나설 수 있는 겁니까?"

"정말 우리의 야구는… 내년에도 계속됩니까?"

이렇게 따지듯이 질문을 쏟아내고 싶은 것을 태식이 꾹 눌러 참고 있을 때였다.

"불안하냐?"

태식의 속내를 읽었을까.

이철승 감독이 물었다.

태식이 바로 대답하지 못하고 망설일 때, 이철승 감독이 예상했다는 듯이 잔에 얼음을 담고 위스키를 따라 건네주었다.

"내가 잘못 생각했다. 마음이 불안하고 심란할 때는 독한 술을 한 잔 마시는 것이 분명히 도움이 될 거야."

태식이 사양하지 않고 그 술잔을 받아들었다.

그때, 이철승 감독이 덧붙였다.

"우선 이것부터 같이 볼까?"

'위 러브 베이스볼.'

이철승 감독이 함께 보자고 제안한 프로그램이었다.

특집으로 꾸며진 '위 러브 베이스볼'에서는 심원 패롯스와 대승 원더스의 경기 하이라이트 영상을 가장 마지막 부분에 배치했다.

경기가 치열했기 때문일까.

꽤나 길었던 하이라이트 영상이 끝난 순간, 김연지 아나운서가 참았던 숨을 토해냈다.

"두 팀의 경기, 정말 숨 막힐 정도로 엄청난 명승부였어요."

"네, 정말 손에 땀을 쥐게 만드는 대단한 명승부였습니다."

김연지 아나운서의 경기 관전평에 동조한 이병철 해설위원은 거기서 멈추지 않고 한발 더 나아갔다.

"소문난 잔치에 먹을 것 없다는 옛말이 틀렸다는 것을 양 팀이 증명했다고 할까요? 많은 야구팬들의 관심이 쏠렸던 것에 어울리는 대단한 명승부였습니다. 개인적으로는 이번 심원 패롯스와 대승 원더스의 정규 시즌 최종전 경기가 올 시즌 치러졌던 수많은 경기들 가운데 최고의 명경기였다고 판단합니다."

이병철 해설위원이 콧김을 내뿜으며 단언한 순간, 김연지 아나운서가 질문을 던졌다.

"어떤 이유 때문에 올 시즌 최고의 명경기라고 판단하시는 겁니까?"

"여러 가지 이유들이 있지만, 가장 큰 이유는 두 가지입니다."

"두 가지요?"

"우선 양 팀 감독들의 지략 대결이 경기 내내 이어졌습니다. 특히 심원 패롯스를 이끌고 있는 이철승 감독이 오늘 경기에서 보여 준 인내심과 결단력은 정말 대단했습니다."

"오늘 경기가 시작되기 전부터 이철승 감독이 내렸던 결단은 팬들에게 많은 충격을 안겼죠. 김태식 선수를 깜짝 선발투수로 낙점한 것만도 놀라웠는데, 김태식 선수를 중심 타선에 포진시키기까지 했으니까요. 저는 메이저리그 경기를 보고 있는 게 아닌가 하는 착각까지 들 정도였습니다."

"엄밀히 말하면 메이저리그 경기에서도 볼 수 없는 장면이었습니다. 내셔널리그 경기에서 투수가 타석에 들어서기는 하지만, 중심 타선에 포진하는 경우는 없으니까요. 말 그대로 이철승 감독의 충격적인 결단이었습니다. 그리고 만약 결과가 좋지 않았다면 단지 충격적인 결단에서 그쳤겠지만, 김태식 선수는 투타에서 모두 맹활약을 펼치면서 기가 막힐 정도로 훌륭한 승부수가 됐습니다. 게다가 이철승 감독은 승부처에서 훌륭한 용병술로 대타 작전도 적중시켰습니다. 최동현 선수에게 약한 강만호 선수를 끝까지 아끼다가, 최동현 선수가 강판되고 김연경 선수가 마운드에 올라오자마자 대타자로 기용해 역전을 만들어냈던 것. 정말 인상적인 장면이었습니다."

"아까 두 가지 이유라고 하셨죠? 또 하나의 이유는 뭡니까?"

"김연지 아나운서도 이미 짐작하고 계시겠지만, 김태식 선수 때문입니다. 김태식 선수가 깜짝 선발투수로 기용됐을 때만 해도, 저를 비롯해 모든 사람들이 마운드에서 오래 버티지 못할 것이라고 예상했습니다. 김태식 선수를 선발투수로 내세운 것이 위장 선발이 아니냐? 이런 의견도 많았습니다."

"저도 오래 못 버틸 줄 알았어요."

"그런데 오래 버텼죠. 그것도 단순히 오해 버티기만 한 것이 아니었습니다. 대승 원더스의 막강 타선을 상대로 무려 완투승을 거두었으니까요."

"네, 더 무슨 설명이 필요하겠습니까? 오늘 김태식 선수와 이철승 감독, 그리고 심원 패롯스 선수들까지. 모두 최고였습니다."

"네. 최고였습니다."

엄지를 치켜세우고 있던 김연지 아나운서가 진행을 이어나갔다.

"자, 다음 순서는 이병철 해설위원이 선택한 핫 포인트 영상을 확인할 시간입니다. 오늘 어려우셨죠?"

"네, 마지막의 마지막 순간까지 결정을 못 내려서 제작진의 애를 좀 태웠습니다. 김연지 아나운서도 아시다시피 정규 시즌 최종전답게 길이길이 회자될 명장면이 많이 나왔거든요. 특히 두 장면이 저를 마지막까지 고심하게 만들었는데……."

"어떤 장면일지 저도 예상이 됩니다. 마경 스왈로우스를 가을 야구로 이끈 이을영 선수의 역전 끝내기 홈런과 모두의 예상을 뒤엎고 대승 원더스 타선을 꽁꽁 묶은 심원 패롯스 김태식 선수의 호투가 아닌가요?"

"김연지 아나운서."

"네?"

"내년엔 직업을 바꾸시죠."

"그게 무슨 말씀이세요?"

"이젠 전문가라고 불러도 손색이 없겠습니다. 지금 그 자리는 후배 아나운서에게 물려주고, 내년에는 제 옆에 서시는 게 어떻습니까?"

"아, 무슨 말씀이신지는 알겠지만, 그 제안은 정중히 거절하겠습니다."

"왜요?"

"이병철 해설위원 옆에 서는 게 많이 부담스러워서요."

한 방 얻어맞은 이병철 해설위원이 입맛을 쩝 다신 후, 서둘러 화제를 돌렸다.

"어쨌든 이 두 가지 결정적인 장면 중 어느 쪽을 선택할까에 대해서 고심에 고심을 거듭했습니다. 그 고심의 결과, 제가 선택한 오늘 경기 핫포인트 영상은 바로 이것입니다. 함께 보시죠."

스튜디오를 잡고 있던 화면이 바뀌면서 오늘 경기 핫포인트 영상이 방송됐다. 그리고 핫포인트 영상에 등장한 것은 태식이었다.

슈악!

부우웅!

태식이 던진 너클볼은 화면에서도 흔들리는 모습이 보일 정도로 변화가 무척 컸다.

브래드 던을 헛스윙 삼진으로 돌려세우며 완투승을 확정하는 마지막 1구를 던지는 영상이 끝나고 나자 화면이 다시 스튜디오로 바뀌었다.

마지막 순간까지 자신이 선택했던 영상에서 시선을 떼지 못하던 이병철 해설위원의 설명이 이어졌다.

"마구가 아니냐? 이런 이야기까지 쏟아졌던 김태식 선수가 던졌던 마지막 공은 너클볼이었습니다. 김태식 선수는 이 경기에서 처음이자 마지막으로 너클볼을 던졌습니다. 그리고 아끼고 아꼈던 이 너클볼이 완투승을 거두는 데 결정적인 역할을 했습니다."

"저도 깜짝 놀랐어요. 워낙 변화가 컸거든요. 오죽했으면 제 눈에 뭔가 문제가 생긴 게 아닌가 하는 생각까지 했다니까요."

"네, 정말 대단한 공이었고, 또 멋진 투구였습니다. 훌륭한 투구에 훌륭한 타격까지. 아쉬운 것은 딱 하나였습니다."

"뭐가 아쉬웠죠?"

"어려운 상황에서도 선수들이 하나로 똘똘 뭉쳐서 마지막까지 가을 야구 진출의 희망을 이어나갔던 심원 패롯스가 아쉽게 가을 야구 진출에 실패한 거죠. 솔직히 조금 아쉽습니다. 심원 패롯스가 가을 야구에 진출했다면 포스트 시즌에서 김태식 선수가 펼칠 활약상을 좀 더 지켜볼 수 있었을 텐데 말이죠."

"저도 내심 아쉬웠습니다."

김연지 아나운서가 맞장구를 친 순간, 이병철 해설위원이 얼굴에서 웃음기를 지운 채 덧붙였다.

"비록 심원 패롯스가 아쉽게 가을 야구 진출에 실패했지만, 대승 원더스와 펼친 정규 시즌 최종전은 정말 대단했습니다."

"네."

"특히 김태식 선수가 오늘 경기에서 보여주었던 투타에서의 맹활약은 오랫동안 기억되고 또 회자될 겁니다."

흥분한 탓일까?

김연지 아나운서와 이병철 해설위원의 목소리는 잔뜩 상기되어 있었다.

또, 평소에 비해서 말이 많은 편이었다.

그렇지만 왠지 공허하게 느껴졌다.

그래서일까.

두 사람이 나누는 대화의 내용이 제대로 들어오지 않았다.

그때, 이철승 감독이 리모컨을 들어 TV를 껐다.

절반쯤 남은 위스키를 단숨에 비운 이철승 감독이 입을 뗐다.

"나도 불안하다!"

"네?"

"나도 불안한 것은 마찬가지라고."

갑작스런 이철승 감독의 심경 고백을 들은 태식이 고개를 들어서 물끄러미 바라보고 있을 때였다.

"인간인 이상, 미래에 대한 불안감을 느끼는 건 당연한 거야. 당장 내일 어떤 일이 벌어질지 모르는, 아니, 몇 분 후에 무슨 일이 벌어질지 알 수 없는 인생을 살아가고 있는 약한 존재이니까."

태식이 작게 고개를 끄덕였다.

이철승 감독의 말이 옳았다.

이철승 감독도, 태식도 약하기 짝이 없는 존재였다. 그래서 불확실성으로 가득 차 있는 미래에 대한 불안감을 느끼는 것이었다.

"그래도 너무 불안해할 필요는 없다."

"하지만……."

"널 믿어라. 넌 충분한 실력을 갖고 있으니까."

"……."

"또… 그라운드에서 많은 것을 보여줬으니까."

태식이 혀를 내밀어 바싹 마른 입술을 적셨을 때였다.

"아까 이병철 해설위원이 한 말이 옳다. 비록 우리 팀이 가을 야구 진출에 실패했지만, 그 과정에서 네가 펼쳤던 활약을 사람들의 기억 속에 각인되어서 오랫동안 잊혀지지 않을 것이다."

"정말… 그럴까요?"

"그래. 그러니까 지금부터 네가 할 일은 하나다."

"뭡니까?"

태식이 질문한 순간, 이철승 감독이 대답했다.

"두려움을 이겨내고 야구를 계속하는 것."

10. 연봉 협상

시간은 무척 빠르게 흘렀다.

그사이에도 야구는 계속됐다.

포스트 시즌에서 쏟아져 나온 명승부에 야구팬들은 열광했고, 난데없이 터져 나온 심판 매수 논란으로 한동안 야구계는 시끄러웠다.

또, 심판 매수 논란이 수그러들자, 올 시즌 성적이 부진했던 팀들의 감독 교체가 이슈가 됐다.

그리고.

이병철 해설위원과 이철승 감독이 했던 장담은 틀렸다.

포스트 시즌이 치러지기 시작하자, 가을 야구 진출에 실패한 심원 패롯스는 금세 팬들의 기억 속에서 잊혀졌다.

또, 대승 원더스와의 정규 시즌 최종전에서 태식이 펼쳤던 투타에서의 맹활약도 팬들의 기억 속에서 오래 남지 못했다.

<저니맨 김태식이 보여준 투혼. 내년 시즌 심원 패롯스에 대한 기대치를 높였다!>

송나영이 3면 톱으로 기사를 내보냈었지만, 팬들의 기억 속에서 태식을 더 오래 머물게 만들기에는 역부족이었다.

태식이 보여주었던 투혼과 투타에서의 맹활약은 몇 개의 기사와 영상으로 남겨졌을 뿐, 오래 회자되지는 못했다.

"다시 시작하자!"

태식이 각오를 다졌다.

그렇지만 심원 패롯스가 가을 야구 진출에 실패한 것으로 인한 상실감과 허탈함은 예상보다 훨씬 컸다.

그리고.

격동의 오프 시즌이 시작됐다.

*   *   *

지글지글.

돼지갈비가 익어가는 사이, 용덕수가 절반쯤 남아 있던 소주잔을 비우고 내려놓았다.

"아쉽네요."

"뭐가?"

"형수님과 함께하지 못하는 것이요."

오래간만에 새 앨범을 발표한 도레미 퍼블릭은 음악 방송과 예능 방송을 가리지 않고 출연하며 스케줄이 무척 늘어난 상황이었다. 그래서 지수는 오늘 자리에 함께하지 못하는 것을 무척 아쉬워했다.

어쨌든.

태식이 불판 위의 고기를 뒤집으면서 입을 뗐다.

"진짜 아쉬운 이유는 따로 있는 거잖아."

"네?"

"윤아 씨가 못 와서 아쉬운 것, 아냐?"

"그게……."

"맞잖아?"

"역시 형은 속일 수가 없네요."

정곡을 찔린 용덕수가 서둘러 화제를 돌렸다.

"그나저나 어떻게 진행되고 있어요?"

"뭐가?"

"연봉 협상이요."

"……."

"오늘 만나기로 하셨다고 말씀하셨잖아요."

용덕수가 질문을 던졌다. 그리고 태식의 연봉 협상 진행 과정에 대해 용덕수는 무척 큰 관심을 갖고 있었다.

그 이유는 하나.

실질적으로 이번이 용덕수에게 첫 연봉 협상이기 때문이었다.

연봉 협상에 관해서 일종의 환상을 품고 있는 용덕수를 힐끗 살핀 태식이 집게를 내려놓고 앞에 놓인 소주잔을 들어 올렸다.

연봉 협상 테이블에 앉는 것.

용덕수가 환상을 품고 있는 것처럼 즐거운 일은 결코 아니었다.

경험이 풍부한 태식은 그 사실을 누구보다 잘 알고 있었다.

선수의 입장에서는 조금이라도 더 많은 연봉을 받아내려 하는 반면, 프런트의 입장에서는 한 푼이라도 더 깎으려 드는 것이 당연지사.

그런 이유로 연봉 협상 테이블은 그라운드에서 펼쳐지는 경기와는 또 다른 의미로 치열한 대결이 펼쳐지는 곳이었다.

그리고.

태식은 프로 선수가 된 후 여러 차례 연봉 협상 테이블에 앉았었지만, 좋았던 기억은 별로 없었다.

'쓰네!'

안 좋았던 기억이 떠올랐기 때문일까.

소주가 유난히 쓰게 느껴져서 태식이 미간을 찌푸리고 있을 때였다.

"왜요? 협상이 잘 안 되세요?"

용덕수가 태식의 눈치를 살피며 조심스럽게 물었다.

"아냐!"

태식이 대답하고 나서야 용덕수의 표정이 밝아졌다.

"그렇죠? 형이 올 시즌에 얼마나 대단한 활약을 펼쳤는데요. 구단에서도 알아서 대우를 해주려고 할 겁니다."

"그럼 좋겠지만……."

태식이 슬쩍 말끝을 흐린 순간, 용덕수가 입에서 침을 튀겨가면서 열변을 토해냈다.

"만약 제가 구단 관계자라면 최소 3배는 올려줄 겁니다. 형의 연봉이 워낙 적었잖아요. 못해도 억대 연봉은 제시할 겁니다."

용덕수가 말을 마친 순간, 태식이 쓰게 웃으며 입을 뗐다.

"아쉽네."

"뭐가요?"

"덕수 네가 구단 관계자였다면 좋았을 텐데."

"네?"

"구단 측의 생각은 너와 많이 다른 것 같아."

용덕수의 낯빛이 어두워졌다.

비로소 연봉 협상 테이블이 환상을 품을 정도로 낭만적이지도, 그림 같지도 않다는 사실을 알아챘기 때문이다.

또, 태식의 연봉 협상이 순조롭게 진행되지 않는다는 사실도 알아챘기 때문이다.

"대체 얼마를 제시했는데요?"

"그게……."

"혹시 저한테 알려주실 수 있어요?"

"아니."

"역시 그건 어렵겠죠."

연봉 협상은 민감한 사안.

해서 태식이 구체적인 금액까지는 알려주지 않는다고 용덕수는 판단한 듯 보였다. 그러나 태식이 거절한 이유는 따로 있었다.

"나도 몰라."

"네?"

"구체적인 금액에 대해 얘기를 나눈 적이 없거든."

"그럼 혹시⋯⋯."

"혹시 뭐야?"

"백지수표를 제시한 겁니까?"

용덕수가 두 눈을 치켜뜨고 물은 순간, 태식이 헛웃음을 터뜨렸다.

"아닌가요?"

"그래. 아냐."

"그럼 왜 구체적인 금액을 제시하지 않는 건데요?"

용덕수가 의아한 표정을 감추지 않은 채 물은 순간, 태식이 대답했다.

"그럴 기회조차 없었어."

"⋯⋯?"

"만나지도 못했거든."

*　　　　　*　　　　　*

오후 3시 20분.

태식이 미리 구단 사무실에 도착했다.

원래 약속 시간은 오후 3시 30분.

약 10분 정도 일찍 도착한 것이었다.

텅 빈 사무실에 홀로 앉아 있었지만, 무료하지는 않았다.

'대체 누가 협상장에 나올까?'

'협상 분위기는 어떨까?'

'어떤 대화가 오갈까?'

'지난 시즌 내가 펼쳤던 활약을 온전히 인정받을 수 있을까?'

갖가지 생각들이 머릿속에 떠올랐다.

그렇지만 결국 가장 궁금한 것은 하나였다.

'대체 얼마를 제시할까?'

프로야구 선수에게 있어서 연봉은 자신의 가치를 증명하는 수단이었다.

태식도 프로야구 선수.

구단 측에서 얼마의 연봉을 제시하면서 지난 시즌 활약에 걸맞는 대우를 해줄지 궁금한 것은 당연지사였다.

'인상 폭이 얼마나 될까?'

태식의 작년 연봉은 최저 연봉에 근접한 수준이었다.

지난 몇 시즌 동안 1군 무대를 밟은 것이 손에 꼽을 정도였기 때문에, 꾸준히 연봉이 삭감됐기 때문이다.

그러나 올 시즌은 상황이 달랐다.

트레이드를 통해서 시즌 도중에 심원 패롯스로 적을 옮기긴 했지만, 심원 패롯스 소속 선수가 된 후 태식이 펼친 활약은 준수했다.

아니, 준수하다는 표현으로는 부족했다.

비록 시즌 후반기에 타격 슬럼프를 살짝 겪기는 했지만, 타석에서 꾸준한 활약을 펼쳤었다. 그리고 시즌 막바지에는 투수로도 경기에 나서서 인상적인 활약을 선보였다.

당연히 연봉은 인상될 터.

과연 인상 폭이 얼마나 클지에 대해 가늠하면서 기대하고 있던 태식이 퍼뜩 정신을 차리고 시계를 살폈다.

오후 3시 40분.

태식이 상념에 잠겨 있던 사이, 시간은 빠르게 흘러갔다.

약속 시간이 10분 가까이 지났다는 사실을 뒤늦게 깨달은 태식의 표정이 살짝 굳어졌다.

'왜… 아직이지?'

약속 시간이 지났음에도 아무도 나타나지 않는 것으로 인해 태식이 불안함을 느꼈다. 그러나 애써 그 불안감을 밀어냈다.

'좀 길어지는가 보군.'

연봉 협상은 태식 혼자만 하는 것이 아니었다.

구단 측은 여러 선수들과 동시에 연봉 협상을 진행하고 있는 상황이었고, 다른 선수와의 협상이 예정보다 조금 길어진 탓이라 여기며 태식은 계속 기다렸다.

그러나 기다림의 시간이 길어졌음에도 아무도 나타나지 않았다.

오후 4시 30분.

약속 시간에서 무려 한 시간이 흘렀다.

태식의 표정이 점점 심각하게 굳어졌을 때였다.

딸칵!

마침내 사무실의 문이 열리고, 김장한 과장이 안으로 들어섰다.

"미안, 좀 늦었네."

텅 빈 사무실에서 혼자 기다리고 있던 태식을 발견한 김장한 과장이 사과했다. 그러나 태식의 굳어진 표정은 풀리지 않았다.

'좀 늦었다고?'

원래 약속 시간에서 무려 한 시간이나 흐른 시점이었다. 그런데 좀 늦었다는 김장한 과장의 표현이 태식의 신경을 곤두서게 만들었다.

그뿐이 아니었다.

김장한 과장의 사과에서는 진정성이 느껴지지 않았다.

그렇지만 태식이 서운한 감정을 애써 겉으로 내색하지 않고 있을 때, 성의 없이 사과를 한 김장한 과장이 피곤한 기색으로 넥타이를 풀어헤쳤다.

"다음에 할까?"

"······?"

"오늘은 급한 일이 갑자기 생겨서 말이야. 그러니까 협상은 다음에 하자."

"그게 무슨······."

"다음 미팅 일정 잡아서 연락할 테니까 돌아가서 기다려."

태식이 미처 붙잡을 새도 없었다.

일방적으로 자신이 할 말을 마친 김장한 과장은 사무실을 빠져나가 버렸다.

'이건··· 무슨 상황이지?'

워낙 순식간에 벌어진 일이었다.

또 경험이 풍부한 태식으로서도 처음 겪어보는 일이었다.

다시 사무실 안에 혼자 남겨진 태식이 지금 닥친 상황을 이해하기 위해 한참을 앉아 있다가 천천히 자리에서 일어났다.

*　　　　*　　　　*

벌컥.

용덕수가 소주잔을 들어 단숨에 비우고 내려놓았다. 그리고 얼굴이 벌겋게 상기된 채로 언성을 높였다.

"어떻게 그럴 수가 있습니까? 진짜 너무들 한 거 아닙니까?"

태식이 받은 푸대접을 알고 난 후 용덕수의 얼굴이 상기된 이유.

술기운 때문이 아니었다.

단단히 화가 났기 때문이다.

"이건 예의가 아니지 않습니까?"

용덕수가 흥분한 채 덧붙인 말을 들은 태식이 씁쓸하게 웃었다.

방금 용덕수의 표현이 정확했다.

이건 예의의 문제였다.

약속 시간에 늦을 수는 있었다.

사람인 이상 누구나 실수는 할 수 있는 법이니까.

그러나 문제는 실수를 하고 난 후의 대처였다.

김장한 과장이 실수를 인정하고 진정성 있는 사과를 한 후, 정중한 태도로 협상에 임했다면?

이렇게까지 화가 나지는 않았을 것이었다.

그렇지만 구단 측을 대표해서 협상장에 나온 김장한 과장의 태도에서 예의 따위는 찾아볼 수 없었다.

또, 성의도 보이지 않았다.

"혹시 부부 싸움을 한 게 아닐까요?"

간신히 흥분을 가라앉힌 용덕수가 조심스럽게 그나마 가능성이 있는 추론을 꺼냈다.

김장한 과장이 부부 싸움을 해서 기분이 엉망인 탓에 감정 조절에 실패한 것이 아닐까 하는 추측이었다.

'사람 생각이 다 비슷하네!'

태식이 쓰게 웃었다.

방금 용덕수가 했던 생각은 태식도 잠시 했던 적이 있었다.

그러나 그럴 가능성은 낮았다.

'의도적이야!'

김장한 과장의 나이는 마흔셋.

박순길 단장의 심복 중 한 명으로 심원 패롯스 프런트에서 잔뼈가 굵은 김장한 과장은 공과 사 정도는 구분할 수 있는 인물이었다.

그가 태식과의 연봉 협상장에 늦게 나타난 것도, 또 제대로 사과를 하지 않은 것도 모두 의도적이라는 생각이 들었다.

'박순길 단장의 지시!'

태식이 짤막한 한숨을 내쉬었다.

김장한 과장의 무성의한 태도에는 박순길 단장의 의도가 반영이 됐을 것이라는 생각이 퍼뜩 들었다.

'다음에 만나서 얘기해 보면 확실히 알 수 있겠지!'

생각을 정리한 태식이 술병을 들었다.

"자, 받아."

용덕수가 앞으로 내민 빈 잔을 채워주며 태식이 표정을 살폈다.

연봉 협상에 대한 막연한 환상이 깨졌기 때문일까.

용덕수는 불안한 기색을 감추지 못하고 있었다.

"덕수야."

"네."

"넌 다를 거야."

"정말 다를까요?"

"그래. 넌 아직 젊으니까."

태식과 용덕수는 여러 가지 차이점이 있었다.

그 가운데서도 가장 큰 차이점은 나이였다.

태식이 삼십 대 후반인 반면, 용덕수는 아직 이십 대 초반이었다.

지난 시즌에 가능성과 잠재력을 드러냈으니, 용덕수에게는 그 활약에 걸맞는 대우를 해줄 가능성이 높았다.

'하지만 불안한 건 어쩔 수 없군!'

용덕수를 안심시키기 위해서 일단 말을 꺼내긴 했지만, 솔직한 태식의 내심은 무척 불안했다.

자신과 마찬가지로 용덕수 역시 박순길 단장의 눈 밖에 난 상태였기 때문이다.

그런 태식의 머릿속에 박순길 단장의 눈 밖에 난 또 한 사람이 떠올랐다.

바로 이철승 감독이었다.

불화설.

이철승 감독과 박순길 단장이 불협화음을 내고 있다는 소문이 야구계에 파다하게 퍼져 있는 상황이었다.

물론 아직까지는 박순길 단장 측에서 눈에 띄는 움직임을 보이지 않고 있었지만, 가을 야구 진출에 실패한 이철승 감독의 입지는 무척 불안한 상태였다.

"감독님은 얼마나 버틸 수 있을까?"

또 한 차례 한숨을 내쉰 태식이 술잔을 들어 올렸다.

*　　　　　*　　　　　*

"가시방석이 따로 없군!"

이철승이 쓴웃음을 머금었다.

이철승과 심원 패롯스의 계약 기간은 삼 년.

아직 1년이 남아 있는 상태였다.

그렇지만 심원 패롯스가 2년 연속으로 가을 야구 진출에 실패하면서 이철승의 입지는 불안해졌다.

물론 심원 패롯스의 감독으로 치른 두 번째 시즌은 첫 번째 시즌에 비해서 훨씬 발전한 모습을 보여주었다.

정규 시즌 막바지까지 가을 야구 진출이라는 희망의 끈을 놓지 않았으니까.

그러나 결과는 아쉽게도 가을 야구 진출 실패였다.

최종 순위 6위.

팬들은 과정을 금세 잊었다.

대신 결과만을 기억했다.

"시작됐군!"

이철승이 한숨을 내쉬면서 앞에 놓인 서류를 들었다.

서류는 다음 시즌을 대비해서 해외 전지훈련에 참가할 선수들의 명단이 적혀 있었다.

이 명단을 작성한 것은 이철승이었다. 그러나 구단 측에 제출했던 이철승이 작성한 명단은 바뀌어 있었다.

"김태식이 빠졌다?"

가장 눈에 띄는 변화는 김태식이 명단에서 빠졌다는 점이었다. 그리고 김태식이 명단에서 빠진 것이 다가 아니었다.

이철승이 눈여겨보았던 2군 선수들을 전지훈련 명단에 포함시켰지만, 선수들의 면면이 바뀌어 있었다.

"프런트 야구를 하겠다는 선전포고로군."

이철승이 위스키가 담긴 잔을 들어올렸다.

단순한 선전포고가 아니었다.

성적 부진에 대한 책임을 지고 감독직에서 물러나라는 의미가 담긴 박순길 단장의 일방적인 선수 명단 교체였다.

이것이 아까 이철승이 가시방석에 앉은 것처럼 느낀 이유.

"한번 만나야겠군."

박순길 단장이 일방적으로 바뀐 전지훈련 참가자 명단에 담긴 또 하나의 숨은 의미는 초대장이었다.

그는 이 명단을 보내 이철승에게 만남을 청한 것이었다.

"나도 피할 생각은 없어."

위스키를 한 모금 마신 이철승이 휴대전화를 들어올렸다.

이덴홀.

이철승이 도착했을 때, 박순길 단장은 미리 도착해서 위스키를 마시고 있었다.

"왔나? 앉게."

이철승이 옆에 앉자마자 박순길 단장이 잔을 내밀었다.

위스키 병을 들어 올린 박순길 단장이 잔을 채워주자마자, 이철승은 단숨에 비웠다.

"왜 그리 급히 마시나?"

"목이 타는군요."

이철승이 솔직히 대답했다.

박순길 단장과의 만남.

불편한 자리가 될 것이 뻔했다.

또, 어떤 식으로든 서로의 의중을 파악하기 위해 노력하면서 치열한 신경전이 오가게 될 터였다.

해서 이철승의 신경이 잔뜩 곤두서 있을 때였다.

"처음 만났을 때에 비해 술이 늘었군."

"상황이 달라졌으니까요."

"상황이 달라졌다?"

"현장에 있으니까요."

이철승이 쓰게 웃으며 대답했다.

감독직을 내려놓고 야인 생활을 할 때와 현장으로 돌아와서 팀을 이끌고 있는 지금.

분명히 달랐다.

감독으로서 신경을 써야 하는 부분이 무척 많았고, 거의 매일 치열한 승부를 펼치다 보니 늘 신경이 예민해져 있는 상태였다.

그러다 보니 자연스레 술이 늘었다.

"건강에 해로우니 술을 좀 줄이게."

그때, 박순길 단장이 충고를 건넸다.

그 충고를 들은 이철승이 의아한 표정을 지었다.

자신의 건강까지 걱정해 줄 정도로 박순길 단장이 다정한 성격의 소유자가 아니었기 때문이다.

'왜… 이래?'

이철승이 빤히 바라볼 때, 박순길 단장이 덧붙였다.

"그런 의미에서 감독직에서 물러나는 게 어떤가?"

"……."

"그럼 스트레스가 줄어서 술도 덜 마시게 될 터인데."

박순길 단장이 더한 말을 들은 이철승이 쓰게 웃었다.

아까 박순길 단장이 건넸던 충고.

자신의 건강을 우려해서 건넸던 것이 아니었다.

"감독직을 내려놓게."

진짜 하고 싶었던 이 말을 꺼내기 위해서 미리 포석을 깔아두었던 것뿐이었다.

"아직 계약 기간이 남았습니다."

"스스로 물러나진 않겠다는 뜻인가?"

"그렇습니다."

"왜인가?"

"조금 전에 말씀드렸듯이 계약 기간이 남았기 때문입니다."

계약 기간이 1년 남았다는 사실을 박순길 단장에게 다시 상기시킨 이철승이 한마디를 덧붙였다.

"그리고 희망을 엿봤습니다."

"희망?"

"내년 시즌에는 더 나은 성적을 거둘 자신이 있습니다."

심원 패롯스를 이끌고 있는 감독인 이철승이 확신에 찬 목소리로 포부를 밝혔다.

그렇지만 정작 심원 패롯스의 단장인 박순길은 기쁜 기색이 아니었다.

영 마뜩찮은 기색으로 고개를 흔들었다.

"요새 우리 팀 팬들 사이에서 유행하는 말이 뭔지 아나?"

"무엇입니까?"

"희망 고문이란 말이네."

"아직 고문이 될 정도는 아닌 것 같습니다만."

이철승이 넌지시 말을 받은 순간, 박순길 단장이 쏘아붙였다.

"기회는 충분히 주어지지 않았나?"

"모자랐습니다."

"모자랐다?"

"이것 하나는 분명히 말씀드리겠습니다."

"뭔가?"

"자진 사퇴는 없을 겁니다."

이철승이 확실히 의사를 표명한 순간, 박순길 단장의 표정이 일그러졌다.

"그 말은… 성적 부진에 대한 책임을 지지 않겠다는 뜻인가?"

"물론 책임질 부분이 있다면 지겠습니다. 다만……."

"다만 뭔가?"

"저 혼자서 모든 책임을 지는 것은 불합리하다고 생각합니다."

담담한 목소리로 대꾸한 이철승이 기회를 놓치지 않고 한마디를 덧붙였다.

"제가 그리 못마땅하시면 경질을 하십시오."

"경질을 하라고?"

"그게 옳은 수순이라고 생각합니다."

"옳은 수순이라……."

작게 혼잣말을 되뇌이는 박순길 단장의 표정 변화를 이철승이 유심히 살폈다.

'눈에 보이지 않는 총알이 쉬지 않고 오가는 전쟁터.'

문득 지금 박순길 단장이 대화를 나누는 이덴홀 내부는 치열한 전쟁터나 마찬가지라는 생각이 들었다.

그리고.

방금 대화를 통해서 이철승은 적의 지휘관이나 다름없는 박순길 단장의 의중을 읽을 수 있었다.

'날 경질하는 것은 부담스러워하는군.'

경질과 자진 사퇴.

분명히 달랐다.

잔여 연봉 지급이나 예우 등에서 여러 가지 차이가 발생했지만, 가장 큰 차이는 역시 여론이었다.

비록 심원 패롯스를 맡은 후 두 시즌 연속으로 가을 야구 진출에 실패했지만, 심원 패롯스는 지난 시즌에 비해 올 시즌에 더 발전하는 모습을 보였다.

또, 그 과정에서 감독 이철승의 지도력에 대한 평가도 나쁘지 않았다.

이런 상황에서 아직 1년의 계약 기간이 남아 있는 이철승을 구단 측에서 일방적으로 경질하는 선택을 내린다면?

심원 패롯스 팬들은 비난을 쏟아낼 터였다.

또, 구단의 이미지뿐만 아니라 모기업의 이미지에도 타격이 있을 터였다.

─사람이 미래다.

심원 패롯스의 모그룹인 심원 그룹의 슬로건이었다.

그런데 정작 지도력이 나쁘지 않았다는 평을 받은 이철승을 성적 부진을 이유로 계약 기간도 채우지 못하게 만들면서 일방적으로 경질한다면?

팬들은 심원 그룹의 슬로건과 배치된다면서 비난을 쏟아낼 터였다.

박순길 단장이 이철승을 경질하는 카드를 꺼내 드는 것을 부담스러워하는 이유가 바로 여기에 있었다.

'이제 어떤 카드를 사용할까?'

이철승이 잔뜩 신경을 곤두세우고 있을 때, 박순길 단장이 입을 뗐다.

"협상을 하세."

"어떤 협상을 하자는 겁니까?"

"우선 궁금한 것이 있네."

"무엇입니까?"

박순길 단장이 물었다.

"감독직을 내려놓지 않고 계속 버티는 진짜 이유. 대체 무엇인가?"

＊　　　　＊　　　　＊

오후 4시 10분.

태식이 미리 도착해서 기다리고 있던 구단 사무실로 김장한 과장이 들어섰다.

'10분 늦었군!'

첫 협상 당시, 김장한 과장은 원래 약속했던 시간에서 무려 한 시간이나 늦었다.

당시와 비교한다면 한참 일찍 사무실에 도착한 셈이었다.

그렇지만 태식의 표정은 밝아지지 않았다.

김장한 과장은 이미 큰 무례를 범했던 상황.

당시에 범했던 무례를 만회할 생각을 갖고 있었다면, 이번에는 약속 시간보다 더 일찍 도착해서 기다렸어야 했다.

그러나 김장한 과장은 이번에도 약속 시간에 늦었다. 그리고 태식의 신경을 곤두서게 만드는 요인은 하나 더 있었다.

"시간이 없으니 바로 본론으로 돌입하세."

김장한 과장은 무척 서두르고 있었다.

악수를 하면서 제대로 인사를 나누기도 전에 바로 본론으로 돌입한 터라, 사무실 내의 분위기는 무척 딱딱했다.

'아버지 안부 정도는 물어야 정상이 아닐까?'

태식이 슬쩍 미간을 찌푸렸다.

프런트 직원의 역할 가운데 하나가 선수들이 최고의 경기력을 발휘할 수 있도록 보좌하는 것이었다.

그런 만큼, 김장한 과장은 선수들의 개인사와 가정사를 꿰뚫고 있었다.

당연히 태식의 아버지가 현재 암 투병 중이라는 사실도 알고 있었다. 그렇지만 김장한 과장은 아버지의 병세에 대한 의례적인 질문은커녕 안부 인사조차 건네지 않았다.

그뿐이 아니었다.

테이블 하나를 사이에 두고 마주 앉아 있음에도 불구하고 김장한 과장은 태식의 시선을 줄곧 외면했다.

미리 준비해 와서 탁자 위에 내려놓은 서류철 위로 줄곧 시선을 뗄군 채로 사무적인 어투로 이야기를 이어나갔다.

"구단 측에서 제시하는 연봉은 오천만 원이네."

어쨌든.

김장한 과장은 아까 자신이 했던 얘기를 지켰다.

서론을 생략하고 바로 본론으로 돌입했다.

워낙 갑작스럽게 구단 측 제시액을 통보받은 터라, 마음의 준비를 미처 못 했던 태식은 한 번에 알아듣지 못했다.

"방금… 얼마라고 했습니까?"

"오천만 원이라고 했네."

'오천만 원?'

지난 시즌 태식의 연봉은 4,500만 원이었다.

억대 연봉을 받는 선수들이 수두룩한 요즘의 추세를 감안하면,

태식의 연봉은 무척 적은 편이었다.

그러나 태식은 불만을 표시하지 않았다.

경기에 나서서 보여준 활약상이 미비했기 때문이다.

그렇지만 이번에는 달랐다.

태식은 올 시즌 지난 여러 시즌들과 비교할 수 없을 정도로 많은 경기에 출전했다.

단지 경기 출전 횟수만 많았던 것이 아니었다.

태식은 경기에 나섰을 때마다 무척 인상적인 활약을 펼쳤다.

이런 요인들로 인해 태식은 내년 시즌을 앞두고 연봉이 인상될 것이라 확신했다.

그런 태식의 확신은 적중했다.

구단 측이 제시한 태식의 연봉은 상승했으니까.

문제는 상승 폭.

구단 측은 고작 500만 원이 인상된 연봉을 제시했다.

김장한 과장이 통보한 구단 측 연봉 제시액을 들은 순간, 처음에는 화가 났다. 그러나 그도 잠시, 이내 허탈한 감정이 밀려들었다.

최선을 다했다.

팀의 가을 야구 진출을 위해서 태식은 자신이 가진 모든 것을 쏟아부었다.

그런데 그렇게 열심히 노력했던 대가가 고작 500만 원이라는 사실을 알게 된 순간, 입맛이 지독히 썼다.

꼭 믿었던 연인에게 배신을 당한 느낌이었다.

'난 대체 뭘 위해 그렇게 열심히 야구를 했던 거지?'

스스로에게 던졌던 질문에 대한 답을 찾지 못한 태식의 시선이 허공을 부유하고 있을 때였다.

"왜? 적나?"

김장한 과장이 여전히 서류철에서 시선을 떼지 않은 채 물었다.

"제가 생각했던 것보다는 적습니다."

"그렇군. 자넨 얼마를 생각했나?"

"제가 생각했던 금액은……"

태식이 선뜻 대답하지 못하고 망설였다.

연봉 협상을 앞두고 태식도 나름 기대를 했다.

그런 만큼 내심 바라고 있었던 금액이 있었다.

이 정도면 내가 올 시즌에 보여주었던 경기력에 대한 적절한 보상이지 않을까 하고 생각했던 금액이었다.

그럼에도 불구하고 태식이 금액을 입 밖으로 내뱉지 않은 데는 이유가 있었다.

터무니없을 정도로 과한 금액이라서?

그건 아니었다.

태식이 금액을 입 밖으로 꺼내지 않은 진짜 이유.

'대체 무슨 의미가 있지?'

퍼뜩 그런 생각이 들었기 때문이다.

그때였다.

"보기보단 현실감각이 없군."

김장한 과장이 코웃음을 치며 쏘아붙였다.

'내가 현실감각이 없다고?'

그 말의 의미를 제대로 파악하지 못한 태식이 의아한 시선을 던질 때였다.

"너 자신을 알라!"

"······?"

"소크라테스가 했던 명언은 자네도 알고 있지? 내가 생각하기에는 지금 자네의 상황에 딱 어울리는 표현 같군."

"무슨··· 뜻입니까?"

"자네 나이가 곧 서른여덟이 되지? 진즉에 현역에서 은퇴했어도 이상하지 않을 정도로 나이가 많은 편이지. 그리고 그동안 프로야구 선수로 오랫동안 활약하면서 보여준 것도 딱히 없어. 물론 올 시즌에 반짝 활약하긴 했지만, 말 그대로 반짝 활약일 뿐이지. 더구나 결국 우리 팀은 올 시즌에 가을 야구 진출에 실패한 상황이니 자네의 반짝 활약이 무위로 돌아간 셈이야. 어쨌든 중요한 것은 올해보다 한 살 더 나이가 드는 내년에도 자네가 올해처럼 활약할 수 있을까 여부야. 난 그런 확신을 갖지 못했네. 그리고 구단 측의 생각도 나와 마찬가지야. 즉, 노장 선수인 자네에게 고액 연봉을 안기는 위험을 감수하긴 어렵다는 뜻이지. 이제 알겠나? 현재 자네가 처해 있는 상황이 어떤지 말이야."

김장한 과장이 거침없이 이야기를 쏟아냈다.

태식이 입을 꾹 다문 채 묵묵히 이야기를 들었다.

반박할 말이 없어서가 아니었다.

너무 실망이 커서 말문이 막힌 것이었다.

"정신 차려!"

'정신 차리라고?'

김장한 과장이 호통을 치듯 덧붙인 말이 귓속으로 파고든 순간,

태식의 두 눈에 초점이 돌아왔다.

'그래. 정신 차려야지.'

지금 이렇게 바보처럼 멍하니 앉아 있을 때가 아니란 생각이 퍼뜩 들었다. 그래서 반박하기 위해서 고개를 번쩍 든 순간, 김장한 과장이 한마디를 덧붙였다.

"우리 팀이 아니면 자네가 뛸 팀이 과연 있을 것 같은가?"

11. 낙동강 오리알

"저기, 단장님."

더그아웃으로 통하는 통로 앞에서 장원우가 멈춰 섰다.

"왜 그러나?"

"이래도… 될까요?"

선뜻 더그아웃으로 들어서지 못하고 쭈뼛거리면서 조심스레 질문을 던지는 장원우를 살피던 박순길이 입을 뗐다.

"무슨 문제라도 있나?"

"그게……."

"편히 말해 보게."

"너무 이른 게 아닐까 하는 걱정이 들어서요."

장원우가 한참 만에 대답을 꺼냈다.

그 대답을 들은 박순길이 한쪽 입꼬리를 말아 올렸다.

"너무 이르다?"

"네."

"아니, 이르지 않네. 내년 시즌에 맞춰서 내가 또 자네가 원하는 팀으로 만들려면 남은 시간이 그리 많지 않거든. 서둘러야 해."

박순길이 딱 잘라 말했지만, 장원우는 여전히 불안한 기색을 감추지 못했다. 그 반응을 확인하고 한숨을 내쉰 박순길이 다시 물었다.

"이철승 감독 때문에 그러나?"

"마음에 걸리긴 합니다."

"어차피 전지훈련을 떠나서 이철승 감독은 국내에 없는 상황이야. 그런데 뭘 그리 신경 쓰나?"

"그렇긴 하지만… 심원 패롯스의 감독은 아직 여전히 이철승 감독입니다. 또 구단 관계자들도 지켜보고 있는 상황입니다. 이런 상황에 제가 심원 패롯스의 더그아웃까지 찾아가서 선수들이 훈련하는 장면을 지켜보는 모습을 보이는 것, 아무래도 너무 이르다는 생각이 자꾸 들어서요."

"그래, 자네 말이 맞아."

"……?"

"아직은 이철승 감독이 심원 패롯스를 이끌고 있긴 하지. 그러나 곧 감독직을 내려놓을 거야."

박순길이 확신에 찬 목소리로 단언하자, 장원우가 두 눈을 빛냈다.

"그게 사실입니까?"

"틀림없는 사실이네."

장원우가 두 눈을 빛내며 표정이 밝아진 이유.

박순길은 능히 짐작할 수 있었다.

심원 패롯스의 감독직에 대한 욕심이 생겼기 때문이다.

프로야구 감독.

대한민국에서 딱 열 명에게만 허용되는 영광된 자리에 앉고 싶다는 욕심으로 인해 표정이 밝아졌던 장원우의 안색이 이내 어둡게 변했다.

"그렇지만……."

"또 뭐가 문제인가?"

"이철승 감독이 심원 패롯스의 감독직을 내려놓는 것을 강하게 거부하고 있다는 소문을 전해 들었습니다."

"그런 소문이 퍼졌나?"

"네."

"소문이란 것, 참 빠르군."

"사실입니까?"

"맞네."

"그럼……."

"자꾸 그렇게 머뭇거리지 말고 속 시원히 말해보게."

박순길이 짜증을 내고 나서야, 장원우가 다시 입을 뗐다.

"단장님의 계획이 어긋나는 것 아닙니까?"

장원우가 딱딱하게 굳은 표정으로 질문한 순간, 박순길이 속으로 코웃음을 쳤다.

단장님의 계획이 어긋나는 것이 아니냐고 돌려 말했지만, 장원우가 진짜 묻고 싶은 것은 따로 있었다.

"이러다가 저는 낙동강 오리알이 되는 것 아닙니까?"

장원우가 우려하는 것.

심원 패롯스의 신임 감독직을 맡아 오랫동안 떠나 있었던 프로야구 무대에 복귀하는 것이 무산되는 게 아닐까 하는 것이었다.

"걱정할 것 없네. 자넨 머잖아 우리 팀의 감독이 될 테니까."

장원우를 안심시키기 위해서 박순길이 대답했다. 그렇지만 장원우는 여전히 안심한 기색이 아니었다.

"하지만 이철승 감독이 끝까지 물러나지 않는다면……."

"곧 감독직을 내려놓을 걸세."

"어떻게 그리 확신하시는 겁니까?"

장원우의 질문을 받은 박순길이 대답했다.

"내게 약점이 잡혔거든."

*   *   *

"이건 너무한 것 아닙니까? 노력에 걸맞는 보상이 없는데 어느누가 팀을 위해 충성을 하겠습니까?"

용덕수가 흥분한 기색을 감추지 못한 채 언성을 높였다.

태식이 마땅히 반박할 말을 찾지 못한 채 잔을 들어올렸다.

"노력은 배신하지 않는 법이다!"

태식이 용덕수에게 항상 강조했던 말이었다.

그래서 더욱 미안한 마음이 들었다.

용덕수는 심원 패롯스를 위해서 최선을 다했음에도 불구하고, 노력에 걸맞는 보상을 받지 못할 위기에 처했으니까.

4,000만 원.

구단 측에서 용덕수에게 제시했던 연봉이었다.

육성 선수 출신이었던 용덕수가 지난해 받았던 연봉에 비해서는 분명히 인상된 금액이었다.

그러나 인상 폭이 너무 적었다.

강만호를 대신해서 시즌 중반부터 심원 패롯스의 주전 포수 마스크를 쓴 용덕수는 안정된 수비력을 바탕으로 팀을 무난하게 이끌었다.

용덕수가 가세한 덕분에 흔들리던 내야 수비가 안정을 되찾았다고 해도 과언이 아닐 정도였다.

수비만이 아니었다.

용덕수는 타석에서도 기대 이상의 활약을 펼쳤다.

이런 용덕수의 활약을 감안한다면, 구단 측에서 제시한 연봉이 너무 적다는 것을 부인할 수 없었다.

"그래서 고민 중이에요."

"무슨 고민을 하고 있는데?"

"확 군대나 가버릴까 해서요."

"군대?"

예상치 못했던 이야기를 들은 태식이 두 눈을 크게 떴다.

'아직 군 문제를 해결하지 못했구나!'

깜박하고 있었는데 용덕수는 아직 군대에 다녀오지 않은 상태였다.

프로야구 선수 이전에 대한민국 국민.

그러니 용덕수도 군대를 가는 것이 당연했다. 그럼에도 불구하고 태식이 놀란 이유는 너무 갑작스러웠기 때문이다.

"갑자기 왜 군대에 가려는 생각을 했어?"

"어차피 가야 하니까요."

"그렇긴 하지만……."

태식이 슬쩍 말꼬리를 흐렸다.

용덕수는 지난 시즌 처음으로 1군 무대에서 뛰면서 본인의 존재감을 알리기 시작한 상황이었다.

그런 만큼 지금 군대에 가는 것은 너무 이르다는 생각이 들었다.

'조금 더 자리를 잡고 나서 가는 편이 낫지 않을까? 그럼 군 문제를 해결할 다른 기회가 찾아올 수도 있을 텐데.'

그래서 태식이 아쉬운 기색을 드러낼 때였다.

"구단 측에서도 군 문제를 해결하는 것을 원하는 것 같고요."

"구단 측에서?"

"네, 먼저 제안하셨어요."

"……?"

"지난 시즌 성적이 나쁘지 않았으니 상무 야구단이나 경찰청 야구단에 원서를 넣으면 합격할 확률이 높다. 이번 기회에 군 문제를 해결하고 오는 게 낫지 않겠냐? 협상 중에 이렇게 말씀하시더라고요."

용덕수의 이야기를 들은 태식이 작게 고개를 끄덕였다.

틀린 말은 아니었다.

지난 시즌에 용덕수가 보였던 경기력.

분명히 나쁘지 않았다.

상무 야구단이나 경찰청 야구단에 원서를 넣으면 합격할 가능성이 높았다. 그리고 계속 야구를 할 수 있는 상무 야구단이나 경찰청 야구단에서 경기에 나서면서 군 문제를 해결하는 것은 가장 좋은 방법이었다.

"네 생각은… 어때?"

"저는 나쁘지 않다고 생각합니다."

"그래?"

"군 문제도 해결하면서 경험도 좀 더 쌓을 수 있을 테니까요. 그리고 또……."

"또 뭐야?"

"시간이 흐를 테니까요."

"시간이 흐른다?"

용덕수가 덧붙인 말의 의미를 제대로 파악하지 못한 태식이 의아한 시선을 던졌다. 그 반응을 확인한 용덕수가 부연 설명을 더했다.

"전역을 하고 나면 상황이 조금 바뀌어 있지 않을까 해서요."

"상황이 바뀌다니?"

"단장이 바뀔 수도 있지 않을까 해서요."

용덕수가 더한 설명을 듣고서야 태식이 비로소 말뜻을 이해했다.

박순길 단장.

지난 시즌이 끝난 후 그는 언론 인터뷰에서 노골적으로 프런트 야구를 하겠다는 의사를 밝혔다.

즉, 단장인 자신의 입김이 강해질 것이라고 예고한 셈이었다. 그리고 용덕수가 우려하는 것은 바로 이것이었다.

박순길 단장이 트레이드를 통해 심원 패롯스로 적을 옮긴 두 선수를 못마땅해한다는 것을 용덕수도 이제 알고 있었기 때문이다.

'부럽네!'

대화를 나누다 보니, 문득 용덕수가 부럽다는 생각이 들었다.

군대라는, 도망칠 곳이 있었기 때문이다.

'난 도망칠 곳이 없어!'

태식이 답답한 표정을 지었다.

그런 태식이 퍼뜩 떠올린 생각은 용덕수에게 군 문제를 해결하고 오는 것이 어떠냐고 했던 구단 측의 제안이 과연 순수한 호의일까 하는 점이었다.

'이 기회에 나와 덕수를 팀에서 몰아내려는 것이 아닐까?'

박순길 단장은 노골적으로 태식과 용덕수를 못마땅해했다. 그런 그는 다음 시즌 심원 패롯스에서 태식과 용덕수를 쫓아내려 하고 있었다.

이 목적을 이루기 위해서 그는 다른 방식을 사용하고 있었다.

투 트랙(Two track).

우선 태식에게는 모욕감을 심어주는 방식을 사용하고 있었다.

제시했던 연봉도 적을뿐더러, 연봉 협상 과정에서 무성의한 태도로 일관하면서 태식의 자존심에 상처를 남겼다.

심원 패롯스라는 팀에 대한 애정이 식도록 유도하는 것이리라.

"절이 싫으면 중이 떠나라. 단 이미 나이를 서른여덟이나 먹은 퇴물 선수인 너를 받아줄 팀이 과연 있을까?"

박순길 단장이 연봉 협상 과정에서 태식에게 쏟아내는 말이었다.

다음으로 용덕수에게는 다른 전략을 썼다.

태식과 용덕수의 가장 큰 차이점은 나이였다.

가능성과 잠재력을 모두 선보였던 용덕수를 특별한 이유 없이 팀에서 내친다면?

팬들이 들고 일어날 가능성이 높았다.

그 사실을 잘 알고 있는 박순길 단장이 선택한 방법은 군 문제를 해결하고 돌아오라는 제안을 하며 자연스레 팀을 떠나 있게 만드는 것이었다.

'집요하네!'

태식이 표정을 굳혔을 때였다.

"뭐, 전 그렇다고 쳐요. 그렇지만 형한테까지 이런 대우를 하는 것은 너무한 것 아닙니까? 형이 지난 시즌에 팀을 위해서 한 게 얼마인데."

"서운한 건 사실이야. 그런데……."

"그런데 뭐요?"

태식이 한숨을 내쉬며 대답했다.

"완전히 틀린 이야기는 아냐."

김장한 과장이 쏟아냈던 이야기들.

독설이나 다름없었다. 그래서 처음 그 이야기를 들었을 때만 해도 머리 꼭대기까지 화가 치밀었다.

그러나 시간이 흐르며 화가 어느 정도 가라앉고 난 후 곰곰이 생각해 보니, 옳은 지적도 있었다.

태식의 나이는 서른일곱.

운동선수로서 환갑을 훌쩍 넘겼다고 표현해도 과언이 아닌 많은 나이였다.

비록 지난 시즌에 인상적인 활약을 펼치긴 했지만, 딱 한 시즌 반짝했던 것이 다였다. 그조차도 한 시즌을 풀타임으로 뛴 것도 아니었다.

트레이드를 통해 심원 패롯스에 합류했기에, 시즌 중반부터 본격적으로 경기에 출장했었다.

─체력적인 부분에서는 아직 검증이 끝나지 않았다.

태식에 대해서 스카우터들이 이런 평가를 내린 이유였다. 그리고 풀타임 주전으로 지난 시즌을 치르지 못했던 것은 태식에게 또 하나의 악재 요인이 됐다.

0.348.

태식이 지난 시즌에 남긴 타율이었다.

타고투저 현상이 심해지면서 KBO 리그에는 3할이 넘는 타율을 기록한 타자들이 눈에 띄게 늘어난 상황이었다.

그렇지만 3할 중반의 타율은 분명히 눈에 띌 정도로 높은 타율이었다.

실제로 타율 순위에서 5위권 안에 드는 고타율.

그렇지만 정규 시즌이 끝났을 때, 태식은 타율 순위에 이름을 올리지 못했다.

정규 타석을 채우지 못했기 때문이다.

타석에서 훌륭한 활약을 펼쳤지만, 기록으로 남기지 못했기에 연봉 협상에서도 제대로 인정을 받지 못한 것이었다.

'아닌가?'

설령 정규 타석을 채워서 시즌 종료 후에 타율 순위 상위권에 이름을 올렸다고 하더라도 크게 달라질 것은 없었을지도 모르겠다는 생각이 퍼뜩 들었다.

태식은 이미 박순길 단장의 눈 밖에 났기 때문이다. 아니, 고작 그 정도가 아니었다.

눈엣가시.

박순길 단장은 태식을 노골적으로 못마땅하게 생각하고 있었다. 그래서 팀에서 내보내려 하고 있었다.

"전 도무지 이해가 안 가네요."

용덕수가 분한 기색으로 꺼낸 말을 듣고서 태식이 상념에서 깨어났다.

"너무 속상해하지 마. 박순길 단장은 우리를 마음에 들어하지 않지만……"

"박순길 단장만이 아닙니다."

"응?"

"팬들도 너무한 건 마찬가지입니다."

갑자기 분노의 방향을 바꿔서 팬들에게 분통을 터뜨리는 용덕수에게 태식이 의아한 시선을 던졌다.

용덕수가 분노의 방향을 바꾼 이유를 알지 못했기 때문이다.

그런 태식의 앞으로 용덕수가 태블릿 PC를 내밀었다.

"이거 한번 읽어보세요."

태식이 태블릿 PC로 시선을 던졌다.

<스프링캠프 현장을 찾아가다 — 심원 패롯스 편>

용덕수가 보여준 기사.

내년 시즌을 대비해서 전지훈련을 시작한 각 팀의 스프링캠프 현장을 기자가 직접 찾아가서 취재를 해서 작성한 기사였다.

오키나와에 스프링캠프를 꾸린 심원 패롯스 팀의 근황을 소개하는 기사를 확인한 태식이 슬쩍 눈살을 찌푸렸다.

연봉 협상에 난항을 겪는 터라 태식과 용덕수는 아직 스프링캠프가 꾸려진 오키나와로 가지 못했다.

대신 국내에 남아서 개인 훈련과 연봉 협상을 진행하고 있는 상태였다.

태식도 하루라도 빨리 스프링캠프가 차려진 오키나와로 날아가서 전지훈련에 참가하고 싶었다.

그러나 상황이 여의치 않아서 마음만 조급한 상태.

이미 오키나와에서 내년 시즌을 앞두고 구슬땀을 흘리고 있는 다른 선수들의 근황이 적힌 기사를 보고 싶은 마음이 들지 않았다.

"이걸 꼭 봐야 해?"

"네. 보셔야 해요."

"왜?"

"저희 얘기가 등장하니까요."

12. 언론 플레이

"우리가 기사에 등장한다고?"

태식이 의아한 표정을 지었다.

아까도 말했듯이 태식과 용덕수는 연봉 협상에 난항을 겪으면서 전지훈련 참가가 늦어지고 있는 상태였다.

아직 전지훈련에 참여조차 하지 못했는데 대체 왜 자신과 용덕수에 대한 이야기가 이번 기사에 등장하는지 제대로 이해가 가지 않았다.

"직접 읽어보세요."

용덕수의 재촉을 받은 태식이 마지못해 기사를 읽어 내려가기 시작했다.

잠시 뒤, 태식이 미간을 찌푸렸다.

—지난 시즌에 아쉽게 가을 야구 진출에 실패했던 것을 만회하기 위해서 심원 패롯츠 팀의 모든 선수들이 합심해서 구슬땀을 흘리며 훈련에 매진하고 있다. 다음 시즌에는 기필코 가을 야구에 진출하겠다는 각오를 다진 선수들이 어느 때보다 집중력을 발휘하면서 훈련에 임하고 있는 상황이지만, 그럼에도 불구하고 아쉬운 점은 분명히 존재한다. 김태식과 용덕수를 비롯한 몇몇 선수들이 아직까지 연봉 협상을 마무리하지 못한 관계로 오키나와에 차려진 스프링캠프에 합류하지 못했다는 점이다. 구단 측 관계자에 따르면 김태식과 용덕수, 두 선수와의 연봉 협상이 특히 난항을 겪고 있다고 했다. 지난 시즌에 보였던 두 선수의 활약상을 인정해서 구단 측에서 인상된 연봉안을 제시했지만 협상 과정에서 두 선수와의 의견 차가 무척 큰 상황이라고도 전했다.

'너무하네.'

기사를 읽고 난 후, 가장 먼저 든 생각이었다.

구단 측에서 지난 시즌에 비해서 인상된 연봉 안을 제시한 것은 사실이었다. 그렇지만 문제는 인상 폭이었다.

구단 측에서 제시했던 내년 시즌 태식의 연봉은 오천만 원.

고작 오백만 원 인상된 연봉을 제시했던 것이 태식의 성에 찰리가 없었다.

지난 시즌의 노력과 활약상에 걸맞는 보상을 받지 못한다는 박탈감을 심하게 느꼈기 때문이다.

그것이 다가 아니었다.

구단 측에서 제시했던 연봉 금액만큼이나 중요한 것은, 연봉 협상에 임하는 구단 측의 태도였다.

무성의하기 짝이 없는 구단 측의 협상 태도는 고작 오백만 원 인상된 연봉액만큼이나 태식의 마음에 커다란 상처를 남겼다.

만약 이런 연봉 협상 진행 과정을 상세하게 기술하며 전달했다면?

오히려 무성의한 태도로 연봉 협상을 일관하고 있는 구단 측에 맹비난이 쏟아졌을 터였다.

그러나 구단 측 관계자는 자세한 협상 진행 과정은 쏙 빼고 연봉 협상이 난항을 겪고 있는 결과만을 귀띔했다.

그로 인해 기사에 적힌 내용대로라면 연봉 협상이 난항을 겪고 있는 이유가 태식과 용덕수가 과한 욕심을 부리고 있기 때문인 것처럼 느껴졌다.

"언론 플레이!"

태식이 작게 혼잣말을 꺼낸 순간이었다.

"다 읽으셨어요?"

"그래."

"그럼 이제 댓글을 보세요."

"댓글?"

"댓글을 확인하시고 나면 제가 왜 팬들이 너무하다고 성토했는지 아시게 될 테니까요."

용덕수의 재촉을 받으며 태식이 스크롤을 아래로 내렸다.

—적당히 하자.

―돈 너무 밝히면 끝이 안 좋다.

―설마 억대 연봉 요구한 거 아님?

―대충 도장 찍고 훈련하자. 구단 측에서 어련히 알아서 해줬을 텐데.

―와, 반 시즌 반짝하고 팔자를 고치려고 하네.

팬들이 남긴 댓글들.

온통 비난 일색이었다.

그 댓글들 가운데서 특히 태식의 시선을 잡아끈 댓글이 있었
다.

―보아하니 내년엔 텄다. 그냥 다시 트레이드시켜라.

'고작… 이 정도였나?'

댓글들을 쭉 살피고 난 후, 태식이 가장 먼저 느낀 감정이었다.

기사 아래에 팬들이 직접 작성한 댓글들이 비수로 변해서 태식
의 가슴을 아프게 찌르는 듯한 느낌이었다.

서운했다.

그러나 그도 잠시, 서운한 감정은 지독한 배신감으로 바뀌었다.

"구단 측에서 제시하는 연봉은 오천만 원이네."

구단 측 대표로 연봉 협상장에 나섰던 김장한 과장이 꺼냈던
이야기가 태식의 귓가에 되살아났다.

그 이야기를 들었을 당시, 태식은 지독한 배신감을 느꼈다.

마치 믿었던 연인에게 일방적으로 배신당한 것 같은 느낌을 받았었는데.

지금도 엇비슷했다.

시즌 중에 열심히 응원해 주었던 팬들이 한꺼번에 등을 돌려 버렸다는 사실을 깨달은 순간, 배신감이 너무 커서 태블릿을 쥐고 있는 손이 덜덜 떨릴 지경이었다.

'언론 플레이에 놀아난 거야!'

구단 측에서는 교묘하게 언론 플레이를 했고, 자세한 속사정을 알지 못하는 팬들이 비난을 쏟아내는 것이라고 태식은 판단했다.

그럼에도 불구하고 팬들에게 서운한 감정이 드는 것은 여전히 마찬가지였다.

'이런 상황에도 야구를 계속해야 하나?'

오죽하면 이런 생각까지 들었을까?

태식이 태블릿 PC를 내려놓고 자리에서 일어섰다.

"왜 일어나세요?"

"그냥 좀 답답해서."

"네?"

"바람이나 좀 쐬고 와야겠다."

머릿속이 복잡했다.

또, 심란하기 짝이 없었다.

용덕수에게 바람을 쐬겠다는 말을 남기고 무작정 밖으로 나온 태식의 걸음을 멈춰선 곳은 편의점 앞이었다.

계산대 뒤편에 잔뜩 진열되어 있는 담배들이 눈에 들어왔다.

기적이 벌어지고 난 후, 딱 끊었던 담배였는데.

갑자기 담배 생각이 났다.

'딱 한 대만 필까?'

지천으로 늘려 있는 것이 편의점이었다.

마음만 먹으면 담배를 구입하는 것은 절대 어려운 일이 아니었다.

결국 담배 한 갑과 라이터를 구입하기로 결심한 태식이 막 편의점 정문의 손잡이를 잡았을 때였다.

지이잉. 지이잉.

주머니 속에 넣어둔 휴대전화가 진동했다.

"그러지 마라."

지금 주머니 속에서 진동하고 있는 휴대전화가 꼭 이렇게 충고를 하고 있는 것처럼 느껴졌다.

결국 편의점 손잡이에서 손을 뗀 태식이 주머니 속에서 휴대전화를 꺼냈다. 그리고 발신자 번호를 확인한 태식의 입가로 희미한 미소가 떠올랐다.

                    *   *   *

고급일식집.

두툼하게 썰린 회를 한 점 집어 입으로 가져간 후 천천히 씹으면서 맛을 음미하던 박순길이 만족스러운 표정을 지었다.

"도미가 아주 신선하군."

주방장이 특별히 신경 써서 준비한 도미 회는 괜찮았다. 그래서 다시 젓가락을 도미 회로 가져가던 박순길이 멈칫했다.

"자넨 왜 먹지 않나?"

장원우가 젓가락을 들지 않았다는 사실을 뒤늦게 알아챈 박순길이 물었다.

"회를 좋아하지 않나?"

"그건 아닙니다."

"그런데?"

"실은 아직 궁금한 것이 남아서요."

"뭐가 또 궁금한가?"

"일전에 이철승 감독의 약점을 알아냈다고 말씀하셨지 않습니까? 그 약점이 대체 무엇입니까?"

"그것 때문이었군."

장원우가 식사에 집중하지 못하는 이유를 알아챈 박순길이 못마땅한 표정으로 고개를 절레절레 흔들었다.

"자넨 날 못 믿는군."

"네?"

"단장인 내가 자네를 우리 팀의 감독으로 곧 만들어주겠다고 약속했네. 그런데 자넨 여전히 날 믿지 못하고 이리 불안해하고 있지 않은가?"

"단장님을 믿지 못하는 것이 아니라……."

정곡을 찔렸기 때문일까.

식은땀을 흘리며 안절부절 못 하는 장원우의 모습이 보였다. 그런 그를 응시하며 박순길이 충고를 꺼냈다.

"이거 하나만 명심하게."

"경청하겠습니다."

"날 믿게."

"네? 네."

"내가 자넬 우리 팀의 차기 감독으로 결정한 이유를 잊지 말게."

박순길이 현재 심원 패롯스를 이끌고 있는 이철승 감독을 내치고 장원우를 신임 감독으로 앉히려고 하는 데는 그만한 이유가 있었다.

장원우의 감독으로서 능력이 뛰어나서?

그건 아니었다.

감독으로서의 능력만 놓고 비교한다면, 이철승이 장원우보다 더 뛰어났다.

그럼에도 불구하고 장원우를 심원 패롯스의 신임 감독으로 앉히기로 결심한 가장 큰 이유는… 자신의 뜻대로 휘두르기 쉬워서였다.

프런트 야구.

박순길이 그리고 있는 다음 시즌의 큰 그림이었다.

프런트 야구를 완성하기 위해서는 자신의 뜻대로 휘두를 수 있는 감독을 앉히는 것이 중요했다.

그런 면에서 보자면, 장원우는 적임자라 할 수 있었다.

어쨌든.

"그리 불안해하니 알려주겠네."

이대로 계속 내버려 둔다면, 장원우가 아까운 음식을 제대로 먹지 못할 것이라는 생각이 들었다.

헤서 박순길이 선심 쓰듯 입을 뗐다.

"이철승 감독의 약점은… 김태식이네."

"김태식이 이철승 감독의 약점이라고 하셨습니까?"

"맞네."

장원우는 제대로 이해하지 못한 표정이었다. 그러나 박순길은 더 설명해 주는 대신 이철승 감독과의 지난 만남을 떠올렸다.

"감독직을 내려놓지 않고 계속 버티는 진짜 이유. 대체 무엇인가?"

박순길이 질문을 던진 후, 이철승 감독을 빤히 바라보았다.

표정 변화를 살피기 위해서였다.

이미 이철승 감독과는 계속 함께 갈 수 없다는 결론을 내린 상황.

어떤 식으로든 이철승 감독을 심원 패롯스에서 내보내야 하는 상황이었기에 박순길은 협상을 제안했다. 그리고 협상을 성사시키기 위해서는 이철승 감독의 의중을 정확히 파악하는 것이 가장 중요했다.

'어떤 대답이 돌아올까?'

박순길이 조용히 돌아올 대답을 기다리고 있을 때, 이철승 감독이 입을 뗐다.

"제 목표를 달성하지 못했습니다."

"어떤 목표를 달성하지 못했다는 건가?"

"심원 패롯스의 신임 감독으로 선임됐을 때, 임기 내에 꼭 달성하고 싶었던 목표가 있었습니다."

"무엇인가?"

"팀을 가을 야구에 진출시키는 것이었습니다. 저는 제가 세운 목표를 달성하고 명예롭게 팀을 떠나고 싶습니다."

"그렇군."

이철승 감독이 꺼낸 말을 들은 박순길이 희미하게 고개를 끄덕였다.

그렇지만 이철승 감독이 방금 한 말을 순순히 믿은 것은 아니었다.

'거짓말이군!'

그는 진짜 속내를 숨긴 채 거짓말을 하고 있었다.

박순길이 거짓이라고 판단한 이유.

방금 이 대답을 꺼내놓던 이철승 감독의 표정에 아쉬움이 전혀 묻어나지 않았기 때문이다.

'다른 이유가 있군.'

박순길이 재빨리 계산을 마쳤을 때였다.

"걱정되지 않습니까?"

이철승 감독이 불쑥 질문했다.

"걱정?"

"전지훈련에 참가할 선수 명단을 단장님이 일방적으로 바꾼 것 말입니다. 명백한 월권 행위입니다."

"그건……."

"제가 계속 입을 다물고 있을 거라고 생각하십니까?"

위스키를 한 모금 마신 후, 이철승 감독이 덧붙였다.

언성을 높이지 않고 담담한 목소리로 꺼낸 말.

그렇지만 분명한 협박이었다.

"날 협박하는 건가?"

"협박이 아니라 경고입니다."

"경고?"

"매스컴에 이 사실이 알려져서 좋을 게 없으니까요."

박순길이 슬쩍 미간을 찌푸렸다.

이철승도 야구계에서 잔뼈가 굵은 인물.

어느 정도 예상했듯이 결코 호락호락 물러나지 않았다.

"내게 바라는 것이 있나 보군."

"표현이 틀렸습니다."

"표현이 틀렸다?"

"저는 지금 부탁을 하는 것이 아닙니다."

"……?"

"협상을 하고 있는 것입니다."

"협상이라."

협상에서 가장 중요한 것 중 하나는 주도권을 누가 움켜쥐는가였다.

이철승 감독도 그 사실을 잘 알고 있었다.

그래서일까.

대화에서 한 치도 물러나지 않으며 협상의 주도권을 움켜쥐기 위해서 애쓰고 있었다.

"그럼 협상의 조건을 말해 보게."

"우선 전지훈련에 참가할 명단을 교체해 주십시오."

"명단을 교체해 달라고?"

"그렇습니다."

"어떻게 교체하기를 원하나?"

"제가 원래 제출했던 명단으로 돌려놔 주십시오."

"그게 협상 조건인가?"

"네."

단호한 목소리로 대답하는 이철승 감독을 살피던 박순길이 다시 물었다.

"좀 더 정확히 말해 주게."

"더 설명이 필요합니까?"

"김태식 때문인가?"

박순길이 단도직입적으로 질문한 순간, 시종일관 담담한 기색을 유지하던 이철승 감독의 안색이 처음으로 변했다.

그러나 그도 잠시.

"꼭 김태식 때문은 아닙니다. 제가 눈여겨보았던 선수들의 기량을 전지훈련을 통해서 직접 점검하고 싶기 때문입니다."

이내 담담한 신색을 회복한 이철승 감독이 원론적인 대답을 꺼냈다.

그러나 박순길은 조금 전에 김태식의 이름이 흘러나왔을 때, 당황하던 이철승 감독의 표정 변화를 놓치지 않았다.

"만약 자네의 요구 조건을 수용한다면, 난 무엇을 얻을 수 있나?"

"매스컴에 알리지 않겠습니다."

"그게 단가?"

"협상 조건으로는 충분한 듯합니다."

"좋네. 그리 하지."

박순길이 천천히 고개를 끄덕이며 협상 타결을 알렸다.

후우.

그제야 이철승 감독이 긴장을 풀며 한숨을 내쉬는 것이 보였다. 그런 이철승 감독의 표정은 밝았다.

본인이 원하던 것을 얻어내는 데 성공한 이번 협상 과정에서 이득을 봤다고 판단했기 때문이리라.

그러나 박순길은 미간을 찌푸리지 않았다.

오히려 희미한 웃음을 머금었다.

얼핏 살피면 손해를 입은 것처럼 보였다.

그렇지만 박순길의 판단은 달랐다.

'내가 이득을 봤어!'

이렇게 판단한 이유.

이번 협상을 통해서 박순길은 이철승 감독의 약점을 간파하는 데 성공했기 때문이다.

'김태식이 약점이었어!'

두 눈을 빛내고 있던 박순길이 술잔을 들며 제안했다.

"자, 협상이 타결됐으니 건배나 한번 하세."

째앵.

잔이 부딪혔다.

각기 다른 셈법을 숨긴 채, 두 사람이 술잔을 입으로 가져갔다.

13. 유언

지이잉. 지이잉.

휴대전화를 주머니에서 꺼낸 후 발신자 번호를 확인한 순간, 태식의 입가로 희미한 미소가 떠올랐다.

전화를 건 사람이 어머니였기 때문이다.

그렇지만 그 미소는 금세 사라졌다.

"왜… 이 시간에 전화를 하셨지?"

특별한 경우가 아니라면 어머니는 밤늦은 시간에 전화를 하지 않는 편이었다.

그런데 어느덧 자정이 가까워진 시간에 어머니가 전화를 걸었다는 사실이 태식을 불안하게 만들었다.

그리고 그 이유가 다는 아니었다.

두근두근.

손안에서 진동하는 휴대전화를 보고 있자니, 갑자기 심장이 거칠게 뛰기 시작했다. 그리고 불안한 감정이 이유 없이 깃들었다.

'왜 이렇게 불안한 거지?'

뭔가 안 좋은 일이 생길 것 같은 예감이랄까.

해서 어머니에게서 걸려온 전화를 받는 것이 망설여졌다.

마음 같아서는 전화를 받지 않고 피하고 싶었다.

그러나 태식은 이내 마음을 고쳐먹었다.

피한다고 해서 능사는 아니라는 사실을 알고 있었기 때문이다.

"여보… 세요?"

한참 만에 전화를 받은 순간, 태식의 표정이 굳어졌다.

"태식아!"

어머니의 목소리는 다급했다.

또, 억지로 울음을 참는 기색이 역력했다.

"무슨… 일이세요?"

"네 아버지가… 네 아버지가……."

"아버지가 왜요?"

"위독하시다."

툭.

아버지가 위독하다는 이야기가 귓속으로 파고든 순간, 휴대전화를 움켜쥐고 있던 태식의 손에서 힘이 빠져나갔다.

바닥에 떨어졌던 휴대전화를 다시 주워 들었지만, 이미 액정이 깨진 데다가 전원까지 꺼져 있었다.

깨져 버린 액정을 확인하고 나자, 더욱 불안해졌다.

'고쳐야 하나? 아니면, 새로 하나 사야 하나?'

액정이 깨져 버린 휴대전화를 반쯤 넋이 나간 표정으로 내려다보던 태식이 정신을 차리기 위해 고개를 힘껏 흔들었다.

지금 이깟 휴대전화가 중요한 것이 아니었다.

'아버지가 위독하다고?'

잘못 들은 것이 아니었다.

어머니는 아버지가 위독하다고 알려주었다.

'왜?'

순간 머릿속에 의문이 떠올랐다.

아버지는 최근 병세가 호전된 편이었다.

불과 열흘 전에 찾아뵀을 때도 건강 상태가 무척 양호해 보였기 때문에, 머잖아 훌훌 털고 일어날 것이라고 믿었는데.

그래서일까.

아버지가 갑자기 위독하다는 소식을 전해 들었음에도 쉬이 믿기지 않았다.

고개를 갸웃하던 태식이 액정이 깨진 휴대전화를 주머니에 아무렇게나 쑤셔 넣었다.

지금 여기 멍청하게 서서 이런 생각이나 하고 있을 때가 아니라는 사실을 뒤늦게 깨달았기 때문이다.

대로변으로 나간 태식이 택시를 잡기 위해 주변을 두리번거렸다. 그러나 하필이면 지금 택시가 보이지 않았다.

타다다닷.

더 기다리지 못한 태식이 병원을 향해 달려가기 시작했다.

탁. 탁.

병원 로비로 들어선 태식이 계단을 뛰어오르기 시작했다.

엘리베이터가 도착할 때까지 기다릴 수 없었기 때문이다.

숨을 헐떡이며 7층에 도착한 순간, 병실 밖에 나와 계신 어머니가 보였다.

"어머니!"

그런 어머니의 표정은 다급해 보였다.

또, 어서 서두르라는 듯이 태식에게 손짓을 하고 있었다.

"아버지는요?"

"안 좋으셔."

"어디가 어떻게……?"

태식이 미처 질문을 마치기도 전에 어머니가 고개를 흔들었다.

"이럴 시간 없어."

"네?"

"네 아버지, 아까부터 네가 오기만 기다리고 계셨어."

어머니께 어떤 상황인지 설명을 들을 여유조차 없을 정도로 상황이 다급하다는 사실을 깨달은 태식이 병실로 바로 뛰어들었다.

"아버… 지!"

잠시 뒤, 침상에 누워서 가쁜 숨을 몰아쉬고 있는 아버지의 모습을 발견한 태식의 표정이 굳어졌다.

열흘 전에 찾아와서 만났을 때와 지금.

과연 같은 사람이 맞는가 하는 의문이 들 정도로 아버지의 모습은 초췌하게 변해 있었다.

죽음의 그림자가 완연히 드리워진 아버지의 얼굴을 내려다보고 있던 태식의 눈동자가 크게 흔들렸다.

아버지가 힘겹게 눈을 뜨는 모습을 발견했기 때문이다.

"태시기… 왔… 나?"

더듬거리며 말을 이어나가는 아버지의 목소리는 무척 작았다.

태식이 재빨리 아버지의 입 앞으로 귀를 가져갔다.

"네, 저 왔어요."

"끝… 이다."

아버지의 입에서 끝이란 단어가 불쑥 흘러나온 순간, 태식의 가슴이 철렁 내려앉았다.

"아직 끝 아닙니다."

"……."

"포기하지 마세요. 그럼 진짜 끝이니까요."

태식이 간절한 목소리로 소리친 순간, 아버지의 입가로 희미한 미소가 머금어졌다.

말뜻을 알아들었을까.

고개를 끄덕이는 대신 두 눈을 깜박이던 아버지가 입술을 달싹이다가 힘겹게 입을 떼기 시작하셨다.

'유언!'

지금 아버지가 하려는 말씀이 유언임을 본능적으로 알아챈 태식이 한마디도 놓치지 않기 위해 잔뜩 신경을 곤두세웠다.

"태식… 아!"

"네, 아버지. 말씀하세요. 듣고 있어요."

"애비한테 찾아왔던 기적은… 이제 끝났다. 그리고… 고맙다. 애비한테 기적을 선물해 줘서."

"아버지!"

"니는… 포기하지 마라. 니한테 일어난 기적이 좀 더 오래가도록 하늘에서 기도할 테니까… 니는 끝까지 포기하지 마라. 알았제?"

"네. 포기하지 않을게요."

태식이 재빨리 대답한 순간이었다.

그 대답을 듣고 안심이 된 걸까?

아버지의 입가에 떠올라 있던 미소가 짙어졌다.

스르륵.

마치 잠이 든 것처럼 아버지의 두 눈이 감긴 순간, 태식은 깨달았다.

아버지가 임종했다는 것을.

*   *   *

'아버지!'

반쯤 넋이 나간 표정으로 영정 사진을 물끄러미 바라보던 태식의 귓가로 아버지가 했던 말씀이 되살아났다.

"애비한테 찾아왔던 기적은… 이제 끝났다. 그리고… 고맙다. 애비한테 기적을 선물해 줘서."

아버지는 고맙다고 했다.

그러나 태식은 힘차게 고개를 흔들었다.

'아무것도 해드린 게 없어!'

더 빨리 정신을 차렸어야 했는데.

좀 더 빨리 지금보다 나은 모습을 보였어야 했는데.

아버지께 해 드린 것이 너무 없다는 생각을 하며 태식이 자책하고 있을 때였다.

"태식아!"

"어머니."

"고맙다."

태식이 살짝 표정을 굳혔다.

어머니도 아버지와 마찬가지로 고맙다고 말했다. 그것이 오히려 더욱 미안하게 느껴졌다.

"제가 한 게 뭐가 있다고……."

"우선 늦지 않게 도착해줘서 고맙다."

"……?"

"네 아버지, 많이 힘드셨을 텐데 널 보고 가려고 힘들게 버티셨어. 만약 네가 도착하는 게 더 늦었으면 더 많이 힘들어하셨을 거야."

"네."

"떠나기 전에 널 봐서, 또 너한테 하고 싶은 말을 하신 덕분에 마지막에 편하게 가셨어. 그러니 고맙지."

손을 꽉 잡는 어머니를 태식이 가만히 바라보았다.

아버지가 편히 갔기 때문일까.

어머니는 태식이 걱정했던 것이 무색할 정도로 잘 버티고 있었다. 그리고 어머니는 태식의 손을 움켜쥔 채 덧붙였다.

"너한테는 말을 안 했지만… 길어야 육 개월이라고 했어."

"길어야 육 개월이라니요?"

"의사 선생이 그리 말했어."

태식이 두 눈을 치켜떴다.

어머니의 말대로라면, 아버지는 시한부 판정을 받았던 것이다.

그렇지만 태식은 그 사실을 전혀 알지 못했다.

그저 아버지가 병세가 호전되고 있다고 그동안 막연하게 생각했었다.

'한심하긴!'

너무 무심했다는 생각에 태식이 자책하며 물었다.

"그런데… 왜 저한테 말씀하지 않으셨어요?"

"네 아버지 뜻이었어."

"아무리 그렇다고 해도……."

"네가 야구 외의 일에 신경을 쓰는 것을 원치 않으셨던 거야."

"그렇지만… 그렇지만……."

"그게 부모 마음이야."

"……?"

"만약 내가 아버지와 같은 입장이었더라도, 똑같이 했을 거야!"

'아버지!'

아버지의 배려와 사랑을 뒤늦게 깨달은 태식의 눈시울이 다시 붉어졌을 때였다.

"의사 선생이 틀렸어."

"그건 또 무슨 말씀이세요?"

"네 아버지가 길어야 육 개월이라는 시한부 선고를 받았던 것, 재작년 말이었거든. 그 후로 무려 일 년을 넘게 버티셨던 거야."

"그랬… 어요?"

"나는 그게… 네 덕분이라고 생각해."

"제 덕분이라니요?"

"네가 경기에 나서서 활약하는 모습을 보기 위해서 네 아버지가 오래 버티셨던 것 같아. 그래서 약속을 지켜줬던 너한테 고마워."

"저는… 저는…….."

태식이 말을 잇지 못하고 머뭇거렸다.

어머니는 약속을 지켜줘서 고맙다고 말했지만, 태식은 고개를 흔들었다.

고맙다는 인사를 들을 자격이 없다는 생각이 들었기 때문이다.

그때였다.

"기적이야."

"기적… 이요?"

"의사 선생이 네 아버지가 지금까지 버틴 것, 기적이라고 말씀하셨어. 내 생각도 그래. 네 아버지에게 기적이 일어났던 거야."

태식이 혀를 내밀어 마른 입술을 축였다.

"애비한테 찾아왔던 기적은… 이제 끝났다. 그리고… 고맙다. 애비한테 기적을 선물해 줘서. 니는… 포기하지 마라. 니한테 일어난 기적이 좀 더 오래 가도록 하늘에서 기도할 테니까… 니는 끝까지 포기하지 마라. 알았제?"

아버지가 남겼던 유언이 태식의 귓가에 되살아났다.

'그래서였구나!'

비로소 아버지가 유언 중에 기적이란 단어를 언급한 이유를 알아챈 태식의 표정이 이내 굳어졌다.

'혹시 아버지는 알고 있던 것이 아닐까?'

태식에게 일어난 기적.

신체 나이가 스무 살 시절로 돌아가는 기적이 벌어졌다는 사실을 어쩌면 아버지가 알고 계셨던 것이 아닐까 하는 생각이 퍼뜩 들었다.

'그래서 이런 당부의 말씀을 남겼던 것이 아닐까?'

그럴 가능성이 높다는 생각이 들었다.

그렇지만 정말 알고 계셨는가 여부는 이제 알 수 없게 되었다.

그 비밀을 알고 계신 아버지가 돌아가셨으니까.

그때였다.

"형!"

태식이 다급한 목소리를 듣고 고개를 돌렸다.

숨을 거칠게 몰아쉬는 용덕수가 눈물 바람을 한 채 서 있는 것이 보였다.

"형, 죄송해요."

용덕수가 울먹이며 간신히 말한 순간, 태식이 일어서며 맞이했다.

"이렇게 와줘서 고맙다."

*　　　　*　　　　*

"아버지. 외롭지는 않으시겠어요."

많은 사람들이 장례식장으로 찾아왔다.

외국에서 전지훈련이 진행되고 있는 시기라서 평소 친분이 있던 선수들과 코칭스태프들이 조문을 하기 위해서 직접 찾아오진 못했지만, 그들은 전화를 걸거나 문자를 보내서 조문의 뜻을 전했다.

또, 많은 사람들이 화환을 보냈다.

어둠에 잠긴 장례식장 밖을 바라보던 태식이 화환들 앞에 섰다.

더 놓을 수 있는 자리를 찾기 힘들 정도로 빼곡하게 들어차 있는 화환들.

화환들을 살피던 태식의 시선이 한 곳에 멈춰섰다.

―심원 패롯스 단장 박순길.

박순길 단장이 보낸 화환이었다. 그러나 그 화환을 바라보는 태식의 표정은 차갑게 굳어졌다.

"결국… 안 왔네."

구단 측에서 한 일은 화환 하나를 달랑 보낸 것이 전부였다.

박순길 단장은 물론이고, 프런트 직원들조차도 장례식장을 찾아오지 않았다.

"이제… 확실해졌네."

연봉 협상을 진행하면서 태식은 구단 측이 보였던 무성의한 협상 태도에 이미 실망한 상태였다.

게다가 교묘한 언론 플레이까지 더해지면서 구단 측과 태식의 관계는 악화일로에 접어들었다.

그래도 태식은 일말의 희망을 갖고 있었다.

'다시 관계가 회복될 수 있지 않을까?'

그런 기대를 내심 갖고 있었는데.

아버지의 장례식장에 박순길 단장은 물론이고, 프런트 직원들조차 조문하기 위해 찾아오지 않은 순간, 그 기대가 무너졌다.

"이제… 돌이킬 수 없다!"

아버지의 죽음과 함께 박순길 단장의 속내가 확실히 드러난 셈이었다. 그래서 이제 더 이상 함께할 수 없다는 사실을 확실히 깨달은 순간이었다.

"선배!"

낯익은 목소리를 들은, 태식이 고개를 돌렸다.

"대희야!"

"늦게 찾아와서 죄송합니다."

"네가 여길… 어떻게 왔어?"

김대희는 오키나와에서 한창 전지훈련 중이었다. 그래서 조문을 하기 위해서 찾아오지 못할 거라고 판단했다.

실제로 김대희는 이미 직접 조문하지 못할 것을 대비해서 화환까지 보내왔던 상황이었는데.

"당연히 와야죠."

"당연히… 라고?"

"선배."

"응?"

"섭섭합니다."

"섭섭하다니?"

"다른 사람도 아니고 선배 아버님이 돌아가셨잖아요. 그런데 제가 조문을 하러 찾아오지도 않을 정도로 형편없는 놈이라고 생각하셨습니까?"

짐짓 서운한 표정을 짓고 있는 김대희의 앞으로 다가가 태식이 손을 내밀었다.

"먼 걸음 해줘서 고맙다."

"많이 힘드시죠?"

"힘들지 않다면… 거짓말이겠지."

"힘내세요. 이 말밖에 드릴 것이 없네요."

태식이 내밀었던 손을 맞잡으면서 김대희가 입을 뗐다.

"다른 팀원들도 조문을 하기 위해서 들어오고 싶어 했는데, 주장인 제가 대표로 찾아왔습니다."

"잘했다. 당연히 훈련을 해야지."

"대신 감독님이 오셨습니다."

"감독님이… 오셨다고?"

태식이 놀란 기색을 감추지 못했다.

내년 시즌을 대비한 전지훈련은 무척 중요했다. 그리고 전지훈련을 펼치는 동안, 감독은 무척 바빴다.

전지훈련의 일정을 조정해야 했고, 또 선수들의 기량과 컨디션을 쉬지 않고 점검해야 했기 때문이다.

해서 당연히 이철승 감독이 조문을 하기 위해서 식장에 찾아오지 못할 것이라고 판단했었다.

"김태식!"

예상을 깨고 장례식장에 모습을 드러낸 이철승 감독을 발견한 태식의 눈시울이 다시 뜨거워졌다.

조문을 하기 위해서 이렇게 직접 찾아와 준 이철승 감독이 고마웠기 때문이다.

"감독님!"

이철승 감독이 앞으로 다가왔다.

가만히 바라보던 이철승 감독이 태식을 안으며 물었다.

"힘들지?"

그 순간, 참고 참았던 눈물이 터져 나왔다.

14. 유감

자정에 가까워진 시간.

조문객들이 모두 돌아간 장례식장에는 태식과 이철승 감독만
이 남아 있었다.

"한잔 받으세요."

태식이 소주병을 들어 이철승 감독의 앞에 놓인 비어버린 잔을
채웠다.

단숨에 잔을 비우고 내려놓은 이철승 감독이 상기된 얼굴로 물
었다.

"정말 아무도 안 찾아왔어?"

"네."

"혹시 조문하기 위해 찾아왔다 갔는데 네가 미처 보지 못했던
게 아닐까?"

"제가 계속 영정 앞을 지키고 있었습니다."

"그렇구나."

쾅!

태식의 대답을 들은 이철승 감독이 주먹으로 탁자를 내려쳤다.

"나쁜 놈들!"

이철승 감독이 욕하고 있는 것.

박순길 단장을 비롯한 프런트 직원들이었다.

선수의 경조사를 챙기는 것.

프런트 직원들이 먼저 나서서 해야 하는 일이었다.

더구나 선수의 아버지가 돌아가신 상황이니 더욱 각별히 신경을 썼어야 함이 마땅함에도 불구하고, 구단 측의 대처는 무성의하기 짝이 없었다.

달랑 화환 하나를 보낸 것이 전부였으니까.

이것이 이철승 감독이 이렇게 화를 내는 이유였다.

"얼마냐?"

"네?"

"구단 측에서 제시한 연봉 말이야. 얼마를 제시했지?"

"그게······."

"괜찮으니까 말해 봐."

이철승 감독의 재촉을 받은 태식이 순순히 대답했다.

"오천만 원입니다."

"얼마?"

"오천만 원을 제시하더군요."

"겨우 오천만 원이라고?"

"네."

"이쯤 되면 막 가자는 거로군."

이철승 감독의 표정이 심각하게 변했다.

"고작 오천만 원을 제시했다니……."

충격이 너무 커서일까.

한동안 말을 잇지 못하던 이철승 감독이 한참만에야 간신히 다시 입을 열었다.

"내가 막연하게 짐작했던 것보다 훨씬 많이 힘들었겠구나."

그 말을 듣는 순간, 태식이 다시 울컥했다.

이젠 절대 울지 않겠다고 굳게 다짐했는데.

다시 눈시울이 뜨거워지고 있었다.

간신히 마음을 다잡는 데 성공한 태식이 힘겹게 입을 뗐다.

"감독님은요?"

"응?"

"감독님은 괜찮으십니까?"

다음 시즌부터 프런트 야구를 하겠다고 선언한 박순길 단장이 내치려고 하는 것.

태식과 용덕수만이 아니었다.

이철승 감독도 마찬가지였다.

아니, 좀 더 엄밀히 말하면 현장의 책임자인 이철승 감독을 가장 먼저 팀에서 내보내고 싶어 하고 있었다.

"난 괜찮다."

"그렇지만……."

"아직은 버틸 만해. 그보다……."

슬그머니 말끝을 흐리는 이철승 감독에게 태식이 의아한 시선을 던졌다.

"말씀하세요."

"지금부터 내가 하는 말, 오해하지 말고 들어라."

대체 무슨 말을 하려는 걸까?

선뜻 입을 열지 못하고 망설이는 이철승 감독을 확인한 태식이 긴장하고 있을 때였다.

"많이 서운하겠지만… 더 끌지 말고 그냥 도장을 찍어라."

자정을 훌쩍 넘긴 시간.

마지막 조문객이었던 이철승 감독마저 떠나고 난 후, 식장에는 태식만이 홀로 남았다.

"더 끌지 말고, 도장을 찍어라?"

후우.

말라비틀어진 돼지고기 수육을 안주 삼아 홀로 소주를 마시던 태식이 한숨을 내쉬었다.

이철승 감독이 건넸던 말로 인해 머릿속이 복잡했다.

오해하지 말고 들으라고 미리 언질을 하긴 했지만, 연봉 협상을 더 끌지 말고 구단 측이 제시한 금액에 도장을 찍으라는 충고를 들은 순간, 서운한 감정이 들었다.

당연히 내 편이라고 여겼던 이철승 감독에게 뒤통수를 얻어맞은 것 같은 느낌을 받았기 때문이다.

당시에 태식은 끝내 대답을 꺼내놓지 않았다.

과연 구단 측 제시 안인 연봉 오천만 원에 도장을 찍는 것이 옳은가에 대한 확신이 서지 않았기 때문이다.

"내가… 잘못 생각했던 건가?"

이철승 감독과 많은 것을 나누며 깊이 교감했다고 판단했다. 그래서 이철승 감독과는 각별한 사이라고 생각해 왔다.

그렇지만 어찌 보면 이철승 감독과 함께했던 시간.

고작 1년도 흐르지 않았으니 결코 길지 않았다.

'내가 너무 순진했던 게 아닐까?'

퍼뜩 그런 생각이 들었을 때였다.

지이잉. 지이잉.

휴대전화가 진동했다.

발신자가 김대희라는 것을 확인한 태식이 서둘러 전화를 받았다.

"왜? 뭐 두고 갔어?"

"그게 아니라… 선배한테 드릴 말씀이 있어서요."

"나한테?"

이미 조문을 마치고 돌아간 김대희였다. 그래서 태식이 의아한 표정을 지었을 때였다.

"아까 말씀을 드릴까 고민하다가 그냥 돌아왔는데요. 아무래도 선배도 아셔야 할 것 같아서요."

"무슨 이야기인데?"

"이번 전지훈련 명단에 관한 이야기입니다."

"전지훈련 명단?"

"실은 전지훈련 명단에 선배가 빠졌었어요."

"내가 명단에서 빠졌었다고?"

전혀 알지 못했던 이야기였다.

해서 놀란 기색을 감추지 못하던 태식이 물었다.

"감독님의… 뜻이었어?"

"아니요. 감독님은 선배를 전지훈련 명단에 당연히 포함시키셨는데, 구단 측에서 선배를 제외시켰었어요."

'박순길 단장!'

전지훈련 명단에서 자신을 제외한 것이 박순길 단장의 지시였음을 금세 알아챈 태식이 표정을 굳혔다.

'그런데 어떻게 다시 전지훈련 명단에 포함됐지?'

태식이 이내 의구심을 품었다.

그 의문을 풀어준 것은 김대희였다.

"감독님이 단장님을 만나셨어요."

"감독님께서?"

"네."

"왜?"

"선배를 전지훈련 명단에 포함시키기 위해서 단장님을 만나서 담판을 지으신 것 같아요. 덕분에 전지훈련 명단에 다시 선배가 포함됐고요."

"그런 일이… 있었어?"

"네."

"아무래도 선배도 알고 계셔야 할 것 같아서요."

"그래. 고맙다."

김대희와의 통화를 마친 태식의 귓가로 이철승 감독이 했던 말이 되살아났다.

"일단 훈련에 합류해라. 내년에도 야구할 수 있도록 몸을 만들어야 하니까."

이철승 감독이 조문을 마치고 떠나기 직전에 이렇게 당부했지만, 딱히 마음에 와닿지 않았다.

오히려 어서 연봉 협상을 끝내라고 종용하는 이철승 감독에게 서운한 감정을 품었다.

그러나 김대희와 통화를 하고 난 후, 그 생각이 바뀌었다.

당장 눈앞의 돈 몇 푼 때문에 시간을 허비하지 마라.

지금 네게 돈보다 더 중요한 것은 야구를 계속하는 것이다.

이것이 이철승 감독이 진짜 하고 싶던 말이었으리라.

단지 말만 했던 것이 아니었다.

태식이 내년에도 야구를 할 수 있는 여건을 마련해 주기 위해서 이철승 감독은 최선을 다했다.

박순길 단장과의 담판이 바로 그것이었다.

불편한 자리였을 터.

또, 자신을 전지훈련 명단에 포함시키기 위한 담판을 하는 과정에서 이철승 감독은 뭔가를 포기하거나 희생했을 터였다.

이철승 감독이 자신을 위해서 그 모든 것들을 기꺼이 감수했다는 사실을 태식은 뒤늦게 깨달았다.

'난 아무것도 몰랐구나.'

자신을 위해서 나서준 이철승 감독의 배려와 희생을 깨달은 태식의 가슴이 뜨겁게 달아올랐다.

"지금 술을 마실 때가 아니었네."

무심코 소주잔을 들어 올리던 태식이 고개를 돌렸다.

영정 사진 속 아버지의 눈빛.

무척 매서웠다.

마치 술을 마시고 있는 자신을 질책하듯이.

"죄송합니다."

태식이 쓰게 웃으며 소주잔을 내려놓았을 때였다.

"오빠!"

지수의 목소리를 듣고서 태식이 고개를 돌렸다.

검정색 정장을 입고 조문을 온 지수의 두 눈은 퉁퉁 부어 있었다.

"왔어?"

"너무 늦게 찾아와서 죄송해요."

"아냐. 스케줄 때문에 바쁜데 이렇게 찾아와 준 것만도 고맙지. 안으로 들어가서 아버지께 인사부터 드릴래?"

"네."

지수가 아버지께 절을 올린 후 영정 사진을 가만히 바라보며 한참을 머물러 있었다. 태식은 방해하지 않기 위해 조용히 기다려 주었다.

한 십 분가량 흐른 후, 지수가 나왔다.

작별 인사를 나누었기 때문일까?

지수의 표정은 아까에 비해 조금 편해져 있었다.

"아버님께서 절 많이 아껴주셨어요."

"아버지도 지수가 찾아와서 기뻐하셨을 거야."

"더 자주 찾아뵀어야 했는데······."

스스로를 자책하는 지수의 어깨를 두드려 주며 태식이 아버지의 영정 사진을 바라보았다.

착각일까.

지수가 찾아오고 난 후, 영정 사진 속 아버지의 미소가 짙어진 것처럼 느껴졌다.

"많이··· 힘들었죠?"

"지금은 괜찮아."

"하지만······."

"정말 괜찮아."

태식이 희미한 미소를 머금은 채 대답했다.

"힘들지?"

불과 몇 시간 전에 조문을 하기 위해서 식장으로 찾아왔던 이철승 감독도 똑같은 질문을 던졌었다.

당시 태식은 참고 참았던 눈물을 왈칵 쏟아냈다.

그만큼 힘들었기 때문이다.

그런데 지금은 또 달랐다.

억지로 괜찮은 척하는 것이 아니었다.

정말 아까에 비해 훨씬 더 괜찮아져 있었다.

그 이유는 자신이 알지 못했던, 눈에 보이지 않았던 여러 사람들의 배려와 희생을 깨달았기 때문이다.

"솔직히 말하면 많이 힘들었어. 야구를 그만두는 편이 좋지 않을까 하는 생각까지 했을 정도로."

"그 정도였어요?"

"그런데 이제는 생각이 바뀌었어."

태식이 희미한 웃음을 지은 채 대답했다.

아버지가 남긴 유언이자 당부.

태식은 그 당부대로 끝까지 야구를 포기하지 않겠다고 다짐했다.

또 이철승 감독의 배려와 희생이 헛되이 되지 않도록 하겠다고도 다짐했고.

"야구를 계속할 거야."

더 무슨 말이 필요할까.

태식이 새삼 각오를 다지며 아버지의 영정 사진을 바라보았다.

이제야 안심이 되신 걸까?

영정 사진 속 아버지의 표정이 한결 더 편안해진 것처럼 느껴졌다.

*   *   *

"구단 측 제시액은 변함이 없네."

협상장에 앉은 태식은 기시감을 느꼈다.

지난번 연봉 협상 때와 판박이처럼 똑같았기 때문이다.

구단 측 대표로 협상장에 나온 김장한 과장은 서론을 생략하고 바로 본론으로 들어갔고, 그로 인해 협상장 내의 분위기는 딱딱했다.

또, 김장한 과장이 태식의 시선을 피한 채 서류철만 줄곧 내려다보고 있는 것도 마찬가지였다.

굳이 다른 점을 찾자면 두 가지.

김장한 과장이 약속 시간보다 5분 늦게 도착했다는 것과, 넥타이 색이 파란색에서 초록색으로 바뀌었다는 것이었다.

그렇지만 지난 미팅 때와는 달리 결정적인 큰 차이가 있었다.

바로 태식의 마음가짐이 달라졌다는 것이었다.

구단 측에 대한 기대가 사라졌기 때문일까.

더 이상 화가 나지도 않았고, 실망도 없었다.

"만약 구단 측 제시액을 이번에도 거절한다면 남은 방법은 연봉 조정 신청을 하는 것뿐이야. 그렇지만 연봉 조정 신청을 한다고 해도 선수에게 유리한 경우는 거의 없어. 오히려 반감만 더……."

미리 연습을 해온 걸까.

김장한 과장이 사무적인 어투로 준비해 온 이야기를 쏟아내는 것을 듣고 있던 태식이 도중에 끼어들었다.

"찍죠."

"응?"

"도장 찍겠습니다."

예상치 못했던 반응이었기 때문일까.

협상장에 들어선 후 시종일관 고개를 떨군 채 서류철만 내려다보고 있던 김장한 과장이 고개를 번쩍 들었다.

"방금 도장을 찍겠다고 그랬나?"

"네."

"그러니까 구단 측이 제시한 연봉 오천만 원에 합의하겠다는 뜻인가?"

쉽게 믿기지 않는 듯 김장한 과장은 재차 확인 절차를 거쳤다.

"왜 그러십니까?"

"……?"

"과장님 생각에도 제가 도장을 찍는 것이 이상할 정도로 구단 측이 제시한 금액이 너무 적습니까?"

정곡을 찔려서일까.

큼. 크흠.

김장한 과장이 연신 헛기침을 했다.

그 반응을 유심히 살피던 태식이 재차 질문을 던졌다.

"너무한 것 아닙니까?"

"자네도 어느 정도 만족했으니 구단 측이 제시한 연봉에 합의를……."

"그걸 말씀드리는 것이 아닙니다."

"……?"

"제가 아버지 상을 치렀다는 것은 알고 계시죠?"

태식이 추궁하자, 김장한 과장이 흠칫했다.

"그래. 알고 있네."

한참 만에 김장한 과장이 대답을 꺼낸 순간, 태식이 따지듯 물었다.

"그런데 왜 조문을 하러 찾아오지 않으셨습니까?"

"그건……."

태식이 면전에서 이렇게 질문할 거라고는 예상치 못했기 때문일까.

김장한 과장은 당황한 기색이 역력했다.

"개인적인 급한 일이 있었네."

"그랬군요."

태식이 고개를 끄덕였다.

그렇지만 방금 김장한 과장이 꺼낸 대답에 만족한 것은 아니었다.

"살다 보면 피치 못할 급한 일이 생길 수도 있죠. 그렇지만 적어도 물어는 봤어야 하는 것 아닙니까?"

"뭘 말인가?"

"유감이다. 아버지 상은 잘 치뤘냐? 조문하기 위해 찾아가지 못해서 미안하다. 협상 전에 이런 이야기들을 꺼내는 것이 그리 어려운 일입니까?"

태식이 거침없이 쏘아붙이자, 김장한 과장은 당혹스러움을 감추지 못했다.

"그 부분은……."

"이게 단장님이 표방하는 프런트 야구의 실체입니까?"

"……."

"우리… 기본은 지키면서 살도록 하죠."

이미 작심한 태식이 거세게 몰아붙였다.

벌겋게 얼굴이 상기되어 있는 김장한 과장에게 화가 치밀었다. 그리고 그동안 참고 참았던 것들이 한꺼번에 폭발했다.

"제가 진짜 서운했던 게 뭔지 압니까?"

"…뭔가?"

"금액보다 협상에 임하는 태도였습니다. 협상을 하는 과정에서 기본적인 예의조차 지키지 않았기 때문이죠.

태식이 거침없이 불만을 쏟아냈다.

구단 측 제시액에 도장을 찍기로 결심했기 때문이 아니었다.

실낱같이 이어지던 팀에 대한 애정마저 사라졌기 때문에 참고 참았던 불만을 토해내는 것이었다.

"나는… 나는……."

"하실 말씀이 있으면 해보시죠."

"…미안하다."

김장한 과장이 마침내 사과했다.

후우.

그 사과를 듣는 순간, 태식이 길게 한숨을 내쉬었다.

김장한 과장이 마지못해 꺼낸 사과의 말로 인해 구단 측의 무성의한 태도에 대한 섭섭함이 모두 씻긴 것은 아니었다.

또, 분노도 여전히 가라앉지 않았다.

그럼에도 불구하고 태식이 입을 다문 것은 지금 앞에 앉아 있는 김장한 과장이 측은하게 느껴졌기 때문이다.

'박순길 단장의 지시를 따랐을 뿐이겠지!'

협상을 하는 과정에서 김장한 과장이 줄곧 서류철만 바라보면서 태식의 시선을 피했던 것.

미안했기 때문이다.

그럼에도 불구하고 김장한 과장이 예의조차 갖추지 않고 협상에 임했던 것은 박순길 단장의 지시를 받았기 때문이다.

1남 2녀.

슬하에 자식을 셋이나 두고 있는 김장한 과장은 한 집안의 가장이었다.

생계를 책임져야 하는 김장한 과장의 입장에서 박순길 단장의
지시를 거부하기는 어려웠을 것이다.

"먼저 일어나겠습니다."

"그래."

태식이 자리에서 일어나 사무실을 빠져나가려 했을 때였다.

"잠깐만 기다리게."

"왜 그러십니까?"

"이거 받게."

태식의 눈에 김장한 과장이 앞으로 내밀고 있는 하얀 봉투가
보였다.

"이게 뭡니까?"

"부의금이네."

뜻밖이란 생각에 태식이 두 눈을 크게 떴을 때, 김장한 과장이
덧붙였다.

"늦었지만 유감을 표하네."

15. 두 가지 제안

아버지의 상을 치른 데다가, 연봉 협상이 길어진 탓에 태식은 다른 선수들에 비해 늦게 전지훈련에 합류했다.

그렇지만 많은 선수들이 태식을 반겨주었다. 그리고 가장 반갑게 맞아준 것은 이철승 감독이었다.

"힘든 결정했구나."

이철승 감독, 또 선수들의 환영과 함께 태식도 전지훈련에 돌입했다.

비록 다른 선수들에 비해 훈련 합류가 많이 늦어지긴 했지만, 태식은 조급해하거나 서두르지 않았다.

전지훈련을 통해 태식이 중점을 둔 것은 두 가지.

첫 번째는 아직 미완성인, 눈으로 보고 하는 타격의 완성도를 높이는 것이었다.

또 하나는 체력 훈련을 통해 한계 투구 수를 늘리면서, 브레이킹 볼의 제구와 완성도를 가다듬는 것이었다.

시간은 빠르게 흘러갔고, 길었던 전지훈련은 어느덧 끝에 다다랐다.

그리고 오키나와에서의 전지훈련을 마친 태식이 한국에 도착했을 때, 뜻밖의 손님이 찾아왔다.

"감독님!"

예고 없이 태식을 찾아온 손님.

바로 강상문 감독이었다.

"김태식. 잘 지냈나?"

"감독님이 여긴 어떻게 찾아오셨습니까?"

갑작스런 방문에 놀란 태식이 의아한 시선을 던지자, 강상문 감독은 짐짓 서운한 기색을 드러냈다.

"왜? 내가 오면 안 될 곳에 찾아오기라도 했나?"

"그건 아니지만……."

"이거 좀 서운한데."

"네?"

"의도와는 상관없이 꼭 철천지원수가 된 느낌이라서 말이지. 이 철승 감독님도 눈에 살기를 띠고 날 째려보시더라고."

강상문 감독이 억울하단 표정을 지은 채 말을 마친 순간, 태식이 피식 실소를 터뜨렸다.

지난 시즌, 심원 패롯스를 제치고 가을 야구에 진출했던 것이 바로 강상문 감독이 이끌던 마경 스왈로우스였다.

그렇지만 태식은 강상문 감독에게 아무런 앙금도 없었다.

정정당당하게 경쟁을 펼쳤고, 그 치열한 경쟁에서 간발의 차로 마경 스왈로우스가 심원 패롯스를 앞섰을 뿐이었으니까.

오히려 태식은 강상문 감독에게 고마운 마음을 갖고 있었다.

마경 스왈로우스 소속 선수였던 당시, 태식에게 관심을 갖고 실력을 펼칠 수 있는 기회를 선사했던 것이 바로 강상문 감독이었기 때문이다.

"이러지 말고 나가지."

"네? 갑자기 어딜?"

"이 감독님의 살기 띤 시선이 부담스러워서 여기서 빨리 벗어나고 싶어서 그래. 아직 저녁 식사 전이지?"

"네."

"같이 밥이나 먹자."

"갑자기 밥은 왜?"

태식이 의아한 시선을 던질 때, 강상문 감독이 씩 웃으며 대답했다.

"연봉 오천밖에 안 되는 가난한 선수에게 밥 한 끼 사주려고."

강상문 감독이 선택한 저녁 메뉴는 장어였다.

장어로 배를 든든하게 채운 태식이 먼저 수저를 내려놓았던 강상문 감독을 바라보며 말했다.

"잘 먹었습니다."

"그래. 잘 먹었다니 다행이군."

"그럼 이제 절 찾아오신 용건을 말씀해 주시죠."

"응?"

"그냥 저한테 밥 한 끼 사주기 위해서 여기까지 찾아온 것은 아니시지 않습니까?"

태식이 질문하자, 강상문 감독이 희미하게 고개를 끄덕이며 화답했다.

"여전하네."

"네?"

"내 의중을 꿰뚫어보는 것, 여전하다고."

예전 기억이 떠올라서일까.

흐릿한 웃음을 머금고 있던 강상문 감독이 물었다.

"그럼 내가 무슨 용건 때문에 찾아왔는지도 알고 있나?"

"그건… 모르겠습니다."

태식이 솔직히 대답했다.

강상문 감독이 갑작스레 자신을 찾아온 이유에 대해 딱히 짐작이 가는 것이 없었기 때문이다.

"제안할 게 있어서 찾아왔어."

"제안… 이요?"

"이제 적당한 때가 된 것 같아서 말이지."

'적당한 때?'

강상문 감독이 꺼내고 있는 이야기.

제대로 알아듣기 어려웠다.

그래서 태식이 의아한 시선을 던질 때, 강상문 감독이 서운한 기색을 드러냈다.

"벌써 잊었나 보군."

"네?"

"내가 전에 자네에게 했던 이야기 말일세."

"어떤 이야기를 말씀하시는 겁니까?"

"트레이드가 합의됐다는 소식을 통보할 때 내가 했던 이야기야."

'무슨 이야기를 했었지?'

태식이 예전 기억을 더듬었다. 그리고 한참만에야 트레이드 합의 소식을 통보하던 강상문 감독이 덕담처럼 건넸던 말을 떠올리는 데 성공했다.

"만약 내게 계약 만료까지 1년만 더 시간이 있었다면… 널 심원 패롯스로 보내지 않았을 거다. 가서 잘해라. 그리고 네가 원하던 대로 야구 오래 해라. 그럼 다시 함께할 수 있는 날이 있을 지도 모르니까."

그때, 강상문 감독이 건넸던 말은 흔한 립 서비스가 아니었다.

진심이 담겨 있었다.

'설마?'

당시 강상문 감독이 건넸던 말을 떠올린 태식이 놀란 표정을 지었을 때, 그가 웃으며 덧붙였다.

"이제 기억났나 보군."

"감독님!"

"말해!"

"겨우 농담을 하기 위해 여기까지 찾아오신 겁니까?"

"농담? 왜 농담이라고 생각하지?"

"말이 되지 않으니까요."

태식이 대답한 순간, 강상문 감독이 다시 입을 뗐다.

"우린 생각이 많이 다르군."

"……."

"난 말이 된다고 생각해. 그래서 직접 찾아온 것이고."

'진심… 이야!'

강상문 감독의 강렬한 시선을 통해서 태식은 확실히 깨달았다.

그가 진심이라는 사실을.

그로 인해 태식이 적잖이 당황했을 때였다.

"많이 힘들었지?"

강상문 감독이 불쑥 질문했다.

'아버지의 일을 말씀하시는 건가 보군!'

태식이 그렇게 판단했을 때, 강상문 감독이 다시 입을 뗐다.

"박순길 단장의 눈 밖에 났으니 많이 힘들었을 테지."

"어떻게… 아셨습니까?"

"나도 그 정도 눈치는 있어. 그리고 확실한 증거가 있지 않은가?"

"증거… 요?"

"연봉."

"……."

"지난 시즌에 그 정도로 대단한 활약을 펼쳤는데 올 시즌 연봉이 고작 오백만 원 인상된 것이 전부이지 않나? 이게 박순길 단장의 눈 밖에 났다는 증거이지."

"꼭 그런 이유 때문만은 아닙니다. 제 나이도 감안이 됐고, 지난 시즌에 결국 가을 야구 진출에 실패했던 부진한 팀 성적도 감안이 됐기 때문에……."

"그래도 너무 적어."

태식이 말을 마치기도 전에 강상문 감독이 딱 잘라 말했다.

"내 예상이 틀리지 않다면 박순길 단장은 이철승 감독님을 내쫓을 거야. 그럼 너도 주전에서 밀려날 확률이 높아."

강상문 감독의 예상.

태식이 우려하던 부분을 정확히 짚고 있었다.

해서 태식의 낯빛이 순간 어두워지는 것을 놓치지 않고 강상문 감독이 덧붙였다.

"너무 아까워."

"무슨 말씀이신지……?"

태식이 질문을 던지자 강상문 감독이 대답했다.

"네 실력, 이대로 썩히기에는 너무 아깝다는 뜻이야."

강상문 감독의 이야기를 들은 순간, 태식이 동요했다.

'아주 헛되지는 않았구나!'

가장 먼저 든 생각이었다.

지난 시즌에 태식이 경기장에서 펼쳤던 활약.

강상문 감독은 태식의 활약상을 인정해 주고 있었다.

고작 오백만 원이 인상된 연봉을 제시하면서 무성의한 태도로 협상을 일관하던 구단 측과는 분명히 달랐다.

덕분에 당시에 구단 측에 느꼈던 실망과 배신감이 씻겨 나가는 느낌이었다.

어쨌든.

'트레이드야!'

강상문 감독이 자신을 직접 찾아온 진짜 이유가 트레이드를 제안하기 위함임을 태식은 깨달았다.

"감독님. 정말 제게 그만한 가치가 있다고 생각하십니까?"

"만약 가치가 없다고 생각했으면 여기까지 찾아오지도 않았어. 잘 모르나 본데 나도 무척 바쁜 사람이야."

"……"

"그래도 못 믿는 표정이네. 그럼 어떻게 믿게 만든다?"

빈 술잔을 매만지며 강상문 감독이 고민에 잠겼다. 그리고 한참 만에야 퍼뜩 떠오른 듯 입을 뗐다.

"이건 어때? 나만이 아냐."

"네?"

"널 영입하고 싶어서 눈독을 들이고 있는 것. 나 혼자가 아니란 뜻이야."

"그건 또 무슨 말씀입니까?"

금시초문이었다.

해서 태식이 불신 어린 시선을 던지고 있자, 강상문 감독이 설명을 더했다.

"내가 알기로는 최소 세 팀 이상이 네게 관심을 갖고 있어."

'세 팀 이상이 날 노리고 있다?'

예상보다 훨씬 많은 팀이 자신을 영입하기 위해서 눈독을 들이고 있다는 사실을 알아챈 태식이 놀란 기색을 감추지 못했을 때였다.

"그만큼 지난 시즌에 좋은 활약을 펼쳤으니까."

강상문 감독이 덧붙인 말이 태식의 가슴에 파문을 남겼다.

그로 인해 태식이 순간 울컥했을 때, 강상문 감독이 다시 말을 이었다.

"기왕이면 우리 팀으로 와서 다시 한번 함께 뛰었으면 좋겠군."

"아직은……."

"그래. 당장 결정하긴 분명히 어렵겠지. 트레이드라는 것이 그리 간단한 문제는 절대 아니니까."

다 이해한다는 듯 고개를 끄덕이던 강상문 감독이 활짝 웃으며 덧붙였다.

"굼벵이 앞에서 주름 잡은 격인가?"

"네?"

"트레이드는 전문가 수준이 아닌가?"

비꼰 것이 아니었다.

강상문 감독의 말에는 악의가 담겨 있지 않았다. 그리고 그의 말이 옳았다.

트레이드에 관해서 태식은 반전문가 수준이었다.

해서 트레이드가 절대 간단한 문제가 아님을 잘 알고 있었다.

"그러니 신중하게 생각하라고."

"알겠습니다."

태식이 고개를 끄덕였을 때, 강상문 감독이 웃으며 말했다.

"자, 그럼 다음 용건으로 넘어갈까?"

"다음… 용건이요?"

"그래. 널 찾아온 이유가 하나 더 있거든."

"또 무엇입니까?"

"또 하나의 제안을 하려고 해."

"어떤 제안입니까?"

태식이 의아한 시선을 던졌을 때, 강상문 감독이 대답했다.

"WBC에 출전하는 게 어때?"

WBC.

월드 베이스볼 클래식(World Baseball Classic)의 약자였다.

2006년에 시작된 국제 야구 대회로 세계 곳곳의 프로 팀에서 활약하는 최고의 야구 선수들이 자국의 명예를 걸고 출전하는 대회였다.

굳이 비교를 하자면 세계인들의 축제라고 불리우는 월드컵에 비견되는 야구 종목의 국제 대회가 바로 월드 베이스볼 클래식이었다.

이것이 태식이 알고 있는 월드 베이스볼 클래식에 대한 기본적인 정보.

그리고 강상문 감독이 건넨 제안은 태식을 당황시키기에 충분했다.

꿈에도 예상치 못했던 제안이었기 때문이다.

"방금 뭐라고 하셨습니까?"

"월드 베이스볼 클래식에 출전할 의향이 있느냐고 물었어."

재차 질문을 던지고 나서야 태식은 좀 전에 자신이 잘못 들었던 것이 아니라는 것을 깨달았다.

"저기, 감독님."

"왜? 싫은가?"

"그게 아니라……."

"그럼 왜 대답을 하지 않고 계속 머뭇거리는 거지?"

"잘 이해가 안 가서요."

"뭐가 이해가 안 간다는 건가?"

"이해가 되지 않는 것이 한두 가지가 아닙니다."

태식이 솔직하게 대답했다.

강상문 감독에게서 뜻밖의 제안을 듣자마자, 여러 가지 의문들이 태식의 머릿속에 한꺼번에 떠올랐다.

"아무래도 이야기를 다 마치는 데까지 꽤 시간이 걸릴 것 같은데. 술을 한 병 더 시켜야겠군."

강상문 감독이 종업원에게 술과 음료수를 주문한 후, 태식에게 물었다.

"자, 뭐부터 시작하면 좋을까? 이건 어때? 가장 이해가 가지 않는 것이 뭔가?"

"왜 하필 제게 그런 제안을 하신 겁니까?"

"보자. 어떻게 설명하면 될까? 우연에 필연이 겹쳤다고 표현하면 되려나?"

'우연에 필연이 겹쳤다?'

이 추상적인 설명만으로 강상문 감독의 말뜻을 제대로 이해가기는 어려웠다.

헤서 태식이 머리를 긁적일 때, 강상문 감독이 다시 물었다.

"야구 관련 뉴스는 보지?"

"네, 봅니다."

"그럼 이번에 우리나라에서 개최되는 월드 베이스볼 클래식에 관한 소식도 어느 정도는 알겠군."

"대충은 압니다."

"대충?"

"저와는 큰 상관이 없는 것 같아서 꼼꼼히 기사를 살펴보지는 않았습니다."

태식이 솔직하게 대답했다.

머잖아 개최되는 월드 베이스볼 클래식!

야구팬들의 관심을 불러 모으기에 충분할 정도로 큰 이벤트였다. 더구나 이번 월드 베이스볼 클래식의 개최국이 대한민국이기에 더욱 관심이 컸다.

해서 월드 베이스볼 클래식과 관련된 기사들이 쏟아져 나오고 있었지만, 태식은 대충 훑어본 것이 다였다.

그 이유는 아까도 대답했듯이 곧 개최될 월드 베이스볼 클래식과 자신은 아무런 연관이 없다고 판단했기 때문이다.

"이제부터라도 꼼꼼히 챙겨 봐. 더 이상 무관하지 않으니까."

"……."

"어쨌든 기사를 훑어보긴 했다고 말했으니, 지금 상황이 어떻게 돌아가고 있는가에 대해서 대충은 알고 있겠군. 우리나라 대표팀이 선수단 구성부터 어려움을 겪고 있다는 것도 들어봤겠지?"

"네. 들어봤습니다."

태식이 고개를 끄덕였다.

나라의 명예를 걸고 일전을 벌이는 월드 베이스볼 클래식인 만큼, 각 국가들은 보유한 최고의 선수들을 대표 선수로 내보냈다.

실제로 세계 최고의 리그인 메이저리그에서 활약하는 슈퍼스타들도 그들 나라의 명예를 위해서 월드 베이스볼 클래식에 출전했다.

그렇지만 대한민국의 경우는 상황이 조금 복잡했다.

개최국임에도 불구하고 선수단을 구성하는 것부터 난항을 거듭하고 있었다.

우선 해외 무대에 진출해서 활약하고 있는 선수들이 부상과 주전 경쟁을 핑계로 잇따라 불참했다

또 KBO 리그에서 활약하고 있는 최고의 선수들도 다수 불참 의사를 피력했다.

그동안의 WBC에서 부상 선수가 속출했던 것이 가장 큰 원인이었다.

"엔트리를 채울 정도로 선수가 부족해진 것이 우연의 도움이라면, 대표팀 사령탑으로 유대훈 감독님이 선임된 것이 필연의 도움이라고 표현하면 되겠군."

"그게 무슨 말씀이신지……."

"이번에 대표팀 사령탑으로 선임되신 유대훈 감독님과 내가 친분이 꽤 깊거든. 사제 지간이기도 하고, 한때 유대훈 감독님 밑에서 코칭스태프로 일하기도 했었지."

"네!"

태식이 고개를 끄덕였다.

국민 감독이라 불리우고 있는 노감독 유대훈과 강상문 감독의 인연이 꽤 깊다는 것은 태식도 대충 알고 있었기 때문이다.

그리고.

"선수들만이 아냐. 전, 현직 감독들 역시 대표팀 감독직을 맡는 것을 부담스러워하면서 고사하기 바빴지. 그 탓에 유대훈 감독님

이 등 떠밀리듯 대표팀 감독직을 맡으셨지만, 선수단 구성에서부터 난항을 겪으면서 고심이 무척 많으신 상황이지. 벌써 일흔이 넘으신 고령의 스승님이 그리 고심을 하고 계신데 제자 된 도리로 그냥 손 놓고 두고 볼 수만은 없지 않은가? 그래서 유대훈 감독님께 자넬 추천하려고 해."

"저를… 요?"

"그래. 자네."

강상문 감독이 힘주어 대답한 순간, 태식이 참지 못하고 질문했다.

"왜 하필 저입니까?"

"나도 하나 묻지."

"……?"

"자네를 추천하면 안 될 이유가 있나?"

16. 새로운 기회

자정이 훌쩍 넘은 시간.

원래라면 진즉에 잠이 들었어야 했다.

그렇지만 오늘은 전혀 잠이 오질 않았다.

강상문 감독과 나누었던 대화 때문이리라.

머릿속이 복잡했다.

그로 인해 계속 뒤척이던 태식이 결국 자리에서 일어났다.

"기왕이면 우리 팀으로 다시 와서 함께 뛰었으면 좋겠군."

강상문 감독이 건넸던 제안을 떠올렸던 태식이 답답한 한숨을
내쉬었다.

마경 스왈로우스에서 심원 패롯스로.

지난 시즌 도중 태식은 트레이드를 통해 팀을 옮겼다.

당시 태식이 심원 패롯스로의 트레이드를 원했던 이유.

주전 경쟁을 펼치기에 좀 더 유리할 것이라고 판단했기 때문이다.

그런 태식의 계산은 적중했다.

심원 패롯스로 이적한 태식은 기회를 놓치지 않고 주전 자리를 꿰차는 데 성공했다.

그리고.

심원 패롯스가 자신의 커리어에서 마지막 팀이 될 거라고 예상했는데.

인생도, 또 야구도 마음먹은 대로 흘러가지는 않았다.

프런트 야구를 표방하고 있는 박순길 단장과의 갈등으로 인해 태식은 팀에서 입지가 불안해졌다. 그리고 입지가 불안해진 것은 태식만이 아니었다.

태식의 든든한 후원자라 할 수 있는 이철승 감독 역시 입지가 불안하게 변한 것은 마찬가지였다.

'만약 감독님이 버티지 못하고 팀을 떠난다면?'

태식이 슬쩍 눈살을 찌푸렸다.

이철승 감독마저 떠난다면 박순길 단장의 입김이 한층 강해질 터.

태식은 주전 경쟁에서 밀려날 확률이 높았다.

그로 인해 고민이 깊어졌던 찰나, 강상문 감독이 찾아와서 트레이드를 제안했다.

"다시⋯ 팀을 옮긴다?"

현 상황에서 최선은 다시 트레이드를 통해 소속팀을 옮기는 것이 아닐까 하는 생각이 들었다.

그렇지만 트레이드라는 것은 절대 간단한 문제가 아니었다.

강상문 감독이 태식을 원한다고 하더라도, 무조건 트레이드가 성사되는 것은 아니었다.

트레이드 성사를 위해서는 여러 가지 사안들이 고려가 돼야 했다.

해서 답답한 한숨을 내쉬던 태식이 작게 혼잣말을 꺼냈다.

"국가 대표라……."

강상문 감독이 찾아와서 꺼냈던 두 번째 제안.

바로 국가 대표로 월드 베이스볼 클래식에 참가하라는 것이었다.

"꿈에도 예상치 못했던 일이네."

태식이 쓰게 웃었다.

신체나이가 스무 살 시절로 돌아가는 기적이 벌어진 후, 태식은 선수로서 이루고 싶은 목표들을 세웠다.

여러 가지 목표들을 세웠지만, 그 가운데 국가 대표로 나서는 것은 포함시키지 않았었다.

그 정도로 태식은 국가 대표로 월드 베이스볼 클래식이나 올림픽 같은 국가 대항전에 출전하는 것과 자신은 상관이 없다고 여겼었다.

그런데.

전혀 예상치 못했던 일이 벌어졌다.

"자네를 추천하면 안 될 이유가 있나?"

강상문 감독이 했던 말이 귓가에 되살아난 순간, 태식의 입가로 희미한 미소가 걸렸다.

지난 시즌에 펼쳤던 태식의 활약.

구단 측에서는 전혀 인정해 주지 않았다.

그로 인해 야구를 계속해야 하는가 하는 자괴감이 들 정도로 힘든 시간을 보냈었는데.

강상문 감독과 대화를 나눈 후, 자신이 노력했던 시간들이 헛된 것이 아니었다는 확신이 생겼다.

"제대로 살펴볼까?"

곤히 잠들어 있는 용덕수의 침대맡에 놓여 있는 태블릿 PC를 꺼내 든 태식이 포털 사이트로 들어갔다.

'더 이상 나와 상관없는 이야기가 아니니까.'

강상문 감독의 충고대로 태식이 월드 베이스볼 클래식과 관련된 기사들을 검색하기 시작했다.

＜홈에서 열리는 월드 베이스볼 클래식. 8년 전의 영광을 재현할까?＞

8년 전에 개최됐던 월드 베이스볼 클래식에서 대한민국 팀은 우승을 차지했었다.

홈에서 열리는 월드 베이스볼 클래식의 흥행을 위해서 기자들은 장밋빛 전망을 쏟아냈지만, 기사 아래 달려 있는 야구팬들이 남긴 댓글들은 낙관적이지 않았다.

—잘하는 선수들은 이 핑계, 저 핑계로 다 빠졌음.
—8년 전과는 선수 구성부터 확연히 다름.
—예선 탈락 각.
—남의 잔치가 될 듯.
—불안불안.

팬들이 우려하는 것.

월드 베이스볼 클래식에 부상을 이유로 불참을 선언하는 선수들이 늘어나는 것이었다.

다른 나라 대표팀이 최고의 선수들로 최상의 전력을 꾸린 반면, 대한민국 대표팀은 불참 선언을 하는 선수들이 늘어나면서 최상의 전력을 꾸리지 못한 상태.

월드 베이스볼 클래식 개막이 다가올수록 팬들의 불안감은 더욱 커지고 있었다.

그 기사를 꼼꼼히 살핀 후, 태식이 작게 혼잣말을 꺼냈다.

"내가 참가하는 것이 과연 옳을까?"

트레이드, 그리고 월드 베이스볼 클래식 참가.

두 가지 모두 무척 중요한 사안이었다.

거의 뜬눈으로 밤을 지새다시피 하며 고민해 보았지만, 어떤 결론도 내리지 못한 태식은 날이 밝자마자 이철승 감독을 찾아갔다.

"감독님."

"좀 늦었군."

"네?"

"더 일찍 찾아올 줄 알고 아까부터 기다리고 있었거든."

비교적 이른 시간의 방문이었지만, 이철승 감독은 오히려 예상했던 것보다 늦게 찾아왔다고 말했다.

"제가 찾아올 것을 예상하셨습니까?"

"그래."

"어떻게 아셨습니까?"

"강상문 감독이 그냥 찾아왔을 리 없으니까."

희미한 웃음을 머금은 채 대답한 이철승 감독이 물었다.

"강상문 감독이 찾아온 용건, 뭐였지?"

"두 가지 제안을 했습니다."

"두 가지 제안? 어떤 제안을 했는지 내가 한번 맞춰볼까?"

"네?"

"네가 잘하는 거잖아. 실은 나도 한번 해보고 싶었거든."

"그럼 한번 맞춰보시겠습니까?"

"음, 두 가지 제안 가운데 하나는 트레이드, 맞나?"

태식이 놀란 표정으로 물었다.

"어떻게 아셨습니까?"

"날 제외하면, 자네가 가진 실력에 대해 가장 잘 아는 감독이니까. 그리고……."

"그리고 뭡니까?"

"무척 아쉬워했었어."

"……?"

"예전 트레이드를 논의하기 위해서 만났을 때, 널 보내던 강상문 감독의 얼굴에 아쉬움이 가득 묻어났었거든."

당시의 기억을 떠올리며 픽 웃던 이철승 감독이 다시 물었다.

"네 생각은 어때?"

"잘… 모르겠습니다."

태식이 솔직히 대답한 순간, 이철승 감독이 이해한다는 듯 고개를 끄덕였다.

"쉽게 결정할 수 있는 문제는 아니지. 그래서 날 찾아왔을 테고."

"감독님 생각은 어떠십니까?"

태식의 질문을 받은 이철승 감독이 망설이지 않고 대답했다.

"난 반대야."

"네?"

"좀 더 정확히 표현을 하면, 심원 패롯스 감독 입장에서는 트레이드에 반대한다는 뜻이야."

"반대하시는 이유는요?"

"손해 보는 장사이니까. 강상문 감독이 누굴 트레이드 카드로 꺼내놓던 무조건 반대할 거야. 내가 판단하기에 너에게 걸맞는 트레이드 카드는 마경 스왈로우스에 없거든."

그냥 하는 빈말이 아니었다.

이철승 감독이 자신을 이렇게 높게 평가하고 있다는 사실을 깨닫고 태식의 가슴이 달아올랐을 때였다.

"문제는 나한테 있어. 너도 알다시피 내 입지가 불안하거든. 그래서 선뜻 조언을 건네기 어려워."

"네."

태식이 고민하는 부분과 이철승 감독이 고민하는 부분.

정확히 일치하고 있었다.

해서 태식이 한숨을 내쉰 순간, 이철승 감독이 다시 입을 뗐다.

"답을 내리는 것은 잠시 미뤄두고 강상문 감독이 했던 두 번째 제안에 대해서 먼저 들어볼까?"

"이번에는 안 맞추십니까?"

"모르겠어."

"네?"

"아직은 여기까지가 내 한계야."

이철승 감독이 솔직하게 대답했다.

"두 번째 제안, 뭐냐?"

"월드 베이스볼 클래식에 참가하지 않겠냐고 하셨습니다."

태식이 대답한 순간, 이철승 감독이 놀란 기색을 드러냈다.

"월드 베이스볼 클래식?"

"우연에 필연이 겹쳤다? 정확한 표현이구나."

이철승이 고개를 끄덕였다.

강상문 감독이 김태식에게 두 번째 제안인 월드 베이스볼 클래식 참가를 권유하면서 했던 표현은 무척 정확했다.

당연히 대표팀에 합류해야 할 스타 선수들이 줄부상으로 불참하게 된 것이 우연.

야구 국가 대표팀 사령탑에 오른 유대훈 감독이 강상문 감독과 사제 지간이며 무척 가까운 사이라는 것이 필연.

이런 우연과 필연이 겹쳐서 김태식에게 기회가 찾아온 것이었다.

'인복(人福)이 있구나!'

이철승이 작게 고개를 끄덕였다.

강상문 감독만이 아니었다.

자신도 마찬가지였다.

김태식이라는 선수가 가진 기량에 대해서는 확신하고 있는 상황.

그러나 김태식은 여태까지 그 기량을 활짝 꽃피우지 못했고, 강상문 감독은 물론이고 이철승 역시 그 점을 안타깝게 여기고 있었다.

그래서 어떻게든 도움을 주려는 것이었고.

"좋은 기회구나."

"네? 네."

"아까 미뤘던 답 말이다. 이제 찾은 것 같다."

아까 트레이드에 대해서 이철승은 대답을 미뤘었다.

그 이유는 어떤 선택을 내리는 것이 김태식에게 최선이 될 것인지 확신이 서지 않았기 때문이다.

그런데.

강상문 감독이 김태식에게 건넸던 두 번째 제안에 대해 듣게 된 순간, 비로소 답을 찾아낼 수 있었다.

"트레이드는 반대다."

"왜입니까?"

"크게 달라질 것이 없으니까."

"⋯⋯?"

"네가 다른 팀에서 맹활약을 펼치더라도 제대로 된 평가를 받는 것은 어렵다는 뜻이다."

"왜 그렇게 생각하십니까?"

"나이!"

"나이요?"

"강상문 감독이 평가하는 것과 마경 스왈로우스 구단 측의 평가는 또 다를 거야. 네가 펼치는 활약 이전에 네 많은 나이 때문에 색안경을 끼고 볼 거야. 그럼 지난 시즌을 마치고 난 후와 별반 다를 것이 없어."

납득했기 때문일까.

김태식의 낯빛이 어둡게 변했다.

"하지만… 심원 패롯스에 남는다고 해도 마찬가지가 아닙니까? 아니, 더 상황이 좋지 않은 것 아닙니까?"

"그 말도 맞아."

"그런데 왜……?"

"김태식!"

"네."

"천천히 하자."

답답한 기색을 감추지 못하고 있는 김태식에게 이철승이 충고했다.

서두른다고 해서 능사는 아니었다.

그리고 상황은 아까와 또 바뀌어 있었다.

김태식에게 새로운 기회가 찾아왔으니까.

"지난 시즌 마지막 경기, 기억나지?"

"그야 물론입니다. 그런데… 왜 갑자기 그 경기 이야기를 꺼내시는 겁니까?"

의아한 시선을 던지는 김태식에게 대답을 하는 대신, 이철승이 다시 질문을 던졌다.

"그 경기가 끝나고 난 후에 내가 했던 말도 기억해?"

"수고했다. 그리고 너무 아쉬워하지 마라. 이렇게 말씀하셨습니다."

"정확히 기억하고 있네. 그런데 내가 물은 건 그게 아냐. 경기가 끝나고 감독실에서 내가 했던 말을 물은 거야."

"그거라면……."

잠시 기억을 더듬던 김태식이 대답을 꺼냈다.

"널 믿어라. 넌 충분한 실력을 갖고 있으니까. 또 그라운드에서 많은 것을 보여줬으니까. 아까 이병철 해설위원이 한 말이 옳다. 비록 우리 팀이 가을 야구 진출에 실패했지만, 그 과정에서 네가 펼쳤던 활약을 사람들의 기억 속에 각인되어서 오랫동안 잊혀지지 않을 것이다… 혹시 이걸 말씀하시는 겁니까?"

"그래. 맞아."

당시에 이철승이 꺼냈던 말.

실의에 빠져 있던 김태식을 위로하기 위해서 한 말이 아니었다.

김태식이 지난 시즌에 펼쳤던 맹활약은 분명히 많은 사람들에게 깊은 인상을 남겼고, 그로 인해 여러 가지 변화가 생길 거라 확신했기에 던졌던 말이었다.

그리고.

이철승의 예측은 빗나가지 않았다.

지난 시즌 김태식이 보여준 활약으로 인해 시작된 변화의 움직임은 곳곳에서 감지됐다.

마경 스왈로우스의 강상문 감독이 구단 측의 무성의한 연봉 협상 태도에 실망한 김태식을 찾아와서 트레이드를 제안한 것이 대표적인 예였다. 그리고 강상문 감독만이 아니었다.

이철승 역시 마경 스왈로우스를 제외한 두 개 구단 정도에서 김태식 영입을 노리고 있다는 소문을 들은 적이 있었다.

"내가 했던 말이 옳았다."

"네?"

"실은… 너에 대한 신분 조회를 요청한 메이저리그 구단이 있었다."

전혀 예상치 못했기 때문일까?

믿기지 않는다는 표정을 짓고 있는 김태식에게 이철승이 덧붙였다.

"더 늦기 전에, 큰 무대에 도전하는 것은 어때?"

*   *   *

"손주 재롱을 봐야 할 나이에 이게 대체 무슨 일인지 모르겠어."

하얗게 샌 머리를 쓸어 올리며 고개를 절레절레 내젓는 유대훈 감독을 바라보던 강상문이 한숨을 내쉬었다.

괜한 엄살을 부리는 것이 아니었다.

유대훈 감독의 세수는 일흔넷.

성적에 대한 부담이 극심한 국제 대회에 출전하는 야구 대표팀의 수장을 맡는 것.

현역에서 떠난 지 한참 시간이 흐른 유대훈 감독의 입장에서는 분명 힘에 부칠 터였다.

더구나 이번 월드 베이스볼 클래식에 출전할 대표팀은 선수단을 구성하는 것부터 시작해서 여러 가지 혼선을 빚고 있었다.

유대훈 감독이 어려움을 토로하는 것.

어쩌면 당연한 일이었다.

"아직 정정하신데요."

"정정은 무슨. 요샌 입맛도 없어."

"그래도 감독님이시라면 잘해내실 겁니다."

"쉽지 않은 상황이야."

강상문이 넌지시 응원의 말을 꺼냈지만, 유대훈 감독의 표정은 밝아지지 않았다.

"예선 통과조차도 낙관할 수 없을 정도야."

"그래도 다행히 조 편성은 나쁘지 않은 편이던데요."

대한민국은 A조에 속한 채 예선을 펼쳤다. 그리고 조 편성은 무난하다는 평가가 흘러나오고 있었다.

메이저리거들이 대거 포진해 있는 미국과 도미니카 공화국 등의 나라와 한 조에 속하는 것을 피했기 때문이다.

A조에 속한 네 팀은 대한민국과 일본, 네덜란드, 이스라엘.

도박사들은 물론이고 야구팬들도 대한민국과 일본이 예선을 무난히 통과할 것이라고 예상하고 있었다.

"네덜란드의 전력이 만만치 않아. 최약체로 손꼽히는 이스라엘의 전력도 예상 이상으로 탄탄하더라고."

"그런가요?"

"예선은 통과해야 할 텐데."

한숨을 내쉬던 유대훈 감독이 미안한 표정을 지었다.

"그나저나 너무 내 얘기만 했구나. 많이 아쉬웠지?"

"네, 조금, 아니, 많이 아쉬웠습니다."

방금 유대훈 감독이 질문한 것은 지난 시즌 마경 스왈로우스가 받아든 성적표에 대한 것이었다.

정규 시즌 순위 5위.

심원 패롯스를 제치고 극적으로 가을 야구 막차에 올라타는 데 성공했지만, 강상문이 이끈 마경 스왈로우스의 질주는 딱 거기까지였다.

단판 승부인 와일드카드 결정전에서 맥없이 패배하면서 마경 스왈로우스의 가을 야구는 허무하리만치 빨리 끝이 났다.

"너무 아쉬워하지 마. 야구는 올 시즌에도 계속되니까."

"네, 저도 알고 있습니다. 그래서 이번 시즌에는 우승을 목표로 하고 있습니다."

"우승을 노린다?"

"물론 아직 우승을 노릴 수 있을 정도로 강한 전력을 갖추지 못했다는 것은 저도 알고 있습니다. 그렇지만 나름의 승부수를 준비하고 있습니다."

강상문이 준비한 승부수.

바로 트레이드였다.

투타에서 모두 활약할 수 있는 김태식을 트레이드를 통해서 다시 마경 스왈로우스로 영입한다면?

충분한 전력 보강이 될 거라고 강상문은 확신하고 있었다.

'어쩌면… 우승을 노려볼 수도 있지 않을까?'

강상문은 김태식이 가진 실력에 대한 확신을 갖고 있었다. 그래서 트레이드가 성사되어서 김태식을 다시 영입하는 데 성공한다면 감히 우승권에 근접하는 전력 상승 효과를 가져올 거라고 기대하고 있었다.

"그 승부수가 뭐지?"

유대훈 감독도 호기심을 드러냈다.

그렇지만 강상문은 빙긋 웃음을 지었을 뿐, 유대훈 감독에게 승부수를 공개하지 않았다.

아직 공개하기에는 너무 이르다는 생각이 들었기 때문이다.

"다음에 알려드리겠습니다."

"싱겁긴."

"죄송합니다."

"알려주지도 않을 거면서 대체 왜 찾아왔어?"

유대훈 감독이 마뜩찮은 표정으로 질문한 순간, 강상문이 지체 없이 대답했다.

"감독님께 조금이나마 도움이 되기 위해서입니다."

"도움? 무슨 도움?"

"일전에 대표팀 선수단 구성에 애를 먹고 있으니까 좋은 선수를 추천해 달라고 제게 부탁하셨지 않습니까?"

강상문의 이야기를 들은 유대훈 감독이 흥미를 드러냈다.

"추천할 선수가 있나?"

"네, 있습니다."

"당연히 마경 스왈로우스 소속 선수겠지?"

"아닙니다."

"아니라고?"

"네."

"그럼 누구지?"

"김태식입니다."

"김태식?"

"네, 얼마 전까지는 제가 이끌던 마경 스왈로우스 소속 선수였는데 현재는 심원 패롯스 소속 선수로 바뀌……."

"나도 알아!"

김태식에 대한 소개를 시작했던 강상문이 도중에 입을 다물었다.

"감독님도 알고 계십니까?"

"알지. 비록 현장을 떠나 있기는 하지만, 야구 중계는 보거든."

"어땠습니까?"

"음, 흥미롭더라고."

유대훈 감독이 김태식에 대한 평을 꺼냈다.

그 평을 들은 강상문이 다시 물었다.

"어느 면이 흥미로우셨습니까?"

"상식을 깼어."

"어느 부분을 말씀하시는 겁니까?"

"크게 두 가지 부분이야. 우선 야구 선수 나이로 전성기가 훌쩍 지났어야 정상인데, 꼭 지금이 전성기처럼 느껴지더라고."

인삼차를 들어 한 모금 마신 후, 유대훈 감독이 말을 이었다.

"또 하나는 포지션에 대한 상식을 파괴했지. 투수로서도, 타자로서도 기대 이상의 활약을 펼치더라고."

"감독님도 눈여겨보고 계셨군요."

"그래. 단, 아직 결정은 못 했어."

"왜입니까?"

"아직 검증이 끝나지 않았으니까."

유대훈 감독의 대답을 들은 강상문이 고개를 끄덕였다.

지난 시즌 맹활약을 펼치긴 했지만, 김태식이 보여주었던 것은 그게 다였다.

확신을 갖고 대표팀에 발탁해서 김태식을 기용하기에 불안한 부분이 있는 것이 당연했다.

"기회를 한번 주십시오."

"이유는?"

"확신이 있습니다."

"그래?"

"지금까지 보여준 것보다 앞으로 보여줄 것이 더 많은 선수입니다."

"그 정도로 확신한다는 말이지?"

마음이 바뀐 걸까?

유대훈 감독이 백발을 쓸어 올리며 덧붙였다.

"그럼 한번 기회를 줘볼까?"

*　　　　*　　　　*

"오래간만이네요."

미리 커피숍에 도착해 있는 송나영에게 태식이 환하게 웃으며 인사를 건넸다.

"보고 싶었어요."

송나영이 불쑥 꺼낸 말을 들은 태식이 순간 흠칫했다.

그녀의 말이 갑작스러운 고백처럼 느껴졌기 때문이다.

해서 당혹스러운 시선을 던질 때, 송나영이 생긋 웃으며 덧붙였다.

"환하게 웃는 모습이요."

"네?"

"환하게 웃는 모습이 보고 싶었다고요."

"아, 그런 뜻이었군요."

비로소 말귀를 알아들은 태식이 그제야 굳어진 표정을 풀고 웃음을 머금었다.

"하마터면 오해할 뻔했습니다."

"당황하셨나요?"

"조금이요."

"제가 그 정도로 마음에 안 드나요?"

"네?"

"고백을 받긴 했는데, 이걸 대체 어떻게 거절해야 하나? 방금 전에 이렇게 고민하셨던 것 아닌가요?"

"그게……."

"아니면 혹시……?"

"혹시 뭔가요?"

"사귀는 사람이 이미 있는 건가요?"

두 눈을 빛내며 송나영이 던지는 질문은 무척 날카로웠다.

그로 인해 슬쩍 표정을 굳혔던 태식이 입을 뗐다.

"오늘은 연예부 기자로 오신 건가요?"

"그건 아니랍니다. 전 어디까지나 스포츠부 기자거든요. 일단 축하드려요."

"갑자기 왜……?"

"국가 대표가 되셨잖아요. 그래서 웃고 계신 것 아닌가요?"

"아직 확정이 된 것은……."

"이미 확정된 거나 마찬가지잖아요."

역시 기자답게 송나영은 소식이 빨랐다.

아직 정식 발표가 나기 전이었지만, 태식이 이번 월드 베이스볼 클래식에 참가하는 한국 대표팀에 뽑혔다는 것을 알고 있었다.

"제가 오늘 찾아온 이유는 축하를 드릴 겸 선물도 하나 드릴까 해서랍니다."

"선물… 이요?"

"일단 이거부터 보세요."

송나영이 태블릿 PC를 앞으로 내밀었다.

태식이 받아든 태블릿 PC 화면에 떠올라 있는 것은 예전 기사였다. 그리고 태식도 이미 읽었던 기사였다.

<스프링캠프 현장을 찾아가다 — 심원 패롯스 편>

태블릿 PC 화면에 떠올라 있는 예전 기사를 확인한 태식이 슬쩍 미간을 찌푸렸을 때였다.

"이 기사 때문에 많이 속상했죠?"

"조금… 그랬습니다."

태식이 씁쓸하게 웃으며 대꾸했다.

이 기사의 말미에는 태식과 용덕수에 관련된 이야기가 등장했다.

당시 이 기사를 작성한 기자는 태식과 용덕수의 연봉 협상 과정에 대한 자세한 보도는 하지 않았다.

단지 연봉 협상이 난관을 겪으며 태식과 용덕수의 전지훈련 합류가 늦어지고 있다는 결과만을 전했다.

그로 인해 태식과 용덕수가 연봉 협상 과정에서 과한 요구를 하면서 욕심을 부리는 것처럼 비춰지면서 팬들에게서 엄청난 비난을 받았다.

"저는 엄청 열받았어요."

"그랬나요?"

"저뿐만 아니라 캡도 엄청 화를 냈어요. 박순길 단장에게 속아서 기자가 놀아났다고. 그런데 더 화가 났던 건 뭔지 아세요?"

"뭐였나요?"

"김태식 선수가 고작 오백만 원 인상된 연봉에 합의를 했다는 소식이었어요."

송나영이 흥분한 기색을 감추지 않고 언성을 높였다.

"이건 지나친 푸대접이었잖아요."

"당시에는 선택의 여지가 없었습니다. 다음 시즌에도 야구를 하기 위해서는 전지훈련에 빨리 합류해야 했으니까요."

"저도 알고 있어요."

태식의 입장을 이해한다는 듯 고개를 끄덕이던 송나영이 다시 입을 뗐다.

"그렇지만 이대로 그냥 넘길 수는 없어요."

"그럼 어쩌실 건데요?"

"이에는 이, 눈에는 눈."

"……?"

"받은 대로 갚아줘야죠. 아니, 받은 것 이상으로 갚아줘야죠."

대체 어떻게 하려는 걸까?

태식이 의아한 시선을 던졌지만, 송나영은 더 설명하지 않았다. 대신 단호한 목소리로 덧붙였다.

"두고 보세요. 제가 한 말, 무슨 뜻인지 곧 알게 될 테니까요."

$$* \qquad * \qquad *$$

"형, 축하드립니다."

월드 베이스볼 클래식에 출전할 대표팀 명단이 발표되고 난 후, 용덕수가 상기된 얼굴로 다가와 축하 인사를 건넸다.

태식의 이름이 명단에 포함되어 있다는 것을 최종 확인 했기 때문이다.

"고맙다."

용덕수에게서 축하 인사를 건네받고 나서야 비로소 실감이 나기 시작했다.

'내가… 국가 대표가 됐다!'

국가를 대표해 경기에 출전한다는 것.

가슴이 뛸 정도로 흥분이 됐다.

그렇지만 마냥 기쁘기만 한 것은 아니었다.

기쁜 것 이상으로 걱정도 컸다.

'내가… 잘할 수 있을까?'

야구팬들은 물론이고 전문가들까지.

이번 월드 베이스볼 클래식에 출전하는 한국 대표팀에 대해서 불안한 시선을 던지는 이들이 많은 상황이었다.

성적에 대한 부담감이 벌써부터 태식의 어깨를 짓누르는 느낌이었다.

해서 태식의 표정이 어두워졌을 때, 용덕수가 물었다.

"형, 그거 아세요? 이번에 대표팀에 뽑힌 선수들 가운데 형의 연봉이 가장 적습니다."

"그래?"

"이번 연봉 협상 과정에서 많이 서운하셨을 테지만, 좋은 점도 있네요."

"좋은 점이라니? 그게 무슨 소리야?"

"형의 연봉이 부각되면서 동정론이 일고 있거든요."

"동정론?"

"직접 보세요."

용덕수가 더 설명하는 대신 기사가 떠올라 있는 태블릿 PC를 건넸다.

〈WBC 대표팀에 승선한 대표 명단 집중 해부〉

제목부터 자극적인 기사는 이번 월드 베이스볼 클래식 한국대표팀에 뽑힌 주요 선수들을 분석했다.

그리고.

기사 내용에는 태식에 대한 이야기도 적혀 있었다.

17. 개막전

　―이번 대표팀에 승선한 선수들 가운데 유대훈 감독이 깜짝
발탁을 했다고 평가를 받는 것은 심원 패롯스 소속 김태식 선수
이다. 유대훈 감독은 지난 시즌 김태식 선수가 펼쳤던 맹활약이
무척 인상적이었기 때문에 장고 끝에 대표팀에 발탁했다고 이유
를 밝혔다. 한편 김태식 선수는 이번 대표팀에 승선한 대표선수
들 가운데 가장 연봉이 적은 것으로 알려졌다. 지난 시즌에 맹
활약을 펼쳤지만, 연봉 인상액이 고작 오백만 원에 그쳤기 때문
이다. 심원 패롯스 구단 측은 지난 시즌에 김태식 선수의 활약
상을 인정해 연봉을 인상하겠다고 대외적으로 밝혔지만, 협상
과정에서 실제 제시했던 금액은 오백만 원이 인상된 오천만 원
에 불과했던 것으로 드러났다.

'이거였군!'

기사를 읽던 태식이 스크롤을 아래로 내렸다.

태식의 예상대로, 기사 말미에 적혀 있는 기자의 이름은 송나영이었다.

송나영의 이름을 확인한 태식이 계속 스크롤을 아래로 내렸다.

기사에 달린 댓글들을 확인하기 위함이었다.

─솔까 김태식 정도면 대표팀에 뽑힐 만하지 않냐?

─지난 시즌처럼 대표팀에서도 활약해 주면 대박일 텐데.

─진짜 에이스들은 다 빠졌네.

─김태식을 선발투수로 내보내는 게 나을 듯.

─타자로 활용하려고 뽑은 거냐? 투수로 활용하려고 뽑은 거냐?

자신에 대한 댓글들을 확인한 태식이 안도의 한숨을 내쉬었다.

태식을 대표팀에 깜짝 발탁한 유대훈 감독의 선택에 대한 비난이 쏟아지는 것은 아닐까 하는 우려를 갖고 있었는데.

기우에 불과했다.

야구팬들은 태식이 이번 월드 베이스볼 클래식 대표팀에 선발된 것에 대해 딱히 불만을 드러내지 않았다.

오히려 태식의 대표팀 승선을 환영하는 분위기였다.

'지난 시즌에 선보였던 활약을 인정받은 거야!'

비로소 안심한 태식이 댓글들을 계속 살폈다.

─헐. 겨우 오천?

―오백만 원 인상? 레알?

―억대 연봉 요구한 줄 알았더니 아니었네. 당시에 욕했던 것 사과하겠음.

―김태식 연봉 오백 인상? 이거 실화임?

―와, 진짜 너무하네.

―심원 패롯스 프런트는 대체 뭔 생각이냐?

―이거 알고 있음? 얼마 전에 김태식 선수 아버지 상 당했는데 식장에 프런트 직원들 아무도 안 찾아왔음.

태식의 올 시즌 연봉이 지난 시즌에 비해 고작 오백만 원 인상에 그쳤다는 것을 뒤늦게 알게 된 팬들은 심원 패롯스 프런트 측에 대한 비난을 쏟아냈다.

예상에 훨씬 미치지 못하는 적은 연봉 인상 폭도 팬들의 분노를 불러일으켰지만, 결정타는 마지막 댓글이었다.

태식이 얼마 전 부친상을 당했을 때, 달랑 화환 하나만 보냈을 뿐 심원 패롯스 프런트 직원들이 조문조차 오지 않았다는 사실이 알려지면서 댓글 창은 구단 측을 비난하는 성토의 장으로 변해 있었다.

'속이 다 후련하네!'

성토의 장으로 변해 있는 댓글 창을 확인하고 나니, 그동안 쌓였던 응어리들이 어느 정도 풀리는 느낌이었다.

해서 태식이 희미한 웃음을 머금었을 때, 용덕수가 말했다.

"형, 잘하셔야 돼요. 그래서 박순길 단장이 틀렸다는 것을 확실히 보여주고 돌아오셔야 됩니다."

* * *

월드 베이스볼 클래식.

개최국인 대한민국은 A조에 포진했다.

대한민국, 이스라엘, 일본, 네덜란드.

조별 예선 방식은 네 팀이 각각 한 번씩 맞붙는 풀 리그를 펼쳐서, 네 팀 가운데 두 팀이 상위 라운드로 진출하는 방식이었다.

—무난한 조 편성.

조 편성이 발표되고 난 후, 전문가들과 야구팬들은 무난한 조 편성이라는 평을 내렸다. 그리고 대한민국과 일본이 1, 2위를 차지해서 예선을 통과하고 본선에 진출할 것이라고 예상했다. 그렇지만 대한민국의 예선 통과에 대해 비관적인 시선을 던지는 전문가들도 일부 존재했다.

그들이 부정적인 시선을 던지는 이유.

대한민국 야구 대표팀이 최상의 전력을 꾸리지 못했기 때문이다.

대한민국 VS 이스라엘.

월드 베이스볼 클래식 개막전을 앞둔 유대훈이 모자를 벗고 백발을 쓸어 올렸다.

〈국민 감독의 마지막 도전〉

매스컴의 표현대로였다.

유대훈은 대한민국에서 개최되는 이번 월드 베이스볼 클래식의 사령탑을 맡은 것이 자신의 감독 커리어에서 마지막이 될 것임을 직감하고 있었다.

"목표는 당연히 우승입니다."

기자회견장에서 목표는 우승이라고 공언하긴 했지만, 절대 달성하기 쉬운 목표가 아님을 알고 있었다.

메이저리거들이 대거 포진한 미국과 도미니카 공화국.

전통의 강호들인 쿠바와 푸에르토리코.

아시아의 강호인 일본과 대만까지.

승리를 장담할 수 없는, 아니, 객관적인 전력에서 열세인 강팀들이 수두룩하게 포진해 있었기 때문이다.

그로 인해 미간을 찌푸리던 유대훈이 고개를 흔들었다.

'한 걸음씩!'

일단은 예선 통과가 우선이라고 판단했기 때문이다.

2승 1패.

1라운드 예선전을 앞둔 유대훈이 머릿속으로 그린 그림이었다.

A조 최약체로 손꼽히는 이스라엘을 잡고, 일본과 네덜란드 중한 팀을 더 잡아내서 2승 1패를 거두어 A조 2위로 예선을 통과하는 것.

가장 현실적인 시나리오였다.

"투수진 운용이 관건이 되겠군!"

유대훈이 모자를 눌러 쓰며 아쉬운 기색을 드러냈다.

대한민국 에이스라는 애칭을 얻으면서 메이저리그에 진출해 나름 활약을 펼치던 조원진이 부상으로 인해 이번 대회에 불참한 것이 못내 아쉬웠다.

'만약 조원진이 합류했다면?'

확실히 1승을 책임져 줄 수 있는 에이스의 부재는 타격이 컸다. 그러나 유대훈은 이내 아쉬움을 털어내기 위해 애썼다.

이미 조원진의 대회 불참이 확정된 상황.

계속 아쉬워한다고 한들 달라질 것이 없다는 사실을 알고 있었기 때문이다.

지금은 조원진을 제외한 다른 투수들로 이번 대회를 성공적으로 치룰 최선의 방법을 찾아내야 했다.

우송 선더스 소속 선발투수 서광현.

심원 패롯스 소속 선발투수 이연수.

대승 원더스 소속 선발투수 최동현.

월드 베이스볼 클래식 한국 대표팀에 발탁된 투수들 가운데 현재 가장 믿을 수 있는 세 명의 선발투수들이었다.

예선 세 경기는 이 세 명의 투수들을 기용하며 치러야 했다.

'1선발은 서광현, 2선발은 이연수, 3선발은 최동현!'

유대훈이 마음속으로 생각하고 있는 대표팀 선발투수들의 순위였다.

중요한 것은 이 세 명의 선발투수들을 어느 팀과의 대결에서 기용할지를 결정하는 것이었다.

그리고.

오랜 고민 끝에 유대훈이 선택한 개막전 선발은 이연수였다.

A조 최약체로 손꼽히는 이스라엘과의 개막전.

대한민국 대표팀 입장에서는 무조건 잡아야 하는 경기였다.

마음 같아서는 3선발로 판단하고 있는 최동현을 이스라엘과의 개막전에 선발투수로 내보내면서 이연수를 아끼고 싶었다.

그러나 개막전은 중요했다.

단지 한 경기를 치르는 것이 아니었다.

풀리그인 만큼 첫 단추를 어떻게 꿰느냐가 팀 분위기에 영향을 미치며 남은 예선 두 경기는 물론이고 본선에서의 경기력에도 영향을 미치기 때문이었다.

"분위기를 끌어 올리는 게 우선이야!"

아직 개막전도 치르기 전이었지만, 월드 베이스볼 클래식에 참가하는 대한민국 대표팀을 바라보는 팬들과 전문가들의 시선을 불안했다.

그 불안한 시선을 대표팀에 발탁된 선수들도 모를 리 없었다.

'최상의 전력을 구축하지 못했는데… 우리가 과연 할 수 있을까?'

그로 인해 대표팀 선수들조차 은연중에 머릿속에 이런 의문을 품기 시작했다.

이런 상황을 반전시키기 위해서는 이스라엘과의 개막전에서 완승을 거두어 대표팀 분위기를 쇄신시키는 것이 필요하다고 유대훈은 판단했다.

이것이 이연수를 이스라엘과의 개막전 선발투수로 낙점한 이유.

"부딪혀 보자!"

유대훈이 작게 혼잣말을 꺼내며 팔짱을 꼈다.

＊　　　＊　　　＊

〈대한민국 대표팀 선발 라인업〉

1번. 배상우

2번. 여호령

3번. 조정훈

4번. 조우종

5번. 이명기

6번. 민경상

7번. 장민섭

8번. 김대희

9번. 김낙성

피처: 이연수

이스라엘과의 개막전을 앞두고 유대훈 감독이 발표한 대표팀 선발 라인업이었다.

자신이 선발 라인업에서 빠졌다는 사실을 알게 됐지만, 태식은 딱히 서운한 감정을 품지 않았다.

이미 어느 정도 예상하고 있었기 때문에 담담했다.

"연수야."

"네, 선배."

"잘해라."

"젯값 치러야죠."

"응?"

"지난 시즌 우리 팀이 가을 야구에 진출하지 못했던 것, 저 때문이라는 걸 잘 알고 있습니다. 그래서 팬들에게 욕도 엄청 먹었습니다. 팬들에게 속죄하는 마음으로 오늘 최선을 다해서 던지겠습니다."

이연수가 비장한 각오를 남긴 후, 마운드로 올라갔다.

그런 이연수의 뒷모습을 더그아웃에서 바라보던 태식의 낯빛이 어두워졌다.

"너무… 긴장했어!"

개막전의 중요성.

이연수도 잘 알고 있었다.

또, 지난 시즌 말미에 징계를 받는 바람에 가장 중요한 순간에 팀에 도움을 주지 못하면서 이연수는 팬들에게서 많은 비난과 원망을 받았다.

개막전에서의 호투로 당시의 실수를 만회하겠다는 마음이 강한 탓에, 이연수의 몸에는 너무 힘이 들어가 있었다.

'잘하겠지?'

태식이 고개를 흔들며 불안감을 털어내기 위해 애썼다.

유대훈 감독이 개막전 선발로 이연수를 낙점한 이유.

구위도 좋았지만, 이연수의 풍부한 경험도 고려한 선택이었다.

경험이 풍부한 이연수가 어련히 알아서 잘할 거라고 판단한 순간, 주심이 경기 시작을 알렸다.

"플레이볼!"

와아!

와아아!

대한민국 대표팀의 선전을 기대하며 경기장을 찾아온 만원 관중들이 내지르는 환호성 속에 이연수가 초구를 던졌다.

슈아악!

따악!

묵직한 타격음이 흘러나온 순간, 환호성이 뚝 끊겼다.

선두 타자 홈런.

이스라엘 대표팀의 리드오프인 자크 피더슨은 한가운데로 몰린 이연수의 초구를 놓치지 않고 받아 쳤다.

0 : 1.

자크 피더슨의 선두 타자 홈런이 터지면서 축제 분위기였던 경기장은 금세 조용하게 변했다.

들뜬 분위기 속에서 스트라이크를 잡기 위해서 무심코 던졌던 초구가 홈런으로 이어진 터라, 이연수의 표정은 딱딱하게 굳어져 있었다.

"괜찮아!"

이연수를 향해 태식이 소리쳤다.

비록 불의의 기습을 당하긴 했지만, 솔로 홈런이었다.

또, 막 경기가 시작됐을 뿐이었다.

고작 한 점차.

경기는 아직 많이 남아 있었고, 한 점차는 분명히 뒤집을 수 있는 격차였다.

지금 이연수에게 필요한 것은 아까 자크 피더슨에게 허용했던 홈런을 머릿속에서 지워 버리고, 경기에 집중하는 것이었다.

그러나 이연수는 오롯이 경기에 집중하지 못했다.

이스라엘 대표팀의 2번 타자인 제이슨 발렌시아와 풀카운트까지 가는 승부 끝에 볼넷을 허용했다.

"지우지 못했어!"

자신의 투구가 마음에 들지 않는 걸까.

로진백을 거칠게 바닥에 내던지는 이연수는 평정심을 잃은 듯 보였다. 그 모습을 지켜보던 태식의 불안감이 짙어졌을 때였다.

따악!

이스라엘 대표팀의 3번 타자인 로빈 펠리츠가 이연수의 바깥쪽 직구를 결대로 밀어 쳐서 우전 안타를 만들어냈다.

무사 1, 3루.

이연수는 단 하나의 아웃 카운트도 잡아내지 못하고 또다시 실점 위기에 몰렸다.

'너무 흔들린다!'

이대로는 어렵다는 생각이 든 태식이 고개를 돌렸다.

국민 감독이라는 호칭을 얻었을 정도로 경험이 풍부한 유대훈 감독도 같은 생각인 듯 감독석에서 몸을 일으켰다.

"타임!"

유대훈 감독이 마운드를 방문했다. 그리고 이연수와 몇 마디 대화를 나누고 난 후, 더그아웃으로 돌아왔다.

무사 1, 3루 상황에서 타석에 들어선 것은 이스라엘 대표팀의

4번 타자인 메이슨 러반웨이였다.

이스라엘 대표팀 중 현역 메이저리거는 세 명.

그 가운데 한 명이 바로 메이슨 러반웨이였다.

이스라엘 대표팀 타선 가운데 가장 위협적인 타자라고 평가받는 메이슨 러반웨이와의 대결!

'달라졌을까?'

유대훈 감독의 마운드 방문이 과연 효과가 있었을까 하는 의문을 품은 채 태식이 그라운드를 주시했다.

딱!

잠시 뒤, 태식이 두 눈을 빛냈다.

이연수를 예리하게 꺾이는 바깥쪽 슬라이더를 던져 메이슨 러반웨이에게서 내야 땅볼을 유도해 냈다.

2루수 쪽으로 향하는 조금 깊은 내야 땅볼.

'병살!'

그렇지만 장민섭은 수비력이 뛰어난 2루수인 만큼, 태식이 병살타를 유도했다고 확신한 순간이었다.

역동작으로 타구를 잡아낸 2루수 장민섭이 유격수에게 송구한 것이 좌측으로 치우쳤고, 가까스로 송구를 잡아낸 유격수가 1루로 공을 던졌다.

"아웃!"

1루심이 간발의 차로 아웃을 선언한 순간, 태식이 안도의 한숨을 내쉬었다.

비록 3루 주자가 홈으로 들어오며 추가 실점을 허용하는 것까지는 막을 수 없었지만, 최상의 결과를 얻어냈다고 할 수 있었다.

강타자인 메이슨 러반웨이에게서 병살을 유도해 내는 데 성공하면서 흔들리던 이연수가 안정을 찾을 수 있을 거라고 판단했는데.

　아직 상황은 끝난 것이 아니었다.

　이스라엘 대표팀의 감독인 제리 헤론이 비디오 판독을 요청했기 때문이다.

　그가 판독을 요구한 부분은 2루수의 송구를 받은 유격수가 2루 베이스를 터치했는가 여부였다.

　잠시 뒤, 판독을 마친 심판진은 판정을 번복했다.

　"세이프!"

　2루수의 송구가 좌측으로 치우치며 유격수 여호령의 발이 2루 베이스를 터치하지 못한 걸 확인했기 때문이다.

　병살 플레이가 완성되지 못하며, 상황은 1사 2루로 바뀌었다.

　비디오 판독을 거치면서 판정이 번복된 순간, 조금 밝아졌던 이연수의 낯빛이 다시 어두워졌다.

　다음 타자는 5번 타자 닉 필스테인.

　마음을 진정시키기 위해서 크게 심호흡을 한 이연수가 닉 필스테인을 상대로 초구를 던진 순간이었다.

　타다다닷!

　2루 주자였던 로빈 펠리츠가 도루를 시도했다.

　배터리의 허를 찌른 과감한 도루 시도.

　포수 김낙성이 재빨리 3루로 송구했지만, 타이밍을 빼앗으며 일찌감치 스타트를 끊은 로빈 펠리츠의 손이 태그보다 조금 더 빠르게 베이스에 닿았다.

그 모습을 지켜보던 태식이 당혹스러움을 감추지 못했다.

'공격적이야!'

이스라엘 대표팀을 이끌고 있는 제리 헤론 감독의 작전 지시가 당황스러울 정도로 과감했기 때문이다.

또, 제리 헤론 감독의 과감한 작전 지시는 결과적으로 성공을 거두었다.

따악!

닉 필스테인이 깊숙한 외야플라이를 때려낸 사이, 3루 주자였던 로빈 펠리츠가 여유 있게 홈으로 들어왔기 때문이다.

0 : 3.

1회 초에 석 점을 허용한 순간, 태식이 혀를 내밀어 바싹 마른 입술을 적셨다.

'너무 벌어졌다!'

1회 말, 대한민국 대표팀의 공격.

이스라엘 대표팀을 이끌고 있는 제리 헤론 감독이 개막전 선발 투수로 낙점한 선수는 에릭 데커였다.

현역 메이저리거인 샌디 배럭스를 개막전 선발투수로 내세울 것 이라고 대부분의 전문가들이 예상했지만, 제리 헤론 감독의 선택 은 달랐다.

"우리 팀의 목표는 1승이 아닙니다. 비록 A조 최약체라고 평가 받고 있지만, 아직 결과는 아무도 모릅니다. 저와 우리 팀의 선수 들은 예선 통과는 물론이고, 4강 이상의 성적을 목표로 하고 있습니다."

월드 베이스볼 클래식 개막을 앞두고 제리 헤론 감독이 기자회견장에서 밝혔던 목표였다.

물론 당시에 제리 헤론 감독이 했던 인터뷰는 큰 주목을 끌지못했다.

그 이유는 둘.

우선 A조 최약체로 꼽히는 이스라엘 대표팀을 주목하는 사람들이 많지 않았다.

─이스라엘도 야구 함?

당시 제리 헤론 감독의 인터뷰가 실렸던 기사에 이런 댓글이 달렸을 정도였으니, 더 말해 무엇 할까.

또 하나의 이유는 제리 헤론 감독이 인터뷰에서 했던 말이 희망 사항을 밝힌 의례적인 출사표라고 여겼기 때문이다.

그러나.

샌디 배럭스가 아닌 에릭 데커를 개막전 선발투수로 내보낸 이스라엘 대표팀의 선발 라인업을 확인한 순간, 태식은 당시에 제리헤론 감독이 밝혔던 출사표를 다시 머릿속에 떠올렸다.

'빈말이 아니었어!'

현역 메이저리거인 샌디 배럭스를 개막전에 내보내지 않고 아낀것.

남아 있는 일본과 네덜란드와의 대결에서 승부를 걸겠다는 제리 해론 감독의 의지 표현이었다.

또, 제리 해론 감독이 마이너리거인 에릭 데커를 대한민국과의 개막전 투수로 낙점한 데는 그만한 이유가 있었다.

바로 KBO 리그 경험이었다.

7승 11패 방어율 4.18.

KBO 리그에서 한 시즌을 뛰었던 에릭 데커가 남겼던 성적이었다.

에릭 데커의 활약상.

그리 뛰어나지 않았다.

승수보다 패수가 훨씬 더 많았고, 방어율도 4점대 초반으로 높았던 편이다.

이것이 에릭 데커가 재계약에 실패하고 KBO 리그를 떠났던 이유.

그렇지만 눈에 보이는 것이 전부가 아니었다.

"나쁘지 않았어!"

마운드에 서 있는 에릭 데커를 바라보던 태식이 혼잣말을 꺼냈다.

에릭 데커가 KBO 리그에서 뛰면서 남겼던 표면적인 성적은 분명히 좋지 않았다. 그렇지만 좀 더 깊이 파고들면 다른 점이 보였다.

우선 당시 에릭 데커의 소속팀은 한성 비글스였다.

리그 최약체 팀이었던 한성 비글스에서 뛰었던 에릭 데커는 타선의 지원을 전혀 받지 못했었다.

리그에서 가장 낮은 팀 타율과 득점력을 기록했던 한성 비글스의 타선은 특히 에릭 데커가 등판할 때마다 너무 심하다 싶을 정도로 더 터지지 않았다.

평균 득점 지원이 채 2점도 되지 않았고, 그로 인해 KBO 리그에서 가장 불운한 투수라는 이야기까지 나왔을 정도였다.

어쨌든.

KBO 리그에서 활약했던 선발투수들 가운데 타선의 득점 지원을 가장 받지 못했던 것이 에릭 데커의 승수가 쌓이지 않았던 결정적인 원인이었다.

그뿐만이 아니었다.

당시 리그 최약체였던 한성 비글스는 수비도 엉망이었다.

기록된 실책이 많았을 뿐만 아니라, 기록에 남지 않는 실책성 플레이도 자주 나왔다.

이것이 에릭 데커의 방어율이 4점대 초반까지 치솟았던 이유 가운데 하나.

만약 수비가 뒷받침이 되는 팀에서 뛰었다면, 에릭 데커의 방어율은 3점대 중반 정도를 기록했을 것이다.

"최대한 빨리 한 점이라도 만회해야 해!"

태식의 눈빛이 깊어졌다

1회 초에 이미 석 점을 실점한 상황.

이스라엘 대표팀은 젊은 선수들로 구성되어 있었다.

즉, 한번 분위기를 타기 시작하면 어느 누구도 말리기 어려울 정도로 무서워진다는 뜻이었다.

그런 만큼 실점을 허용한 다음 이닝인 1회 말에 바로 추격점을 올리는 것이 경기 분위기를 바꿀 수 있는 가장 좋은 시나리오였다.

다행히 시작은 좋았다.

"볼넷!"

대한민국 대표팀의 리드오프 임무를 부여받고 경기에 나선 배상우는 풀카운트에서 에릭 데커가 던진 유인구를 잘 참아내며 사구를 얻어냈다.

무사 1루.

딱!

2번 타자 여호령은 에릭 데커의 3구째 커브를 받아 쳤다.

배트 중심에 제대로 걸린 타구는 아니었다.

그렇지만 코스가 좋았다.

유격수와 3루수 사이의 깊은 코스로 향하는 내야 땅볼.

3루수가 슬라이딩을 하면서 글러브를 쭉 뻗었지만 타구에 미치지 못했다.

유격수가 역동작으로 간신히 타구를 잡아내는 데 성공해서 1루로 송구했지만, 여호령은 빠른 발을 뽐내면서 1루에서 세이프 판정을 받았다.

짝짝짝!

찬스를 만들어내는 데 성공한 배상우와 여호령에게 태식이 박수를 보냈다.

여울 데블스의 테이블 세터진인 배상우와 여호령!

KBO 리그 최고의 테이블 세터진으로 손꼽히는 두 사람은 대표팀에서도 테이블 세터진으로 나서며 좋은 활약을 이어가고 있었다.

무사 1, 2루.

태식이 바라던 대로 1회 초에 실점한 후 1회 말에 바로 추격점을 올릴 수 있는 찬스가 찾아왔다.

절호의 득점 찬스에서 타석에 등장한 것은 3번 타자 조정훈이었다.

'작전은… 없다!'

유대훈 감독을 힐끗 살핀 태식이 내린 판단이었다.

대승 원더스의 중심 타선에 포진했던 조정훈은 팀에서 주로 해결사 역할을 맡았다.

지난 시즌에 희생번트를 시도한 횟수가 한 번도 없었고, 당연히 작전을 수행하는 데 약점을 드러낼 수밖에 없었다.

게다가 경기 초반에 석 점을 허용하며 뒤지고 있는 상황.

유대훈 감독은 추격점을 손쉽게 뽑아내기 위한 작전을 펼치는 대신, 조정훈에게 찬스를 해결해 주기를 기대했다.

그렇지만 유대훈 감독의 기대는 무위로 돌아갔다.

슈악!

딱!

바깥쪽으로 휘어져 나가는 슬라이더를 억지로 끌어당긴 조정훈의 타구는 유격수 정면으로 향했다.

6—4—3으로 이어지는 병살타가 만들어지며, 무사 1, 2루의 찬스는 금세 2사 3루로 바뀌었다.

아아.

아아아!

조정훈이 때린 타구가 병살로 연결된 순간, 관중석에서 탄식성이 새어나왔다. 그렇지만 아직 찬스는 끝난 것이 아니었다.

2사 3루 상황에서 타석에는 4번 타자 조우종이 들어섰다.

"한 점만이라도 추격한다면?"

태식이 기대를 이어나갔다.

비록 조정훈의 병살타가 나오면서 추격 분위기에 찬물을 끼얹긴 했지만, 아직 찬스가 완전히 무산된 것은 아니었다.

여전히 이어지고 있는 득점 찬스에서 한 점이라도 뽑아낸다면 분위기가 바뀔 수 있었기 때문이다. 그리고 우송 선더스에서 해결사로 활약한 조우종은 태식과 팬들의 기대를 저버리지 않았다.

슈아악

따악!

에릭 데커가 던진 3구째 슬라이더를 받아쳐서 큰 타구를 만들어냈다.

'갈랐다!'

묵직한 타격음이 흘러나온 순간, 태식이 더그아웃에서 벌떡 일어났다.

좌중간을 반으로 갈라놓는 2루타가 될 거라고 예상했는데.

타다다닷!

이스라엘 대표팀의 중견수는 끝까지 타구를 포기하지 않고 쫓아갔다. 그리고 아끼지 않고 몸을 던졌다.

'잡혔다?'

중견수의 멋진 슬라이딩 캐치와 함께 이닝이 끝났다.

픽!

중견수의 호수비에 막혀 잘 맞은 타구가 아웃이 됐다는 것을 확인한 조우종이 분한 기색을 감추지 않고 헬멧을 바닥에 내던졌다.

그 모습을 지켜보던 태식의 표정도 어둡게 변했다.

"예상했던 것보다… 훨씬 강하다!"

따악!

배상우가 때린 타구는 정확한 타이밍에 배트 중심에 걸렸다.

투수인 에릭 데커의 곁을 스치고 지나가는 중전 안타가 될 거라고 모두가 예상했는데.

유격수는 포기하지 않고 끝까지 쫓아가서 슬라이딩을 하면서 타구를 막아냈다.

바로 앞에 타구를 떨어뜨린 유격수는 벌떡 일어나서 빠르게 1루로 빠르게 송구했다.

툭!

제대로 힘을 싣지 못해서 바운드를 일으킨 송구를 1루수가 집중력을 잃지 않고 침착하게 잡아냈다.

"아웃!"

간발의 차로 아웃이 선언된 순간, 유대훈이 미간을 찌푸렸다.

유격수의 수비가 마음에 들어서일까.

불끈 주먹을 움켜쥐었던 에릭 데커가 더그아웃 앞에서 기다렸다가 유격수와 하이파이브를 나누는 모습이 보였다.

"경기가 안 풀리는군!"

유대훈이 답답한 표정을 지었다.

0 : 3.

3회가 끝난 시점.

스코어는 여전히 석 점차로 뒤지고 있었다.

A조 최약체로 꼽혔던 이스라엘 대표팀과의 개막전 승리는 꼭 필요했다.

그것도 접전 끝에 승리를 거두는 것을 유대훈은 원치 않았다.

경기 초반부터 이스라엘 대표팀을 거칠게 몰아붙여서 완승을 거두는 것을 목표로 경기에 임했었는데.

이스라엘과의 개막전 경기는 유대훈의 구상처럼 흘러가지 않았다.

선취점을 올리기는커녕 오히려 경기 초반에 이스라엘에게 석 점을 허용한 후, 줄곧 끌려가고 있었다.

물론 경기는 아직 많이 남아 있었다.

이제 막 경기 중반에 접어들었으니 역전의 여지는 충분히 존재했다.

그렇지만 유대훈의 표정은 여전히 어두웠다.

"예상이 빗나갔어!"

유대훈이 혼잣말을 꺼냈다.

'국내 대학팀 수준이 아닐까?'

자국 리그에서 활약하는 젊은 선수들 위주로 대표팀을 구성한 이스라엘의 전력을 한국의 대학팀 수준이라고 유대훈은 판단했었다.

실제로 비디오를 통해 분석을 했던 이스라엘 대표팀의 전력은 그리 강하지 않았다.

그런데 비디오 분석을 했을 당시에 비해서 지금 맞붙고 있는 이스라엘의 전력은 훨씬 더 강했다.

'전력을 감췄던 걸까? 아니면, 전력이 상승한 걸까?'

두 가지 모두 가능성이 있었다.

예선전에서 전력을 감추며 경기를 치렀고, 그사이 메이저리거들이 합류하면서 전력 상승 요인도 있었으니까.

"쉽지 않아!"

유대훈이 한숨을 내쉬었다.

이스라엘 대표팀이 국내 대학팀 수준이라 여겼던 자신의 판단이 틀렸다는 것을 인정하지 않을 수 없었다.

"분위기 반전이 필요한데……."

유대훈이 모자를 벗어 땀을 닦으며 혼잣말을 꺼냈다.

오늘 경기에서 역전승을 거둘 수 있는 방법은 더 늦기 전에 경기의 분위기를 바꾸는 것이었다.

일찌감치 석 점을 올리면서 이스라엘 대표팀은 분위기가 상승한 상태.

"해볼 만하다. 아니, 이길 수도 있다."

A조 최약체로 꼽힌다는 사실을 이스라엘 대표팀 선수들도 잘 알고 있을 터였다.

그들의 머릿속에는 '과연 우리가 예선을 통과할 수 있을까?'라는 의문부호가 떠올라 있었을 것이다.

'아닌가?'

어쩌면 '과연 우리가 1승이라도 거둘 수 있을까?'라는 의문부호였을 가능성이 더 높았다.

경기에 나서는 선수들조차 이런 의문부호를 머릿속에 갖고 있는 상황이었으니, 긴장한 것은 당연지사였다.

'만약 선취점을 뽑아냈다면?'

그런 이유로 대한민국 대표팀이 선취점을 뽑아냈다면, 이스라엘 대표팀의 분위기는 급격히 추락하며 쉽게 무너졌을 가능성이 높았다.

그러나 경기 초반의 양상은 유대훈의 계산과 다르게 흘러갔다.

이연수가 선두 타자 홈런을 포함해 1회 초에만 3실점을 하면서, 이스라엘 대표팀은 기세를 탔다.

석 점을 먼저 뽑아낸 것으로 인해 머릿속에 떠올라 있던 의문부호가 사라지고, 대신 대한민국 대표팀을 상대로 이길 수 있다는 자신감이 생긴 것이었다.

그때였다.

따악!

경쾌한 타격음이 흘러나왔다.

경기 초반부의 상황들을 되짚어 보고 있던 유대훈이 경쾌한 타격음으로 인해 상념에서 깨어났다.

'벗어나라!'

이스라엘의 7번 타자인 척 노리스가 노려 친 타구는 1루수의 키를 넘기고 빨랫줄처럼 뻗어나갔다.

우익선상을 벗어나는 파울 타구가 되기를 바랐지만, 타구는 선상 안쪽에 떨어졌다.

타다다닷.

척 노리스가 빠른 발을 자랑하며 1루 베이스를 통과해서 2루를 향해 달리기 시작했다.

우익수로 경기에 나선 민경상이 펜스 앞에서 타구를 잡아낸 후, 중계 플레이를 펼쳤다. 그렇지만 중계 플레이 과정이 매끄럽지 않았다.

민경상의 송구는 2루수 장민섭의 키를 살짝 넘겼다.

중계 플레이 과정에서 실수가 발생한 것을 확인한 척 노리스는 2루에서 멈추지 않고 3루로 내달렸다.

"세이프!"

실책을 틈타 척 노리스가 여유 있게 3루 베이스에 안착한 순간, 유대훈의 표정이 딱딱하게 굳어졌다.

'실책이 자꾸 나온다!'

이번이 처음이 아니었다.

1회 초에 실점을 허용하는 과정에서도 수비 실책이 있었다.

그 수비 실책으로 인해 2실점으로 막을 수 있었던 상황에서 결국 추가 실점까지 허용했었다.

지금도 마찬가지였다.

타자 주자인 척 노리스에게 2루까지만 허용했어야 하는 상황이었는데.

중계 플레이 과정에서 실책이 나오면서 3루까지 허용하고 말았다.

"손발이 안 맞아!"

유대훈이 답답한 표정으로 한숨을 내쉬었다.

경기 초반부터 실책이 쏟아져 나오는 이유.

훈련을 하면서 손발을 맞출 시간이 부족했기 때문이다.

부상을 비롯한 여러 이유로 인해 월드 베이스볼 클래식 불참을 선언하는 선수들이 늘어나면서, 선수단 구성이 늦어졌던 것의 부작용이었다.

어쨌든.

1사 2루 상황과 1사 3루 상황은 천지차이였다.

전자는 안타가 나와야 득점이 가능하지만, 후자는 큼지막한 외야플라이만 쳐내도 득점이 가능했기 때문이다.

"추가 실점을 하면… 정말 어려워진다!"

유대훈이 마운드에 서 있는 이연수에게 불안한 시선을 던졌다.

18. 세 가지 패인

"추가 실점은 막아야 한다!"

더그아웃 펜스에 기댄 채 태식이 간절히 바랐다.

중계 플레이 과정에서 어이없는 실책이 나오면서 이연수는 추가 실점을 허용할 위기에 처해 있었다.

여기서 추가 실점을 허용한다면 오늘 경기를 역전하는 것이 정말 어려워진다는 사실을 알고 있기 때문일까.

이연수도 다음 타자인 제프 펄드와의 승부에 신중하게 임했다.

슈아악!

원 볼 원 스트라이크 상황에서 이연수가 던진 회심의 3구째 슬라이더는 바깥쪽 꽉 찬 코스를 통과했다.

그렇지만 주심은 스트라이크를 선언하지 않고 외면했다.

그로 인해 투 볼 원 스트라이크로 볼카운트가 바뀐 순간, 이연수가 주심의 판정에 불만을 드러냈다.

슈아악!

4구째로 이연수가 선택한 공은 역시 슬라이더.

코스도 아까와 똑같은 바깥쪽이었다.

아까 주심의 판정에 대한 항의의 의미가 담긴 공을 던진 순간, 제프 펄드가 갑자기 번트 자세를 취했다.

'스퀴즈?'

태식이 크게 당황했다. 그리고 당황한 것은 태식만이 아니었다.

톡. 데구르르.

이스라엘 대표팀의 스퀴즈 작전에 허를 찔린 이연수와 대한민국 대표팀의 내야진이 모두 당황했다.

타다다닷.

3루 주자가 홈으로 쇄도하기 시작한 순간, 이연수도 번트 타구가 굴러가는 쪽으로 필사적으로 달려들었다.

글러브로 잡고 난 후 송구한다면 늦다고 판단한 걸까.

이연수는 맨손으로 타구를 잡아서 포수에게 던지려 했다.

그러나 회전이 걸린 번트 타구를 한 번에 잡아내는 데 실패하며 더듬었고, 그로 인해 홈은 물론 1루로 송구를 할 기회조차 잃어버렸다.

0 : 4.

제리 헤론 감독이 펼친 스퀴즈 작전이 적중하면서 스코어는 넉 점차로 벌어졌다.

번트 타구를 한 번에 처리하지 못한 이연수가 망연자실한 표정을 짓고 있는 것을 확인한 태식도 한숨을 내쉬었다.

'졌다!'

0 : 6.

7회와 8회, 한 점 씩을 더 허용하며 스코어는 더욱 벌어졌다.

이제 9회 말 마지막 공격만을 앞두고 있는 상황.

현실적으로 경기를 역전시키기는 어려워져 있었다.

'완패!'

이스라엘과의 개막전에 출전하지 않고 더그아웃에서 경기를 지켜보던 태식이 떠올린 단어였다.

그와 동시에 이런 생각이 머릿속을 스치고 지나갔다.

'우리가… 최약체가 아닐까?'

야구 전문가들과 도박사, 그리고 야구팬들까지.

모두가 A조 최약체로 이스라엘을 꼽았다.

그렇지만 막상 뚜껑이 열리고 난 후, 직접 상대해 본 이스라엘 대표팀은 강했다.

거의 모든 측면에서 대한민국 대표팀을 압도했다.

이미 패배가 거의 확정된 상황이라는 것을 인정한 태식이 오늘 경기를 찬찬히 되짚어보기 시작했다.

"첫 번째 패인은… 상대를 얕보았던 거야!"

이스라엘을 A조 최약체라고 꼽은 것은 야구 전문가들과 도박사, 그리고 야구팬들만이 아니었다.

유대훈 감독도 마찬가지였다

해서 개막전에서 맞붙는 이스라엘 대표팀을 당연히 잡아야 하는, 또 잡을 수 있는 상대라고 판단했다.

그런 이유로 개막전 선발투수로 서광현이 아닌 이연수를 낙점했다.

네덜란드와 일본과의 대결을 의식해서 에이스인 서광현을 아끼자는 계산이 깔려 있었던 선택이었다.

그러나 결과적으로 유대훈 감독의 선택은 장고 끝의 악수가 됐다.

이연수는 경기 초반부에 이스라엘 대표팀에 많은 실점을 허용하면서 경기 분위기를 넘겨주고 말았으니까.

"두 번째 패인은… 조직력에서 밀린 거야."

비록 여러 가지 이유로 최고의 선수들이 불참하긴 했지만, 대한민국 대표팀에 뽑힌 선수들은 KBO 리그에서 좋은 활약을 펼쳤던 선수들이었다.

개개인의 기량 측면에서는 이스라엘 대표팀 선수들에 비해 분명히 앞섰다.

그러나 조직력에서는 차이가 있었다.

대한민국 대표팀이 선수단을 구성하는 것부터 애를 먹으면서 손발을 맞출 시간이 부족했던 반면, 이스라엘 대표팀은 일찌감치 모여 훈련을 시작했고 지역 예선을 거치면서 팀의 짜임새가 점점 단단해졌다.

그래서일까.

공수 양면에서 이스라엘 대표팀의 조직력은 대한민국 대표팀의 조직력을 압도했다.

특히 수비에서 차이가 도드라졌다.

대한민국 대표팀은 오늘 경기에서 무려 네 개의 실책을 범한 반면, 이스라엘 대표팀은 단 하나의 실책도 하지 않았다.

실책을 범하지 않은 것이 다가 아니었다.

여러 차례 결정적인 호수비를 펼치면서 에릭 데커의 어깨를 가볍게 만들어주었다.

"세 번째 패인은… 지략 대결에서 진 거야!"

대한민국 대표팀을 이끄는 수장인 유대훈 감독과 이스라엘 대표팀을 이끄는 수장인 제리 헤론 감독.

여러모로 다른 점이 있었다.

우선 나이.

유대훈 감독은 일흔이 훌쩍 넘은 반면, 제리 헤론 감독은 아직 사십 대 초반이었다.

또 하나 다른 점은 유대훈 감독이 현장을 오랫동안 떠나 있다가 복귀한 반면, 제리 헤론 감독은 이스라엘 프로 팀을 이끌면서 단 한 번도 현장을 떠나지 않았다는 점이었다.

현장 감각이 뛰어나기 때문일까.

제리 헤론 감독의 상황 판단은 정확했다.

가장 대표적인 예가 1회 초의 도루 지시와 4회 초에 나온 스퀴즈 작전이었다.

우선 1회 초에 제리 헤론 감독이 지시했던 도루 시도는 대한민국 대표팀 내야진이 방심한 사이 허를 찔렀다.

1사 2루 상황.

원래라면 병살 플레이로 연결되며 루상의 주자가 없어졌어야 하는 상황이었지만, 병살 플레이를 만드는 과정에서 키스톤 콤비의 호흡이 맞지 않아 실책이 나오면서 1사 2루로 바뀌어 있는 상황이었다.

예기치 못한 실책이 나온 탓에 내야진은 흔들리고 있었고, 이연수 역시 평정심이 무너져 있었다.

그로 인해 내야진이 제대로 집중하지 못하는 방심의 허를 찌른 과감한 도루 시도는 성공을 거두었다.

그 도루 성공으로 인해 1사 2루가 1사 3루로 상황이 바뀌었고, 결과적으로 이스라엘 대표팀은 추가점을 올리는 데 성공했다.

또, 4회 초에 나왔던 스퀴즈 작전도 무척 적절했다.

경기의 흐름상 추가점이 꼭 필요했던 상황.

제리 헤론 감독은 추가점을 올리기 위해서 비교적 이른 시기임에도 스퀴즈 작전을 펼쳐 1점을 짜내는 야구를 펼쳤다.

반면 유대훈 감독은 상황 판단에 대한 실수가 많았다.

경기 내내 여러 가지 실수들이 있었지만, 태식이 판단하기에 가장 큰 실수는 이미 기울어져 버린 경기에 대한 미련을 버리지 못했다는 것이다.

이스라엘 대표팀을 이끄는 제리 헤론 감독이 스퀴즈 작전을 성공시켜 넉 점차로 벌어진 순간, 태식은 승기가 이미 넘어갔다고 판단했다.

그렇지만 유대훈 감독은 끝까지 경기를 포기하지 않았다.

선발투수로 경기에 나섰던 이연수를 이른 시점에 내리고, 더 이상의 실점을 허용하지 않기 위해서 불펜 투수들을 차례로 투입했다.

개막전 상대이자 A조 최약체로 꼽혔던 이스라엘을 꼭 이겨야 한다는 강박관념 때문이라는 것은 충분히 짐작할 수 있었다.

그러나 좋지 않은 선택이었다.

대한민국 대표팀은 에릭 데커의 호투에 막혀 한 점도 추격하지 못했고, 그사이 두 점을 더 내주면서 점수 차가 더 크게 벌어졌으니까.

결과적으로는 불펜 투수들의 소모가 커서, 남은 두 경기를 앞두고 부담이 더욱 커진 상황이었다.

딱!

태식이 타격음을 듣고 상념에서 깨어났다.

9회 말의 선두 타자로 나선 8번 타자 김대희가 때린 타구는 방방이 끝부분에 걸리며 빗맞았다.

타다다닷.

영봉패는 면해야 한다는 각오를 다지면서 김대희가 1루를 향해 전력 질주 했다.

'세이프?'

김대희가 때린 빗맞은 타구는 3루 쪽으로 느리게 굴러갔다.

해서 행운의 내야안타가 될 수도 있다고 태식이 판단한 순간이었다.

타구를 처리하기 위해 거침없이 대시한 3루수가 맨손으로 타구를 잡아내 러닝 스로우로 1루에 공을 뿌렸다.

"아웃!"

간발의 차로 아웃이 선언된 순간, 태식이 속으로 혀를 내둘렀다.

이스라엘 대표팀 3루수인 척 노리스의 대단한 호수비.

척 노리스라는 선수의 이름은 전혀 알려지지 않았다.

그런데 오늘 경기에서 메이저리그급 호수비를 몇 차례나 펼쳤다.

비디오 분석을 했을 당시, 척 노리스는 수비에서 실책을 범하는 경우가 잦은 선수였다.

해서 이스라엘 대표팀의 불안 요소로 손꼽혔던 선수였는데.

마치 그런 평가를 비웃기라도 하듯 오늘 경기에서 척 노리스는 실책은 전혀 범하지 않고 호수비를 잇따라 펼쳤다.

'갑자기 수비력이 발전했다?'

태식이 고개를 흔들었다.

그럴 확률은 낮았기 때문이다.

'분위기를 탔기 때문이야!'

태식이 이내 다른 이유를 찾아냈다.

이스라엘 대표팀은 젊은 선수들 위주로 구성되어 있었다.

그런 그들은 월드 베이스볼 클래식 개막전을 앞두고 커다란 부담감을 안고 있었다.

그렇지만 경기가 초반부터 뜻대로 흘러가며 쉽게 풀리자, 마음 속의 부담감을 털어내는 데 성공했다. 그리고 부담감이 자신감으로 바뀌자, 분위기를 탄 젊은 선수들이 가진바 기량 이상의 것들을 끌어내고 있는 것이었다.

'운이 좋았던 건가? 아니면, 제리 헤론 감독의 혜안이었나?'

태식이 서로 주먹을 들어 부딪히고 있는 선발투수 에릭 데커와 3루수 척 노리스를 물끄러미 바라보았다.

8과 1/3이닝 무실점.

개막전 선발투수로 나선 에릭 데커는 1회를 제외하면 실점을 허용할 위기조차 없었을 정도로 완벽에 가까운 투구를 펼쳤다.

에릭 데커가 예상을 모두 깨고 눈부신 호투를 펼친 이유는 크게 둘.

우선 KBO 리그에서 뛴 경험 덕분에 대한민국 대표팀에 포진된 타자들에 대해 잘 파악하고 있었던 것이 컸다.

또 하나의 요인은 수비진의 든든한 뒷받침이었다.

에릭 데커는 땅볼 유도가 많은 유형의 투수인 만큼, 호투를 펼치기 위해서는 수비의 뒷받침이 필수적이었다. 그리고 오늘 이스라엘 대표팀은 내외야를 가리지 않고 호수비를 펼치면서 에릭 데커의 어깨를 가볍게 만들어주었다.

제리 혜론 감독이 모두의 예상을 깨고 에릭 데커를 대한민국과의 개막전에 선발투수로 낙점한 것은 결과적으로 대성공을 거둔 셈이었다.

그때였다.

우우!

우우우!

김대희가 아쉬운 기색으로 더그아웃으로 돌아갈 때, 경기장을 가득 메운 팬들이 야유를 쏟아내기 시작했다.

A조 최약체로 꼽혔던 이스라엘과의 개막전에서 무기력한 플레이로 일관하며 완패를 당할 위기에 처한 대한민국 대표팀에 보내고 있는 야유였다.

팬들의 야유 소리를 들은 태식의 표정이 굳어졌다.

더그아웃에 있던 나머지 선수들도 표정이 굳어진 것은 마찬가지였다.

'변명의 여지가 없는 패배!'

태식이 한숨을 내쉬었다.

0 : 6.

이미 진즉에 기울어진 승부였다. 그렇지만 개막전을 보기 위해 경기장을 가득 메웠던 팬들은 아무도 자리를 뜨지 않았다.

마지막까지 혹시나 하는 기대의 끈을 놓지 못했기 때문이다. 그러나 9회 말 선두 타자로 나섰던 김대희마저 내야 땅볼로 물러나자, 기대가 실망으로 바뀐 것이었다.

"영봉패는 면해야 해."

태식이 두 눈을 빛냈다.

비록 오늘 경기를 역전시키는 것은 불가능에 가까웠다.

그렇지만 대한민국 대표팀이 할 수 있는 것은 아직 남아 있었다.

최소한 영봉패를 당하는 것만큼은 면해서 팬들에게 남은 경기들은 다를 것이라는 희망을 보여주는 것이었다.

유대훈 감독도 그런 생각을 했을까?

오늘 경기에서 처음으로 대타 카드를 꺼내 들었다.

지난 시즌, 중앙 드래곤즈의 중심 타선에 포진되어 좋을 활약을 펼쳤던 장윤철이 첫 번째 대타자로 타석으로 들어섰다.

그렇지만 장윤철은 유대훈 감독과 팬들의 기대에 부응하지 못했다.

부웅!

"스트라이크아웃!"

원 볼 투 스트라이크의 볼카운트에서 에릭 데커의 낙차 큰 커브에 헛스윙을 하며 삼진으로 물러났다.

경기 종료까지 남은 아웃 카운트는 하나.

태식이 고개를 돌렸다.

유대훈 감독과 시선이 마주친 순간, 그가 입을 뗐다.

"김태식, 대타로 나간다!"

19. 잘못 꿴 첫 단추

'너무 늦었다!'

유대훈 감독에게서 대타자로 출전하라는 지시를 받은 순간, 태식이 떠올린 생각이었다.

만약 9회 말의 선두 타자로 나섰다면?

어떻게든 살아나가서 주자를 최대한 모으면서 마지막 추격의 분위기를 조성해 볼 수 있었을 텐데.

이미 9회 말 2사 상황이었다.

'그렇지만… 내겐 기회가 찾아온 셈이다!'

비록 오늘 경기는 패색이 짙었지만, 이스라엘과의 개막전에서 패한다고 해서 예선 탈락하는 것은 아니었다.

네덜란드와 일본.

예선 두 경기가 더 남아 있었다.

또, 예선을 통과한다면 토너먼트로 펼쳐지는 본선 경기들도 많이 남아 있었다.

'이번 기회에 유대훈 감독에게 강렬한 인상을 남긴다면?'

앞으로 출전 기회가 늘어날 확률이 높았다.

'커브를 노린다!'

이미 더그아웃에서 에릭 데커의 투구를 유심히 살피고 나온 상태였다.

경기 초반 직구 위주의 피칭을 펼치던 에릭 데커는 후반에 접어든 후 투구 패턴을 유인구 위주로 바꾸었다.

투구 수가 늘어나면서 서서히 힘이 부치기 때문이리라.

그리고 유인구 가운데 특히 커브 비중이 높았다.

슬라이더가 뜻대로 제구가 되지 않는 반면, 커브는 마음먹은 대로 구사가 되기 때문일 터였다.

슈악!

"볼!"

타석에 선 태식이 초구로 들어온 슬라이더를 그냥 흘려보냈다.

그리고 2구째.

슈아악!

에릭 데커가 선택한 공은 몸 쪽 직구였다.

타석에 서서 커브를 노리고 있었던 태식이 본능적으로 배트를 휘두르던 도중 간신히 참아냈다.

몸 쪽 높은 코스로 형성된 직구.

태식이 타석에서 노리던 공은 커브였다.

노리고 있던 구종이 아니었음에도 몸 쪽 높은 코스의 직구가 들어오자 본능적으로 배트가 나갈 뻔했다.

"볼!"

태식의 배트가 돌지 않았다고 주심은 판단했다.

포수에게서 공을 돌려받는 에릭 데커는 아쉬운 기색을 감추지 않고 표정에 드러냈다.

그 반응을 유심히 살피던 태식이 두 눈을 빛냈다.

에릭 데커가 아쉬워하는 이유.

주심이 스트라이크 판정을 하지 않았기 때문이 아니었다.

태식이 몸 쪽 높은 공에 배트를 내밀게 만들어 범타를 유도해 내서 경기를 마무리하지 못한 것으로 인해 아쉬워하는 것이었다.

'조급해!'

태식이 에릭 데커의 심리를 읽어내는 데 성공했다.

월드 베이스볼 클래식 개막전에서 개최국이자 우승 후보로 손꼽힐 정도로 강팀인 대한민국 대표팀을 상대로 완봉승을 거두고 싶다는 욕심.

이런 욕심이 생겼기 때문에 에릭 데커의 마음은 조급한 상태였다.

'커브가 아닌 직구!'

그 사실을 간파한 태식이 노림수를 바꿨다

'몸 쪽 직구가 들어올 거야!'

에릭 데커는 아까 몸 쪽 직구를 던졌을 때, 태식이 움찔하며 본능적으로 배트를 내밀었던 것을 기억하고 있었다.

최대한 빨리 완봉승을 달성하기 위해서 또 다시 몸 쪽 직구를 던질 가능성이 높다고 태식은 판단했다.

그리고.

태식의 예상은 적중했다.

슈아악!

에릭 데커가 3구째로 선택한 공은 몸 쪽 직구였다.

2구째와 다른 점이 있다면 조금 더 낮다는 것이었다.

아까 태식이 배트를 내밀던 도중에 멈춰 세운 것이 몸 쪽으로 던졌던 공이 조금 높았다고 판단했기 때문일까.

의도적으로 공 하나 정도 낮게 던진 것이었다.

'원하는 대로!'

에릭 데커가 태식의 배트를 끌어내기 위해 던진 몸 쪽 직구.

태식은 에릭 데커의 의도대로 움직여 주었다.

따악!

아까와 달리 태식의 배트가 도중에 멈추지 않고 힘차게 돌아갔고, 배트 중심에 제대로 걸린 타구는 멀리 뻗어나갔다.

'됐다!'

우중간으로 날아가고 있는 타구의 궤적을 눈으로 좇던 태식이 천천히 1루를 향해 달려 나갔다.

타구가 외야 관중석 중단 부근에 떨어지는 것을 확인한 태식이 슬쩍 고개를 돌려 에릭 데커를 살폈다.

완봉승 직전에 홈런을 허용했기 때문일까.

에릭 데커는 분한 기색이 역력했다.

그 반응을 힐끗 살핀 태식이 비교적 빠른 속도로 그라운드를 돌기 시작했다.

비록 대타자로 경기에 나서서 극적인 홈런을 때려내긴 했지만, 환호할 수 있는 상황은 아니었다.

뒤지고 있는 경기의 판도와 분위기를 바꾸기에는 한참 부족했기 때문이다.

그렇지만 방금 때려낸 홈런이 아무런 의미가 없는 것은 아니었다.

일단 방금 태식이 때려낸 홈런 덕분에 대한민국 대표팀은 이스라엘 대표팀에 영봉패를 당할 뻔했던 치욕에서 벗어났다.

착 가라앉았던 분위기를 조금은 반전시킬 수 있는 솔로 홈런.

이 홈런은 분명히 남은 예선 두 경기에까지 영향을 미칠 터였다.

그리고 태식 개인에게도 이 홈런은 의미가 있었다.

지난 시즌에 펼쳤던 태식의 활약이 우연이 아니었다는 것을 증명하는 홈런이었기 때문이다.

물론 대타자로 나서서 터뜨린 홈런 한 방으로 인해 아주 많은 것이 달라지지는 않을 것이었다.

그렇지만 유대훈 감독에게 신뢰를 심어주기에는 충분했다.

또, 앞으로 출전 기회가 늘어난다면, 진짜 자신의 가치를 증명할 수 있는 기회가 주어지리라.

'이제부터 시작이다!'

홈 플레이트를 통과한 순간, 태식이 떠올린 생각이었다.

$$* \qquad * \qquad *$$

1 : 6.

대한민국과 이스라엘의 개막전 최종 스코어였다.

에릭 데커의 호투에 막혀 완패를 당한 대한민국 대표팀에 대한 비난의 목소리는 무척 거셌다.

"감독이 무능했던 탓입니다. 선수들은 경기장에서 최선을 다했습니다. 남은 예선 두 경기 준비를 철저히 하겠습니다."

패장 인터뷰에 나선 유대훈 감독이 완패의 원인을 자신의 탓으로 돌렸음에도, 비난의 목소리는 쉬이 사그라들지 않았다.

<역대 최약체라는 평가를 받아 마땅한 대한민국 야구 대표팀>
<우려가 현실로 드러난 개막전의 악몽>
<예선 통과마저 장담할 수 없는 현실. 대한민국 야구의 현주소를 보여주다>

이스라엘과의 개막전에서 패하고 나자, 마치 기다렸다는 듯이 대한민국 야구 대표팀을 비난하는 기사들이 쏟아져 나왔다.

그 기사들을 확인한 태식이 슬쩍 미간을 찌푸렸다.

물론 대한민국 대표팀이 개막전 상대였던 이스라엘 대표팀에게 완패를 당했던 것은 사실이었다.

그렇지만 고작 한 경기에 불과했다.

모든 경기에서 승리를 거둘 수는 없는 것이 야구.

더구나 A조 최약체라고 알려졌던 이스라엘이었지만, 막상 뚜껑을 열어보니 생각보다 전력이 강했다.

그렇지만 우수수 쏟아져 나오고 있는 기사에는 탄탄한 조직력을 바탕으로 한 이스라엘 대표팀의 예상 이상으로 강한 전력에 대한 부분은 쏙 빠져 있었다.

단지 최약체인 이스라엘에 완패한 대한민국 대표팀에 대한 비난만이 담겨 있었다. 그리고 기사의 내용이 이러하니, 팬들의 댓글도 비난 일색이었다.

―설마 했는데 진짜 예선 탈락각.

―이번 대표팀. 완전 망했음.

―경기 안 본 눈 삽니다.

―KBO 리그 접자. 쪽 팔린다.

―안방에서 3패로 예선 탈락할 듯. 이 예언은 곧 성지가 될 것임.

댓글들을 살핀 태식이 한숨을 내쉬었다.

"네덜란드와의 2차전이 더 중요해졌군!"

이런 비난을 잠재울 수 있는 방법.

딱 하나뿐이었다.

바로 경기에서 승리를 거두는 것이었다.

그렇지만 더 큰 문제는 네덜란드와의 예선 2차전 승리도 낙관할 수 없다는 점이었다.

복병.

네덜란드에 대한 평가였다.

개최국인 대한민국과 일본이 A조 예선을 무난히 통과해 본선에 합류할 것이라는 예상이 지배적이었지만, 네덜란드를 복병으로 꼽는 전문가들은 무척 많았다.

그만큼 전력이 탄탄했기 때문이다.

게다가 대한민국 대표팀은 이스라엘과의 개막전에서 패하면서 팀 분위기가 많이 가라앉아 있는 상황.

태식이 한숨을 내쉬며 혼잣말을 꺼냈다.

"감독님은 어떤 패를 들고 나오실까?"

*　　　*　　　*

"만만치 않군!"

네덜란드와 일본의 경기를 관전한 유대훈의 표정이 어두워졌다.

최종 스코어 3 : 2.

두 팀의 경기는 일본의 승리로 끝이 났다.

신승이란 표현이 딱 어울릴 정도로 두 팀의 경기는 접전이었다.

경기 후반까지 팽팽하게 진행되던 경기는 일본이 8회에 밀어내기로 결승점을 올리면서 균형이 깨졌다.

어쨌든.

"원하던 결과는 아니군!"

유대훈이 한숨을 내쉬었다.

그가 내심 바라던 결과는 반대였다.

즉, 일본이 아닌 네덜란드가 승리를 거두기를 바라고 있었는데, 그 바람은 이루어지지 않았다.

일본이란 나라가 미워서?

그런 이유가 아니었다.

유대훈이 네덜란드의 승리를 바랐던 데는 다른 이유가 있었다.

대한민국 대표팀의 다음 상대인 네덜란드가 1승을 거두며 조금 여유 있는 상태에서 만나기를 바랐는데.

일본과의 대결에서 아쉬운 패배를 당한 네덜란드도 예선 전적 1패를 안았기에 절박한 심정으로 경기에 나설 터였다.

"패배는 잊자!"

이미 흘러가 버린 시간을 되돌릴 수 없다는 것.

유대훈도 잘 알고 있었다.

그런 만큼 이스라엘과의 예선 1차전에서의 충격패를 잊고 네덜란드와의 예선 2차전을 대비하는 데 집중해야 했다.

그렇지만.

그 사실을 잘 알고 있음에도 그것이 쉽지 않았다.

워낙 아쉬움이 많이 남았기 때문이다.

'방심하지 않았다면? 이연수가 아닌 서광현을 선발투수로 마운드에 올렸다면? 실책을 잇따라 범하지 않았다면?'

이스라엘과의 경기에서 패배하고 나서 꽤 시간이 흘러 있었다.

그러나 이런 후회와 가정들이 유대훈의 머릿속을 떠나지 않았다.

"최악이군!"

첫 단추를 잘못 꿴 탓에 모든 것이 꼬여 버렸다.

대한민국 대표팀은 궁지에 몰렸고, 그로 인해 유대훈은 개막 전에 했던 구상들을 통째로 바꿀 수밖에 없었다.

"일단 네덜란드를 잡아야 한다."

만약 네덜란드에게까지 패해서 예선 전적 2패를 기록한다면?

예선을 통과하지 못하고 탈락할 확률이 높아졌다.

물론 일본과의 경기에서 승리를 거두어 1승 2패를 기록한다면, 본선에 진출할 확률이 남아 있기는 했다.

그렇지만 예선을 통과할 확률이 현저히 낮아진다는 것은 부인할 수 없었다.

"광현이를 쓸 수밖에 없어!"

유대훈이 머릿속 구상을 바꾸었다.

원래 그가 구상했던 선발투수 운용 방식은 네덜란드와의 경기에 최동현을 내세우고, 일본과의 경기에 현재 가장 믿을 수 있는 에이스인 서광현을 내세우는 것이었다.

그러나 네덜란드와의 경기에서마저 패한다면 뒤가 없다는 것이 최동현과 서광현의 출전 순서를 바꾸게 만든 원인이었다.

"광현이가 퀄리티 스타트를 해준다는 가정을 한다면, 타자들이 점수를 얼마나 뽑아내는가가 승패를 가를 관건이 되겠군."

대표팀 엔트리를 내려다보던 유대훈이 연거푸 한숨을 내쉬었다.

대표팀에 뽑힌 타자들의 능력이 부족해서 답답한 한숨을 내쉰 것이 아니었다.

이번 대표팀에 승선한 대부분의 타자들이 각 팀에서 빼어난 능력을 보여주며 이미 능력이 검증된 선수들.

그럼에도 불구하고 타자들은 믿을 수 없었다.

이스라엘 대표팀이 개막전 선발투수로 내세웠던 에릭 데커에게 완투패를 당했던 것이 그 증거였다.

이스라엘의 제리 헤론 감독이 한국전에 에릭 데커를 선발투수로 낙점했을 당시, 전문가들과 팬들은 모두 충분히 공략이 가능할 것이라고 내다봤다.

유대훈도 마찬가지 생각이었다.

KBO 리그에서 뛰어난 활약을 펼치지 못한 탓에 재계약에 실패했던 에릭 데커를 충분히 공략할 수 있을 거라고 확신했는데.

대표팀 타자들은 에릭 데커의 공을 전혀 공략하지 못했다.

변변한 득점 찬스조차도 만들지 못했으니 더 말해 무엇 할까.

그마나 유일한 위안거리라면 9회 말에 대타자로 내보냈던 김태식이 솔로 홈런을 터뜨려 완봉패 당하는 것을 피했다는 점이었다.

"타선을 어떻게 구성해야 할까?"

유대훈의 고심이 깊어졌다.

난국을 타개할 수 있는 기막힌 묘수가 떠오른다면 최선이겠지만, 그것은 절대 말처럼 쉽지 않았다.

이미 대표팀 구성이 완료된 상황.

지금 있는 선수 자원 내에서 어떤 식으로든 해법을 찾아내야 했다.

"어렵군!"

유대훈이 백발을 쓸어 올렸다.

이스라엘과의 개막전 패배 후, 침묵한 타선을 다시 깨울 수 있는 방안을 찾기 위해 코칭스태프들과 토론을 거듭했다.

그 토론 중에 여러 가지 의견들이 쏟아져 나왔지만, 결국 결정을 내리는 것은 유대훈의 몫이었다.

스윽!

유대훈이 대표팀 엔트리를 뒤집어 버렸다.

대신 생각의 물줄기를 바꾸었다.

'내가 왜… 여기 있는 걸까?'

월드 베이스볼 클래식 대한민국 대표팀을 이끄는 수장인 감독 유대훈.

유능한 여러 감독들이 하마평에 올랐지만, 결국 대한민국 대표팀 감독직은 유대훈이 맡게 됐다.

그 이유는 하마평에 무성하게 올랐던 감독들이 이런저런 핑계를 대면서 대표팀 감독직을 고사했기 때문이다.

사실 유대훈도 대표팀 감독직을 처음 제안받았을 때, 손사래를 치면서 고사했다.

이미 현장에서 오랫동안 떠나 있어서 감각이 떨어졌다는 것이 대표팀 감독직을 고사했던 이유였다.

그러나.

유대훈은 결국 도중에 생각을 바꾸어 대표팀 감독직 제안을 받아들일 수밖에 없었다.

선장이나 마찬가지인 감독을 구하지 못해서 표류하고 있는 야구 대표팀을 모른 척 외면할 수 없었기 때문이다.

또, 그동안 야구 감독을 하면서 자신이 받았던 것들을 조금이라도 환원하기 위함이었다.

"많은 것을 바라지 않습니다. 마지막으로 감독님의 야구를 해주십시오. 그것이 저희가 감독님께 바라는 것입니다."

장고 끝에 대표팀 감독직을 맡겠다고 수락했을 때, KBO 관계자들이 찾아와서 부탁했던 것이었다.

그 이야기를 떠올리고 나서 유대훈이 마침내 고민을 끝냈다.

"내 야구를… 하자!"

*   *   *

대한민국 VS 네덜란드.

각각 1패씩을 안고 있는 두 팀의 예선 두 번째 경기를 앞두고, 양 팀의 감독들은 선발 라인업을 발표했다.

"제가 잘못 본 거 아니죠?"

대한민국 대표팀의 선발 라인업을 확인한 송나영이 유인수에게 물었다.

"뭐가?"

"그러니까… 혹시 제가 자료를 잘못 받았나 해서요."

"무슨 소리야?"

"너무 똑같잖아요."

개막전이었던 이스라엘과의 대결을 앞두고 발표했던 선발 라인업과 네덜란드와의 대결 전에 발표한 선발 라인업.

경기에 출전하는 선수들의 면면은 물론이고, 타순까지.

마치 판박이처럼 똑같았다.

"제대로 봤어."

"하지만……."

"예선 1차전과 다른 점이 있잖아."

"뭐요?"

"선발투수."

"……?"

"그게 네가 잘못 본 게 아니라는 증거지."

유인수의 지적은 정확했다.

예선 1차전 선발 라인업을 복사한 것이 아닐까 하는 생각이 들 정도로 2차전 선발 라인업은 1차전 때와 흡사했다.

그렇지만 분명히 다른 점은 존재했다.

바로 선발투수가 이연수에게 서광현으로 바뀌었다는 점이었다.

그리고 이것이 송나영이 잘못 본 것이 아니라는 증거였다.

"예상대로네."

네덜란드와의 경기에 출전할 대한민국 대표팀의 선발 라인업을 확인한 유인수가 감상평을 꺼내놓았다.

"예상하셨다고요?"

"그래."

"어떻게요?"

"유대훈 감독님이시니까."

"그게 무슨 뜻이죠?"

"이게 유대훈 감독님 스타일이거든."

유인수는 마치 당연하다는 듯이 대답했다.

그렇지만 송나영은 유대훈 감독이 발표한 선발 라인업을 확인하고 난 후, 납득하기 어려웠다.

A조 최약체로 꼽혔던 이스라엘과의 개막전에서 완패하며 대표팀은 엄청난 비난을 받고 있는 상황.

예상치 못한 완패를 당했으니 2차전을 앞두고 난국을 타개할 어떤 해법을 찾아내서 들고 오는 것이 당연했다.

그렇지만 유대훈 감독이 조금 전에 발표했던 선발 라인업에서는 고민의 흔적이 전혀 느껴지지 않았다.

'하다못해 타순이라도 조정했어야 할 것 아닌가?'

이스라엘과의 개막전에서 에릭 데커의 호투에 철저하게 눌린 탓에 대한민국 대표팀 타선은 침묵했다. 그리고 타선의 침묵이 이스라엘과의 개막전 완패의 가장 큰 원인이라고 송나영은 판단했다.

아니, 송나영만 이렇게 판단한 것이 아니었다.

전문가들도 타선이 침묵한 것이 완패의 원인이라고 지적했었다.

그런 만큼 송나영은 네덜란드전을 앞두고 유대훈 감독이 선발 라인업에 대폭 변화를 줄 거라고 예상했다.

그러나 송나영의 예상은 완전히 빗나갔다.

유대훈 감독은 선발 라인업에 큰 폭의 변화를 주지 않았다.

완패를 당했던 이스라엘 전에 출전했던 선수들을 그대로 내보냈다.

심지어 타순조차 변화를 주지 않고 그대로였다.

"대체 왜… 고민을 하지 않았을까요?"

"고민했을 거야."

"네?"

"아마 머리에 쥐가 나실 정도로 고민하셨을 거야. 유대훈 감독님은 책임감이 무척 강하신 분이니까."

유인수가 단언했다.

그렇지만 송나영은 수긍하지 못하고 다시 질문했다.

"그런데 왜 이런 선택을 하신 걸까요?"

"아까 말했잖아. 이게 유대훈 감독님 스타일이라고."

"유대훈 감독님 스타일이요?"

"몰라?"

"그게……."

"하긴 현장을 떠나 계신 지 워낙 오랜 시간이 흘렀으니까 네가 모를 수도 있겠군."

유인수가 이해한다는 표정을 지은 채 다시 입을 뗐다.

"유대훈 감독님 스타일의 특징은 크게 두 가지야."

"두 가지요?"

"그래. 우선 모험을 하지 않으시는 스타일이지."

"모험을 하지 않는다?"

"쉽게 말해 라인업에 큰 변화를 주는 것을 선호하지 않는 편이야."

"네."

말귀를 알아들은 송나영이 재촉했다.

"나머지 하나는요?"

"믿음의 야구."

"믿음의 야구요?"

"본인이 한번 신뢰를 준 선수들에게는 조금 부진하더라도 계속 기회를 주시는 편이지. 그 선수가 쌓은 커리어와 본인의 안목을 믿기 때문이지. 그리고… 믿음의 야구를 펼친 덕분에 성공한 감독이 됐지."

유인수의 설명을 들은 송나영이 고개를 끄덕였다.

유대훈 감독의 스타일에 대해 듣고 나니, 네덜란드전을 앞두고 발표한 대한민국 대표팀의 선발 라인업이 어느 정도 이해가 갔다.

비록 이스라엘과의 개막전에서 타자들이 부진했던 것은 맞다.

그러나 겨우 한 경기였을 뿐이다.

모두 능력을 갖춘 타자들인 만큼, 꾸준히 기회를 준다면 오늘 경기인 네덜란드전에서는 더 나은 모습을 보일 것이다.

이것이 개막전과 타순까지 똑같은 네덜란드전 선발 라인업에 담겨 있는 유대훈 감독의 메시지였다.

'아주 틀린 말은 아냐!'

송나영이 납득한 표정으로 고개를 끄덕였을 때였다.

"이게 내가 유대훈 감독님을 월드 베이스볼 클래식에 출전할 대한민국 대표팀 수장으로 적합하지 않다고 주장했던 이유야."

유인수가 미간을 찌푸린 채 말했다.

"그게 무슨 말씀이세요?"

"말 그대로야."

"……?"

"유대훈 감독님이 대표팀 감독으로 선임되기 전에 내가 강하게 반대했었어. 그런데 결국 유대훈 감독님이 대표팀 감독을 맡으셨지."

"그러니까 왜 반대하셨냐고요?"

"안 어울리거든. 맞지 않는 옷을 걸친 셈이라고 표현하면 되려나."

유인수가 찌푸린 미간을 손으로 간질이면서 대답했다.

"그렇게 판단하신 이유는요."

"두 가지야."

"뭐죠?"

"일단 너무 오래 쉬셨어. 현장에서 떠나 계셨던 시간이 너무 길었기 때문에 감각이 많이 떨어지신 상태야. 물론 집에서 야구 중계 정도는 보셨겠지만, 그것으로는 한계가 있거든. 또, 선수들에 대한 파악도 완벽하게 되어 있지 않으신 상태야."

송나영이 고개를 끄덕여 동의했다.

현장에서 멀어지면, 감각이 떨어지기 마련이었다.

해서 요즘 프로야구 감독직을 노리는 야구계 인사들은 코칭스태프나 해설 등을 맡으며 어떻게든 현장 주변에 머무르려 하고 있었다.

기자도 마찬가지였다.

정치부 기자가 국회를 떠나지 못하고 사회부 기자가 경찰서에 상주하고, 스포츠부 기자가 경기장을 수시로 찾는 이유.

운 좋게 특종을 따내기 위함이 아니었다.

현장에 계속 머물러 있어야 꾸준히 관계자들을 만나고 기자로서의 감각을 유지할 수 있기 때문이다.

그런 면에서 보자면 유대훈 감독은 감각이 떨어지고도 남을 정도로 너무 오랫동안 현장을 떠나 있었다.

"또 하나의 이유는 단기전에 약하셨기 때문이었어."

"단기전에 약했어요?"

"그래. 현장에서 감독으로 여러 팀을 이끌던 당시 정규 시즌에서는 괄목할 만한 성적을 거두셨어. 그렇지만 딱 거기까지였어. 가을 야구에 돌입하고 나면, 승률이 많이 떨어졌었지. 정규 시즌 우승은 네 번이나 차지하셨지만, 한국 시리즈 우승을 차지한 것은 딱 한 번뿐이라는 게 증거야. 그리고 유대훈 감독님이 유일하게 한국 시리즈 우승을 차지했을 때는 워낙 선수 면면이 좋았어. 선수빨로 우승했다는 우스갯소리가 자주 나왔을 정도였으니까 더 말할 필요도 없지."

"그럼……."

"그럼 뭐?"

"오늘 경기도 쉽지 않겠네요."

송나영이 어두운 표정으로 대답했다.

　　　　＊　　　　　＊　　　　　＊

"서광현이… 선발투수다?"

유대훈 감독이 네덜란드와의 예선 2차전 경기를 앞두고 발표한 선발 라인업을 확인한 후, 태식의 낯빛이 어두워졌다.

자신이 선발 라인업에서 빠졌기 때문이 아니었다.

물론 선발 출전에 대한 기대가 아주 없었던 것은 아니었다.

이스라엘과의 개막전에서 태식은 9회 말 2사 상황에서 대타자로 출전해 영봉패를 당하는 것을 면하게 만든 솔로 홈런을 터뜨렸다.

그 솔로 홈런이 유대훈 감독에게 강렬한 인상을 심어주어 네덜란드와의 경기에 선발 출전을 할 수도 있지 않을까 하는 기대를 조금 갖고 있었는데.

그 기대는 보기 좋게 빗나갔다.

유대훈 감독은 태식을 선발 라인업에 포함시키지 않았다.

어쨌든.

태식의 낯빛이 어두워진 이유는 네덜란드와의 예선 2차전에 나서는 선발투수가 서광현으로 바뀌었기 때문이다.

서광현은 대한민국 대표팀의 에이스라고 모두가 인정하는 좋은 투수.

그의 능력을 의심하는 것이 아니었다.

태식이 우려하는 것은 일본과의 예선 마지막 경기였다.

서광현은 국제 대회 경험이 많았다.

좌완 파이어볼러 유형인 서광현은 특히 국제대회에 출전해서 일본과 대결을 펼쳤을 때 강한 면모를 보였다.

'일본 킬러'라는 별명까지 얻었을 정도로.

그렇지만 서광현이 네덜란드와의 경기에 선발투수로 나서게 되면서 일본전에 나설 수 없게 되었다.

"최동현이… 버틸 수 있을까?"

이미 1패를 안고 있는 상황.

예선 2차전인 네덜란드와의 경기를 이긴다고 하더라도, 일본과의 예선 최종전에서 패한다면 예선 탈락할 확률이 높았다.

즉, 일본과의 예선 최종전에 선발투수로 출전할 가능성이 높은 최동현이 일본 타선을 잘 막아내는 것이 꼭 필요했다.

그렇지만 태식은 회의적이었다.

최동현의 실력이 부족해서가 아니었다.

최동현의 스타일 때문에 이런 우려를 하는 것이었다.

강속구 위주의 피칭을 하는 서광현과 달리 최동현은 다양한 구종을 앞세운 기교파 유형의 투수였다. 그리고 정교한 타격을 한다고 소문난 일본 타자들은 전통적으로 기교파 투수에게 강한 편이었다.

"만약 최동현이 일찍 무너진다면… 내가 등판할 수도 있어."

현재 대표팀에는 서광현과 비슷한 유형의 투수가 없었다.

굳이 찾자면 태식이 가장 비슷한 유형이라고 할 수 있었다.

해서 일본전 출전을 조심스레 예상하던 태식이 이내 고개를 흔들었다.

이제 막 네덜란드와의 예선 2차전이 시작된 시점.

예선 최종전인 일본과의 대결까지 계산하고 예측하는 것은 시기상조라는 생각이 들었기 때문이다.

네덜란드의 선발투수는 톰 베르겐.

시카고 컵스에서 활약하고 있는 현역 메이저리거였다.

슈아악!

톰 베르겐이 던진 초구는 몸 쪽 직구.

그의 손을 떠난 공이 포수의 미트로 들어간 순간, 대표팀의 리드오프인 배병우가 움찔하며 엉덩이를 뒤로 뺐다.

"스트라이크!"

너무 깊었다고 판단한 배병우가 주심에게 항의했지만, 항의는 통하지 않았다.

"빠르다!"

전광판에 찍힌 156㎞의 구속을 확인하고 태식이 두 눈을 빛냈다.

존 아리에타와 함께 시카고 컵스의 막강 원투펀치를 구성하고 있는 톰 베르겐의 직구는 명불허전이었다.

구속도 빨랐고, 제구도 완벽했다.

"공략이 쉽지 않겠어!"

태식이 고개를 절레절레 흔들면서 우려 섞인 시선을 던졌다.

'투수전!'

양 팀 모두 1패씩을 안고 있는 상황.

무조건 이겨야 하는 경기였다.

그래서일까.

한국과 네덜란드 모두 에이스들을 선발투수로 내세웠다.

서광현 VS 톰 베르겐.

선발투수의 면면을 확인한 순간, 유대훈은 투수전을 예상했다.

그 예상은 적중했다.

0 : 0.

4회 초가 끝났을 때의 스코어였다.

0의 행진이 이어지며 투수전 양상으로 경기가 흘렀지만, 차이는 있었다.

4이닝 퍼펙트.

메이저리그라는 최고의 무대에서 이미 검증이 끝난 톰 베르겐은 4회까지 단 하나의 안타와 볼넷도 허용하지 않았다.

그 과정에서 여섯 개의 삼진을 잡아낸 것이 톰 베르겐이 얼마나 대한민국 대표팀 타자들을 압도하고 있는가를 알려주는 증거였다.

반면 서광현은 실점을 허용하지 않고 호투를 하고 있었지만, 네덜란드 대표팀 타자들을 상대로 압도적인 모습을 보여주지는 못 했다.

3회 말까지 3개의 안타와 2개의 볼넷을 허용하며 불안한 모습을 노출했다.

뛰어난 위기관리 능력을 선보이며 실점 위기를 벗어나고 있었지만, 정타가 자주 나온다는 점은 분명 불안 요소였다.

'7회까지 무실점으로 막아줄 수 있을까?'

유대훈이 마운드 위에 서 있는 서광현을 걱정스레 바라보았다. 그리고 유대훈의 걱정은 기우로 끝나지 않았다.

4회 말의 첫 타자를 외야플라이로 잡아냈지만, 후속 타자들을 상대로 고전했다.

볼넷과 안타를 허용해서 1사 1, 2루로 바뀐 상황.

따악!

네덜란드의 9번 타자인 안드렐톤 시몬스에게 서광현은 또다시 안타를 허용했다.

'선취점 허용!'

유대훈이 더 버티지 못하고 감독석에서 벌떡 일어났다. 그리고 2루 주자가 3루를 통과한 후 멈추지 않고 홈으로 쇄도하는 것을 확인한 유대훈의 표정이 조금 밝아졌다.

'잡을 수 있어!'

안드렐톤 시몬스가 때려낸 좌전 안타는 얕았다.

좌익수인 조정훈이 홈으로 정확하게 송구해서 2루 주자를 잡아낼 수 있을 것이라고 판단했는데.

"세이프!"

조정훈의 홈 송구는 부정확했다.

타이밍상으로는 아웃이었지만, 우측으로 한참 빗나갔다.

포수인 김낙성은 원 바운드로 들어온 송구를 뒤로 빠뜨리면서 태그를 해볼 기회조차 없이 선취점을 허용했다. 그리고 아직 끝이 아니었다.

서광현의 백업이 늦었다.

김낙성이 송구를 뒤로 빠뜨린 사이, 네덜란드의 주자들은 한 베이스씩 더 진루했다.

"흐음!"

선취점을 허용한 것으로 모자라 실책까지 나와서 1사 2, 3루로 상황이 바뀐 순간, 유대훈이 침음성을 터뜨렸다.

"최악에 근접하고 있군!"

『저니맨 김태식』 9권에 계속…

이제부터 전자책은

이젠북

www.ezenbook.co.kr

새로운 세계가 열린다!

김재한 『성운을 먹는 자』 　철백 『대무사』
니콜로 『마왕의 게임』 　가프 『궁극의 쉐프』
이경영 『그라니트:용들의 땅』 　문용신 『절대호위』
탁목조 『일곱 번째 달의 무르무르』 　천지무천 『변혁 1990』
강성곤 『메이저리거』 　SOKIN 『코더 이용호』

이름만 들어도 황홀할 정도의 별들의 향연!
이들의 "유료연재"가 시작됩니다!

검색창에 **이젠북**을 쳐보세요! ▼

초대형 24시 만화방

신간 100%, 샤워실, 흡연실, 수면실(침대석), 커플석, 세탁기 완비

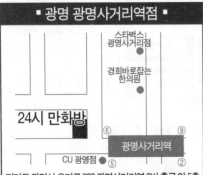
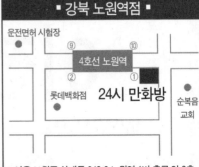
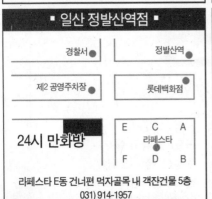

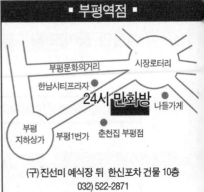

톱스타 이건우
크레도 장편소설
FUSION FANTASTIC STORY
열정만으로 성공하는 것은 아니다!
어중간한 실력으로 허송세월하던 이건우.
그의 앞에 닥친 갑작스러운 사고와 함께 떠오르는 기억.
'나는 죽었는데 살아 있어. 그건 전생? 도대체…….'
전생부터 현생까지 이어지는 인연들.
그리고 옥선체화신공(玉仙體化神功)…….
망나니처럼 살아온 이건우는 잊어라!
외모! 연기! 노래!
삼박자를 모두 갖춘 최고의 스타가 탄생한다!
Book Publishing CHUNGEORAM
유행이 아닌 자유추구 -
www.chungeoram.com

FUSION FANTASTIC STORY 류승현 장편소설

리턴마스터

2041년, 인류는 귀환자에 의해 멸망했다.

최후의 인류 저항군인 문주한.
그는 인류를 구하고 모든 것을 다시 되돌리기 위하여
회귀의 반지를 이용해 20년 전으로 돌아갔다. 하지만……

"어째서 다른 인간의 몸으로 돌아온 거지?"

그가 회귀한 곳은 20년 전의 자신도, 지구도 아니었다!

다른 이의 몸으로 판타지 차원에
떨어져 버린 문주한.
그는 과연 인류를 구원할 수 있을 것인가!

Book Publishing CHUNGEORAM

유행이 아닌 자유추구ㅡ
WWW.chungeoram.com